ANNA GARCIA

Piérdete...
conmigo

Editado por Harlequin Ibérica.
Una división de HarperCollins Ibérica, S. A.
Avenida de Burgos, 8B - Planta 18
28036 Madrid

© 2020 Anna García
© 2020, 2024 Harlequin Ibérica, una división de HarperCollins Ibérica, S. A.
Piérdete… conmigo, n.º 287 - 24.1.24

Diseño de cubierta: CalderónSTUDIO®
Imagen de cubierta utilizada con permiso de Shutterstock.

I.S.B.N.: 978-84-1180-707-4
Depósito legal: M-31953-2023
Impreso en España por: BLACK PRINT
Fecha impresión Argentina: 22.7.24
Distribuidor exclusivo para España: LOGISTA
Distribuidor para México: Distibuidora Intermex, S. A. de C.V.
Distribuidores para Argentina: Interior, DGP, S. A. Alvarado 2118.
Cap. Fed./Buenos Aires y Gran Buenos Aires, VACCARO HNOS.

*No viajes para escapar de la vida,
sino para que la vida no se te escape*

Viaja con Emma

—*El hotel cuenta con cinco piscinas, dos de ellas exclusivas para adultos…*

—Ese bikini no resalta nada el moreno de mi piel.

—Tonterías. Estás perfecta.

—Podríamos volver a rodar esa toma. Me he traído uno de color blanco que sería perfecto. O el de color champán… O… Bueno, luego les echo una ojeada a todos.

—¿Cuántos son todos?

—No sé… Unos… veinte.

—¿Veinte? ¡Pero si solo vamos a estar cinco días!

—¿Y…? En realidad, lo hago por tu bien, para que saques las mejores tomas posibles y, para ello, todo tiene que ser perfecto. Bikini incluido.

Stu resopla agotado, pasando una mano por su cabeza calva y rascándose la larga barba con la otra.

—Será el trabajo de tu vida, decían… Viajando de gorra, decían… Fácil: grabar y editar en un momento y luego disfrutar de los paisajes, decían…

—¿Algún problema? —le pregunta, con una mirada reprobatoria.

—Para nada. Grabaremos todas las tomas que quieras.

—Muy bien.

Stu vuelve a centrarse en la pantalla de su portátil, donde

están visionando lo que llevan grabado hasta ahora, imaginando que estrangula a Emma con la tira de cualquiera de esos veinte bikinis. Enseguida se le dibuja una sonrisa de satisfacción.

—Esa es la actitud, Steward.

Y fin. Se acabó la magia. Ella ha hecho pedazos el momento. Odia cómo suena su nombre en boca de Emma. Con ese acento remilgado que se empeña en poner, convirtiéndole al instante en uno de los mayordomos de *Downton Abbey*. Al principio, la corregía constantemente, advirtiéndola que su nombre es Stuart, Stu, no *Steeeewaaaard...* A la vista está que no sirvió de nada.

—*... En el resort encontraremos tres restaurantes tipo bufé y cinco restaurantes a la carta conducidos por cinco chefs con varias estrellas Michelin a sus espaldas. Os recomiendo encarecidamente una visita.*

—Ese plano con la boca llena, elimínalo.

—¿Por qué?

—Porque me niego a que la gente me vea comer.

—¿Por qué?

—Porque sí.

—Pero... todo el mundo come. Además, queda extraño que hables de comida y no la pruebes. En los programas de cocina, ver cómo el cocinero prueba luego la comida que ha elaborado lo hace más creíble.

—Steward, ¿tengo cara de Gordon Ramsey?

Stu la mira con los ojos muy abiertos, incrédulo, absolutamente descolocado, debatiéndose entre asesinarla o cerrar el portátil y largarse. Finalmente, recuerda que necesita el sueldo para vivir.

«Cierra la boca e inhala el aire por la nariz, Stu. Cuenta hasta cuatro. Aguanta la respiración durante siete segundos. Espira completamente el aire de tus pulmones durante ocho segundos. Me estoy calmando. Me estoy calmando. Es solo una pija insolente. El precio que tienes que pagar para cobrar a fin de mes. Tranquilo…».

—*… Entre otros muchos servicios, podremos hacer uso del gimnasio o del maravilloso spa las veinticuatro horas del día.*

—Esa toma me encanta, pero…

—Quieres que elimine algunas gotas de sudor de tu cara.

—¡Eso es, Steward! ¡Ya te tengo casi enseñado! —le dice, palmeando su espalda un par de veces. Justo después, se mira la mano e, incapaz de reprimir una mueca de asco, se la limpia.

«El asesinato es un delito muy gordo, Stu. No lo hagas. Inspira, aguanta siete segundos y suéltalo…».

Sentada en uno de los taburetes frente a la barra del bar, removiendo su cóctel con la pajita, Emma mira de reojo al grupo de hombres de su derecha. Hablan y ríen de forma escandalosa, todos con las caras encendidas por culpa del sol excepto uno de ellos, precisamente en el que Emma se fija. Si en una revista de negocios dedicaran un especial a empresarios de éxito con aspecto de modelos de pasarela, él sería seguramente el protagonista del reportaje. Viste «elegante pero informal», con un pantalón de pinza color arena y una camisa de lino blanca que resalta su bronceado perfecto. Lleva el pelo engominado hacia atrás, bien peinado y, por lo que puede observar desde la distancia, las gafas enmarcan un rostro anguloso, como esculpido.

Él también parece haberse fijado en ella, y le dedica largas e intensas miradas entre codazos de sus compañeros. Alguno incluso le habla al oído, señalando a Emma, que se revuelve sobre el taburete, cruzando las piernas, intentando parecer una mezcla entre interesante, misteriosa y coqueta. Mirada de «prostituta con carrera», como diría su amiga

Kat. Que vean que eres capaz tanto de realizar todas las posturas del kamasutra como de recitar las cinco declinaciones del latín.

—Hola, compañera. ¿Qué tomas?

Se gira sobresaltada al escuchar la voz de Stu a su lado. Le mira de arriba abajo, esbozando media sonrisa con la boca, preguntándose cómo es posible que alguien estime oportuno presentarse en el pub del hotel con un pantalón de deporte más apropiado para jugar un tres contra tres en una cancha de baloncesto y una camiseta que vivió su mejor época allá por el año 1980.

—Piérdete, Steward —le dice, justo antes de volver a dirigir la mirada hacia el apuesto empresario, el cual ha empezado a caminar hacia ella, pero que ahora se halla parado a medio camino, valorando si seguir avanzando o volver con sus colegas.

Emma le sonríe nerviosa, justo antes de volver a girar la cabeza de nuevo hacia Stu.

—Largo. Ya. Vamos, rápido —le apremia, chascando los dedos.

Stu mira más allá de la espalda de Emma, hacia donde se dirige su mirada constantemente, comprendiendo enseguida el motivo de su nerviosismo. Al principio valora hacerle caso sin oponer resistencia, hasta que ve una ocasión perfecta para cobrarse una pequeña venganza.

—¿Ese tipo? ¿En serio? Creía que lo nuestro iba cobrando forma…

Stu se acerca más a ella y le pasa un brazo alrededor de la cintura.

—¿Se puede saber qué estás haciendo? Quita esa mano de mi cintura —dice ella, con los ojos abiertos como platos, así como las aletas de la nariz.

—Creía que empezábamos a entendernos y que estabas descando que fuéramos un paso más allá.

—¡¿Un paso más allá?! Nuestra relación es simple y estrictamente profesional. Así que vete, por favor. Ahora.

—¿Me estás suplicando? —le pregunta.

—¿Es lo que quieres? Pues sí, te lo suplico. —A Stu se le dibuja una enorme sonrisa de superioridad en la cara—. ¿Se puede saber qué te hace tanta gracia.

—Que te arrastres de esta manera por un tío como ese que salta a la vista que está casado o prometido y que seguramente no es la primera vez que pretende echar un polvo durante un viaje de negocios.

—Perfecto. Gracias por tu opinión que, por cierto, nadie te ha pedido. Largo.

Stu se empieza a alejar al fin, y ella vuelve a centrar su atención y todos sus sentidos en su pretendiente, que, al verla sonreír ampliamente, colocarse un mechón de pelo detrás de la oreja y morderse el labio inferior, parece entender todas las señales y empieza a caminar de nuevo hacia ella.

—Hola —la saluda con un acento tejano inconfundible—. Peter Wright.

—Emma Campbell —contesta ella, tendiéndole la mano que él esperaba y que besa con caballerosidad—. Encantada.

—¿Trabajo o placer?

—Trabajo. Estamos grabando un programa para el canal de viajes de la televisión por cable. Y ese esperpento de antes —dice, señalando un punto inconcreto de su espalda, con la intención de aclarar la situación— es el cámara que me acompaña.

—Gracias por la aclaración, aunque a la vista está que no suponía ninguna amenaza para mí.

Peter hace un gesto inconsciente, abriendo un poco los brazos y esbozando una media sonrisa propia de un anuncio de pasta de dientes. Demuestra mucha confianza en sí mismo que, mezclada con ese aspecto de modelo de pasarela y una más que presumible cartera abultada, hace las delicias de Emma, que cae, inevitablemente, rendida a sus pies.

—¿Y tú? ¿Trabajo o placer?

—Pues espero que las dos cosas… —contesta, entornando los ojos, que se vuelven oscuros, como los de un depredador al acecho.

A Emma solo le bastaron un par de copas, unas pocas sonrisas de suficiencia más, una canción de rima más que cuestionable pero con ritmo pegadizo y sensual y unas caricias intencionadas camufladas como simples roces para acceder a acabar la velada en su habitación.

La mezcla del alcohol, el calor y la excitación hacen mella en Emma, a la cual le empieza a costar mantener la verticalidad mientras intenta encontrar la tarjeta de la habitación para abrir la puerta con el cuerpo de Peter pegado a su espalda. Lograrlo le lleva más tiempo del esperado, así que Peter empieza a desnudarse nada más traspasar la puerta y cerrarla de una patada con el talón.

Emma le observa detenidamente, casi con la boca abierta, admirando su torso esculpido. Parpadea varias veces, incrédula por la suerte que ha tenido al encontrar un espécimen de semejante valor, mientras se muerde el labio inferior de pura lascivia.

—¿Qué cojones haces? Quítate la ropa —la apremia él.

Al principio, el brusco comentario sorprende un poco a Emma, aunque enseguida decide pasarlo por alto y achacarlo a la excitación del momento. En cuanto ella consigue quitarse el vestido, algo que le lleva también más tiempo del habitual, él se abalanza sobre ella, tirándola sobre la cama sin ningún miramiento. Sus manos recorren el cuerpo de

Emma de forma precipitada, con prisa. Y, sin darle tiempo a valorar si está disfrutando o no, la penetra de una fuerte estocada. Ella ahoga un grito y contiene la respiración durante unos segundos. Peter inmoviliza sus brazos contra el colchón mientras mueve la pelvis hacia delante y hacia atrás, con movimientos rápidos y frenéticos. Amasa sus pechos sin cuidado, casi maltratándolos, hasta que Emma suelta algún grito de queja que sirve para que Peter disminuya el ritmo. Quizá no esté resultando como ella esperaba, quizá ella hubiera preferido algo más de juegos preliminares, caricias y un poco más de timidez, aunque no se puede decir que no esté disfrutando. Está claro que, brusco o no, él sabe lo que se hace. También puede que esperara que él tardara algo más en correrse, o que tuviera la decencia de esperarla a ella, pero no se puede decir que sea egoísta, ya que luego se encarga de que ella llegue al clímax.

Definitivamente, la experiencia no ha resultado como imaginaba, aunque no se puede decir que no haya sido satisfactoria.

«Quizá la próxima vez...», se descubre pensando, hasta que ve la marca en el dedo de su mano. Enseguida se maldice por su mala suerte, por su pésima suerte eligiendo pretendientes y, sobre todo, recordando las palabras de Stu.

«Un tío como ese que salta a la vista que está casado o prometido».

Cabreada, intenta apartárselo de encima con todas sus fuerzas, pateando la sábana para desenredarla de entre sus piernas y agarrándola para enrollarla alrededor de su cuerpo. Coge los pantalones de Peter y se los tira a la cama.

—¿Qué pasa?

—Quiero que te vayas —asevera, muy seria.

—¿Ya? Déjame que me recupere al menos... No pretendo quedarme a vivir aquí, pero necesito un rato para recuperar el aliento...

—Recupéralo en el pasillo —insiste ella, haciendo un esfuerzo enorme para contener las lágrimas.

—Pero ¿qué ha pasado? Creía que los dos lo estábamos pasando bien…

—Bueno, siento herir tu ego, pero puede que algunos lo hayan pasado mejor que otros.

—No me jodas, que tú te has corrido tanto como yo.

—Me pregunto qué opinará tu mujer de ello… ¿Quedará ella tan satisfecha como tú te crees después de follártela? —Para asombro de Emma, la expresión de Peter no demuestra sorpresa ni arrepentimiento—. ¿Cómo le quedan los cuernos? ¿Cabe por las puertas o se tiene que agachar?

—No me digas que todo esto es por Linda…

Emma abre los ojos y los brazos, sorprendida y algo descolocada.

—¿En serio? ¿Eres real, tío? ¿Acaso no tienes ningún cargo de conciencia?

—Pues… —Se queda pensativo un rato. Tiene que pensar la respuesta antes de abrir la boca—. En todo caso, eso será cosa mía, ¿no? No sé por qué te pones así y te preocupas tanto por ello. Ambos teníamos claro lo que era esto, ¿no?

«Bueno… Más o menos», piensa Emma, aunque no cambia ni un ápice su expresión convencida.

—¿Y dónde está tu anillo? ¿Acaso lo escondes para hacer ver que estás disponible?

—No, lo escondo porque a veces es un impedimento para ligar con chicas como tú.

De repente, Emma siente como si una losa la aplastara. Le acaba de confirmar que, efectivamente, esto es algo que hace a menudo. Y no contento con ello, ha comparado a Emma con cualquiera de las tías que, conscientes o no de su estado civil, han acabado acostándose con él. Con una sola frase, Peter ha conseguido machacar a Emma, ningunearla como nunca nadie antes.

Furiosa, agarra uno de los zapatos de Peter y se lo lanza con todas sus fuerzas a la cabeza. Él lo esquiva a tiempo y se pone en pie, haciendo un ovillo con toda su ropa y trastabillando para salir de la habitación antes de llevarse de recuerdo algún moratón difícil de justificar ante Linda.

En cuanto Emma escucha la puerta cerrarse, se deja caer sobre la cama. Mira hacia los ventanales que dan a la enorme terraza de la habitación, viendo cómo los primeros rayos de sol la bañan. Consciente de que también debe haber amanecido en Nueva York, decide ahogar sus penas con Kat. Alcanza el teléfono y busca su número en el listado de llamadas recientes, algo que no le lleva más de dos segundos.

—Aaaaarg... —gruñe Kat después de varios tonos—. Eh... ¿Qué...?

—Qué bien que estás despierta. Necesito desfogarme.

—Yo... Esto...

—Kat, ¿estás bien?

—Pues... —Carraspea varias veces, antes de volver a hablar. O a intentarlo, al menos—. Según lo que entiendas tú por estar bien.

—Me he acostado con un impresentable.

—A ver... —Emma la oye removerse entre las sábanas, resoplando y bostezando de forma ruidosa y prolongada—. No te lo tomes a mal, pero eso no es ninguna novedad. ¿Dónde estás?

—En República Dominicana.

—Joder... Qué envidia me das... Eso es un curro... —susurra Kat.

—¿Podemos centrarnos en lo que nos atañe?

—Me asombra que hables en plural.

—¿Desde cuándo eres mi amiga? ¿Cuántas veces te he aguantado el pelo mientras vomitabas en el váter? ¿Cuántas fotos me obligas a hacerte hasta que encuentras una a la que no ponerle ni una pega? ¿Cuántas...?

—Vale, vale, vale. Lo pillo. El impresentable. Hablemos de él. ¿De qué tipo era? ¿De los petulantes que se creen perfectos, de los fanfarrones con calzoncillos comprados en la tienda de «todo a un dólar», de...?

—De los que se les olvida quitarse el anillo cuando toman el sol —la corta Emma. Kat chasca la lengua y resopla con fuerza—. ¿Qué?

—Nada.

—Dilo.

—No, porque te enfadarás conmigo.

—Haberlo pensado antes de cagarla chascando la lengua de esa forma en vez de ayudarme con un discurso más comprensivo con mi desolación y mi ira. Desembucha.

—¿Cuándo dejarás de buscar al hombre perfecto? ¿Por qué no te dedicas solo a pasarlo bien y dejas que surja? Déjate llevar. Deja que... él te encuentre a ti. Deja de buscar. Deja de... ver a un marido potencial en cada tío al que conoces.

Se crea un silencio tenso entre ambas, solo roto por sus respiraciones.

—Te odio. —Lo rompe Emma.

—Lo sabía. Pero sabes que tengo razón. ¿Por qué no te limitas simplemente a pasarlo bien? ¿Estaba casado e intentó ocultártelo? ¿Qué más da? El capullo es él. Si no te llegas a fijar en ese pequeño trozo de piel blancuzco, no te habrías dado ni cuenta.

—Además, follaba fatal —confiesa Emma, con un tono bastante menos resentido.

—¡Eso sí que es imperdonable! ¿Sabes qué te digo? Que has hecho bien en darle la patada. ¿Casado? Bueno. ¿Pésimo en la cama? *No way*!

A Emma se le escapa entonces la risa, relajándose ya del todo, diluyendo poco a poco el cabreo con su horroroso gusto para los hombres.

—Y a todo esto, ¿cómo está mi amigo?

—Oh, mierda... —Emma se pasa una mano por el pelo, peinándoselo hacia atrás.

—¿Le ha pasado algo?

—No. Que me jode tener que darle la razón... —Kat se queda callada, esperando alguna explicación más—. Él me advirtió anoche que esto mismo iba a pasar.

—Es un erudito, mi chico.

—¡No es tu chico! ¡Deja de decir eso, que se me ponen los pelos de punta! ¡Nunca en la vida aceptaría que tuvieras una relación con... eso!

Kat estalla en carcajadas. Todo empezó como una broma. Cada vez que Emma se quejaba de alguna de sus «conquistas», Kat le hacía ver que el único hombre que no la había decepcionado y que era una constante en su vida era Stu. Emma ponía cara de asco, simulaba las arcadas y ambas estallaban en carcajadas. Pero entonces llegó un día en el que Kat empezó a insinuar que, quizá, las camisetas viejas de los Cazafantasmas y las raídas Converse eran un complemento sexy, y que el leve sobrepeso de Stu podía remediarse con un par de meses de *spinning*.

—Cuídamelo mucho, ¿vale?

—Te cuelgo, Kat.

—Perfecto —contesta, sin inmutarse un ápice por su amenaza—. Llámame cuando estés en casa.

Emma cuelga y se deja caer hacia atrás en la cama, aún con la sábana rodeando su cuerpo. Fija la vista en un punto cualquiera del techo, intentando ordenar sus pensamientos. Aunque le cueste admitirlo en voz alta, Kat tiene parte de razón. Debería dejar de empecinarse en convertir a todos sus pretendientes en maridos potenciales. Pero es muy triste que con treinta años, casi treinta y uno, aún no se haya cruzado con ningún candidato decente. A su edad, su madre llevaba casi diez años casada y ya había parido dos veces, algo que le recordaba a menudo, básicamente, cada vez que se reunían y le preguntaba si había conocido a alguien.

Alan fue lo más parecido a un firme candidato con el que cortar un pastel con una inscripción de «Felices para siempre». Era perfecto: estudiante de Medicina, miembro de una de las mejores fraternidades de la Universidad de Columbia, con unas notas envidiables, un Camaro aparcado en el garaje y un futuro prometedor como cirujano en el hospital de cirugía estética del que su padre era principal accionista. Era perfecto hasta que Emma se enteró de que, un par de meses después de empezar a salir con ella, dejó embarazada a Rosario, la chica de servicio que sus padres tenían contratada en casa. Ellos se ocuparon de esconderlo todo, pagándole el aborto y dándole una suma de dinero considerable para callarle la boca. Ella accedió porque, además, consiguió un contrato de trabajo que le permitió quedarse en los Estados Unidos, casarse y poder comprarse una pequeña vivienda junto a su marido.

Pero Emma no pudo soportarlo. Él le juró que solo había sucedido una vez, pero ya estaban juntos, y ella sintió que nunca podría volver a confiar en él. Así que, a pesar de que Alan era su pasaporte a la felicidad, optó por dejarlo. Se sintió como cuando compras un boleto de lotería de esos en los que tienes que rascar tres casillas para conseguir un premio. Había rascado las dos primeras y solo le faltaba una para llevarse el premio gordo… pero rascó y perdió.

En ese momento, el móvil emite un pitido informándole de que ha recibido un correo electrónico. Al ladear la cabeza para mirar la pantalla, ve que se trata de un correo del señor Hanson, el director del canal. Se incorpora y abre la aplicación a toda prisa, algo extrañada. No es habitual recibir correos electrónicos de su parte…

«¿Será una carta de despido?», se descubre pensando, aunque enseguida desecha la idea, ya que, en ese caso, no le escribiría él en persona, ¿no?

«Pues entonces puede que sea un aumento... Ya. Claro. No te despiden por correo, estamos de acuerdo. Pero tampoco lo usan para informarte de un aumento de sueldo».

De: Oliver Hanson
Para: Emma Campbell
Asunto: Reunión urgente
Cuerpo:
Emma, te emplazo a una reunión el lunes de la próxima semana a las nueve de la mañana en mi oficina.
Sé puntual.

—Genial. No me despiden por correo electrónico. Lo harán en persona.

Cuando Emma llega al restaurante, echa un vistazo alrededor hasta encontrar a su compañero devorando un plato rebosante de huevos revueltos y beicon.

—Me da a mí que va a necesitar algo más que unos meses de *spinning*... —susurra, acordándose de Kat.

Coge un plato y se dirige al mostrador de la fruta, donde se sirve un par de kiwis y llena un vaso con zumo de naranja. Entonces se dirige a la mesa y se deja caer en la silla. Stu levanta la cabeza y mira el plato de ella.

—Ummm... ¿La noche no fue como tú pensabas?

—Buenos días para ti también, aunque no responderé a tu pregunta porque no te incumbe.

—Uuuuuuh... Qué mala leche de buena mañana —dice, señalando luego los kiwis con un movimiento de cabeza—. ¿Problemas intestinales?

—A esto se le llama desayuno saludable, Steward, no lo que te metes entre pecho y espalda. Gracias por preocuparte. Por cierto, hoy tenemos que volver a filmar varias tomas en la playa. Creo que es mejor grabarlas al atardecer, ya que la luz es más cálida y suave y resalta mejor mi bronceado.

—Lo creas o no, el programa trata de viajes, no de ti. Las mejores tomas se las tiene que llevar el paisaje, no tu bronceado.

—Ya, claro. Por eso el título del programa es *Viaja con Emma* y, como yo soy la protagonista, cuento lo que me da la real gana —contesta ella, mirando alrededor con cierto disimulo.

—Ojalá ese mail sea para despedirme. Al menos, no tendré que soportarla más… —susurra Stu.

—¿Cómo? —pregunta de repente ella, girando la cabeza bruscamente—. ¿Qué mail? ¿Tú también has recibido un mail del director?

—Sí… Uno algo escueto, en realidad…

—¿Y crees realmente que nos van a echar?

—Rezo por ello.

Emma le mira levantando una ceja, un poco ofendida aunque acostumbrada a ese tipo de comentarios por su parte.

—Si nos quisieran echar, no nos escribiría el mismísimo director general, ¿no? Lo harían desde recursos humanos… ¿no?

—Ummm… Puede. A lo mejor, hasta ni se molestarían en escribirnos. Nos enviarían un burofax.

—Puede que quieran darnos un aumento… —Stu es incapaz de aguantar la risa—. ¿De qué te ríes? No suena tan inverosímil. Nuestro programa es de los más vistos en la cadena.

—¿Ah, sí? ¿En serio crees que el espectador fiel del canal está interesado en saber a qué hora del día es mejor tomarse una foto en una playa de República Dominicana o el color de bikini que mejor combina con tu tono de piel? ¿En serio, Emma? Así que reza para que te den una buena indemnización y empieza a pulir tu currículum.

De aventura con Finn

—En el estado de Yucatán, a unas dos horas de Cancún, se encuentra Valladolid, uno de los pueblos más coloridos de México. Fundada en 1543 por los españoles, se llamó así para rendir homenaje a la homónima ciudad de España.

Finn se descuelga la mochila, apartando su pequeña cámara GoPro con la que se dedica a grabar, y la mete en el enorme portamaletas del autobús.

—Para llegar, he comprado un billete de autobús desde Tulum que me ha costado setenta y siete pesos, el equivalente a unos cuatro dólares americanos. El trayecto dura aproximadamente una hora y media, tiempo suficiente para empaparme un poquito más de la rica y variopinta cultura del país.

Finn apaga la cámara y empieza a subir los escalones del autobús. El conductor le recibe con una enorme sonrisa, sentado en un asiento raído y quemado por el sol.

—*Buenos días, señor* —le saluda este.

—*Buenos días* —contesta Finn con su cada vez más depurado español.

—*Siéntese donde guste. Partimos en cuanto me acabe el cigarro...*

Finn asiente sonriendo, aún sorprendiéndose de las enormes diferencias culturales. Cada país que pisa, persona con la que habla, cada ciudad que visita tiene sus propias leyes y costumbres y, a pesar de lo que muchos puedan pensar, a Finn le resulta muy fácil acostumbrarse a ellas. Quizá sea por su capacidad de adaptación o porque siempre se ha caracterizado por tener una mente abierta. Así le crio su abuelo.

Cuando Paul Wilkins regresó de Vietnam, ya no era el mismo que cuando se fue. Se había vuelto un tipo solitario y callado, a veces incluso tétrico y siniestro. Sufría pesadillas constantes y renegaba de su país, algo que no estaba bien visto en según qué círculos. Eso alegó su mujer cuando le abandonó, llevándose a su hijo Paul junior con ella. Desde ese día, Paul Wilkins se recluyó en su casa, hasta que, muchos años después, la policía llamó a su puerta. Su hijo Paul junior y la esposa de este, de cuya existencia él se acababa de enterar, habían sufrido un accidente de coche, dejando huérfanos a sus dos hijos: Mitchell y Finnick. Pocos días después, esos dos niños se presentaron ante él, cargando un par de maletas donde metieron todas sus posesiones, dedicándole unas miradas aterrorizadas.

Paul Wilkins se encontró criando a un par de niños cuya existencia no conocía, cuando prácticamente no había tenido la oportunidad de hacerlo con su propio hijo. Quizá por eso, para intentar recuperar el tiempo perdido, se volcó en sus nietos. En esa casa nunca hubo normas que no hubieran sido consensuadas entre los tres, no había horarios preestablecidos, ni riñas que no se zanjaran con un largo abrazo.

Paul Wilkins no se había vuelto huraño ni tétrico. Simplemente, había vivido cosas que desafiaron sus creencias. Descubrió que ni los buenos eran tan buenos, ni los malos tan malos. Dejó de creer en bandos y aprendió a buscar el lado bueno de todo y de todos.

Así, Mitch y Finn crecieron hasta convertirse en dos tipos felices y soñadores, incapaces de mantenerse tanto tiempo sentados en una silla como para asistir a clase y sacarse una carrera, pero curiosos por aprender del mundo.

—*¿Es usted gringo?*

Cuando Finn levanta la cabeza de la pequeña pantalla de su cámara, visionando lo que lleva grabado hasta entonces, descubre a un pequeño mellado que le observa desde el asiento de delante.

—*Héctor, no molestes.*

—*No importa* —se apresura a decir Finn—. *Sí, soy de Nueva York.*

—*¿Y qué hace tan lejos de casa?* —insiste el pequeño.

Finn piensa su respuesta durante unos segundos, incapaz de dejar de sonreír. No es partidario de considerar trabajo a lo que él hace, ya que un trabajo implica una obligación que él no siente en ningún momento, pero cierto es que le reporta unos ingresos más que suficientes para poder ayudar a su abuelo y costearse los pocos caprichos que tiene.

—*Vivir* —acaba contestando.

—*¿Vive usted aquí? Pero ¿no vivía en Nueva York?*

—*Héctor, por favor* —le reprende su madre mientras Finn ríe a carcajadas.

—*Está bien. Me has pillado. Estoy trabajando. Grabo con esta cámara y luego lo...* —Se queda pensativo, buscando la palabra adecuada en español, idioma que, a pesar de haber perfeccionado mucho durante estas tres semanas, no deja de ser demasiado rico en vocabulario como para dominarlo por completo—. *¿Ponen en la televisión...?*

—*¿De verdad? ¿Y puedo salir yo también?*

—*¿Quieres salir?*

—*¡Claro!*

—*¿Te deja tu mamá?*

—*Mamá, ¿puedo salir en la cámara del gringo?*

Ella mira a Finn con timidez, incapaz de hablar. Está indecisa, mordiéndose los labios, hasta que, ante la cara de súplica de su hijo, accede. Finn empieza a grabar mientras Héctor hace muecas con la boca y su madre, a la que graba también, sonríe divertida.

—Estamos en la plaza Central de Valladolid, el centro neurálgico de la ciudad. Es un hervidero de gente tanto de día como de noche, que suele llenarse de puestos callejeros de comida, mercadillos y espectáculos varios. Un consejo —dice, girando la cámara para coger un primer plano de su cara—, no dejéis de probar las marquesitas de queso. —Finn echa la cabeza hacia atrás y simula estar babeando—. Son como unos crepes enrollados que os harán perder el sentido por unos veinticinco pesos.

Antes de detener la grabación, Finn hace un giro de trescientos sesenta grados para enseñar la totalidad de la plaza, justo antes de correr hacia el Palacio Municipal para asomarse a uno de los balcones.

—Desde aquí podemos tener una buena panorámica y, además, el acceso es totalmente gratuito.

Se limita a grabar durante unos segundos hasta que, al apagar la cámara, dedica un momento a admirar el paisaje y disfrutar de ello. Desenrolla los auriculares, los enchufa al teléfono móvil y se los coloca en ambas orejas. Cuando la música empieza a sonar, una sonrisa relajada se dibuja en sus labios. Finn adora la sensación de sentirse perdido, de ser testigo, en soledad, del día a día de ciudades y pueblos tan lejanos a él. Es consciente de que no pertenece a ese lugar, de ser un mero turista, acogido y arropado por sus gentes. Así se sintió durante un tiempo cuando llegó a casa del abuelo. Quizá porque enseguida se sintió a gusto, adora esta sensación. Necesita conocer sitios nuevos, hacer nuevos amigos, sin dejar de ser consciente de estar de paso.

Su hermano Mitch cree que él nunca formará una familia, porque no encontrará nunca a una mujer capaz de seguirle el ritmo.

—El ser humano, por definición, necesita sentirse seguro, y parte de ello se consigue teniendo un sitio al que pertenecer, algo seguro a donde volver... La mayoría de mujeres quieren casarse y formar una familia estable, y eso es difícil de conseguir sin un lugar al que llamar «hogar».

—Qué horror... —respondió Finn.

—Por eso.

—¿Sirve mi antigua habitación en casa del abuelo como hogar?

—Créeme, ninguna mujer verá con buenos ojos tener vuestro nidito de amor en un habitáculo lleno de pósteres de los Knicks y de El Equipo A.

Mitch es algo más «normal» que él. Tiene un apartamento al que volver cada noche, pero también necesita su dosis de libertad, y por ello trabaja como instructor de paracaidismo. ¿Qué puede darte más sensación de libertad que volar?, suele preguntar. Finn sabe la respuesta: viajar.

Antes de volver a la realidad, Finn inspira con fuerza, dejándose inundar por el cúmulo de olores de Valladolid, sintiendo cada uno de los treinta y cuatro grados en su piel. Es así como se le ocurre su siguiente parada en la ciudad. Es así como suele trabajar: sin ningún guion preestablecido, sin ninguna ruta marcada en un mapa.

🧳 🧳 🧳

—La temperatura de Valladolid, como la de toda la península del Yucatán, suele oscilar entre los veinte y los treinta y cinco grados todo el año, así que mi recomendación para mantenerse fresco es, aparte de una buena cerveza bien fría, un baño en cualquier cenote. Hay decenas de ellos, incluso uno en el mismísimo centro de la ciudad, pero unos chicos de aquí me han dicho que el mejor, sin duda, es el cenote Oxman. Así que aquí estoy, subido en una motocicleta que he alquilado por quinientos pesos más una fianza de mil quinientos que recuperaré si la entrego de una pieza. —Finn hace un primer plano de su rostro y dibuja una mueca escéptica en la cara—. Afortunadamente, el trayecto es de tan solo cuatro kilómetros.

Para el motor frente a la hacienda de San Lorenzo de Oxman tan solo quince minutos después de salir del centro de la ciudad. Se quita el casco, que mete dentro de la mochila, y se revuelve el pelo con una mano. La hacienda parece solitaria, hasta que ve aparecer a un hombre entrado en años que se acerca a él con una sonrisa en la cara.

—Bienvenido —le saluda en un inglés bastante bueno.

—*Gracias* —contesta Finn en español—. *Me gustaría bañarme en el cenote, si fuera posible…*

—*Por supuesto. La entrada son 30 pesos, y permite visitar el cenote, la hacienda y hacer uso de la piscina. Aunque, teniendo el cenote solo para usted, ¿quién quiere hacer uso de la piscina?*

—*¿No hay nadie más?* —le pregunta Finn, escéptico.

—*No, señor… La gente de aquí suele venir los domingos a pasar el día.*

—*¡Fantástico!*

Después de un rato más hablando con el guarda, cruza el restaurante y la piscina, o la alberca, como la llaman allí, y llega al enorme hoyo con más de treinta metros de caída, desde el que puede ver las aguas cristalinas. Enseguida saca la cámara y empieza grabar, desde el precipicio hasta las raíces de los grandes álamos cayendo por las paredes.

—Al cenote podemos acceder a través de estas escaleras… —empieza a explicar Finn mientras las desciende, sin dejar de grabar alrededor—. Esto es maravilloso… Fijaos que, al estar algo más apartadas, las escaleras no forman parte del paisaje y, por lo tanto, no lo afean… Me gusta pensar que las cosas están tal y como las descubrieron, aunque soy consciente de que eso es imposible, por eso me encanta que lo hayan hecho así...

Entonces se da cuenta de que, a un lado, hay una pequeña plataforma con una cuerda para lanzarse al agua, así que, sin pensárselo ni un segundo, se quita las zapatillas de deporte de un puntapié y la camiseta, que lanza sobre la mochila y, cámara en mano, se agarra de la cuerda.

—Vamos allá... —dice, justo antes de coger impulso y lanzarse a las cristalinas aguas, rompiendo el silencio del lugar con un grito de alegría.

El agua está fresca, perfecta para combatir el calor. Cuando emerge, mira alrededor, admirando el paisaje casi selvático que le rodea. Se estira sobre el agua, boca arriba, extendiendo brazos y piernas, simplemente flotando en silencio, escuchando el ruido de los pájaros y el rumor del agua.

—*Pero no puede marcharse hoy, señor Finn.*

—*Tengo que seguir mi viaje, Manuel.*

—*¿Y qué más da reanudarlo en un par de días? No puede marcharse justo antes de la Rebelión de Valladolid. Es muy importante acá. Algunos dicen que fue la primera chispa de la revolución mexicana. Habrá ofrendas florales en el lugar donde fueron fusilados aquellos héroes que, con su sangre y sus vidas escribieron la historia de Yucatán y México.* —Finn le observa, no muy convencido, hasta que Manuel añade—: *Habrá música, cerveza y comida.*

—*Me has convencido* —asegura Finn sonriente, al igual que Manuel, que se dirige a gritos hacia la cocina de la pequeña posada que regenta.

—*¡Isabel, no hace falta que desarmes la habitación del señor Finn, que se queda a pasar las fiestas!* —grita, incapaz de contener su felicidad.

Isabel, su hija de veinte años, aparece por la puerta de la cocina, limpiándose las manos en el mandil que cuelga de su cintura. Al ver a Finn, sonríe y agacha la cabeza. Su tez morena no deja apreciarlo, para alivio de ella, pero el calor corporal ha aumentado varios grados al verle. Como siempre le pasa, desde hace una semana, el tiempo que lleva ocupando una de las habitaciones, concretamente, la situada justo encima de la de ella. Isabel espera que Finn no se dé cuenta de ello...

Pero él sí se ha dado cuenta. Es consciente de que no suele pasar desapercibido a las mujeres, aunque nunca suele compartir con ellas mucho más que una noche, ya que, como una vez dijo su hermano, no cree que ninguna le siguiera, y él tampoco pretender obligar a nadie a hacerlo.

Cada vez que se han cruzado por los pasillos del hostal, ella ha dado muestras de su nerviosismo, sonrojándose al saludarle. Pero Finn, lejos de querer incomodar a la inocente chica, quince años menor que él, intenta mantenerse neutro, sin sonreír demasiado, sin mirarla demasiado, sin moverse demasiado...

—¿Sabes qué puedes hacer, Isabelita? —interviene entonces de nuevo Manuel, llenando el incómodo silencio que se ha creado en la pequeña recepción—. Esta noche puedes acompañarle, enseñarle los festejos...

—¡No! —grita ella de repente, muerta de vergüenza.

—¡Isabel! ¡Esos modales!

—O sea... Es que... —balbucea ella, arrepentida del tono, que puede haber sonado un poco desagradable, debatiendo qué hacer.

—No quiero molestar... —susurro yo, intentando facilitar las cosas.

—¡No es molestia! ¡¿A que no, Isabelita?

—Papá, no me llames así... —se queja ella, entre dientes, justo antes de chasquear la lengua y claudicar—: Nos vemos a las ocho aquí abajo.

Se da la vuelta rápidamente y se mete de nuevo en la cocina.

—*No sé qué le pasa a esta niña... Lo siento, señor Finn.*

—*No se preocupe, Manuel. Y gracias de nuevo por su hospitalidad.*

—*Un placer. Es usted un gringo legal, de los que no quieren muros.*

—*Gracias* —ríe Finn.

—*Lo siento* —se excusa Finn, mientras caminan por las abarrotadas calles del centro de Valladolid, uno al lado del otro, lo suficientemente separados como para no rozarse, aunque viéndose obligados a acercarse mucho cuando el gentío hace casi imposible avanzar—. *Supongo que te he... ¿Cómo se dice...?* Joder los planes —dice en inglés, incapaz de encontrar la traducción adecuada.

—*No pasa nada... Lo creas o no, mis planes iban poco más allá de lavar los platos y meterme en la cama con un libro.*

—*Aun así, lo siento. No sé si soy mejor compañía que un buen libro.*

Finn se da cuenta enseguida de que su comentario ha hecho mella en Isabel, que hace lo posible por no cruzar la mirada con la suya.

—*Tengo hambre. Te invito a cenar. Tú mandas* —se apresura a decir para intentar cambiar el ambiente enrarecido entre ambos.

Afortunadamente, la expresión de ella parece relajarse y, asintiendo con la cabeza, empieza a conducirle a través de varias calles hasta llegar a una plaza llena de puestos callejeros. Parece buscar uno en concreto, hasta que da con él y, tirando de la mano de Finn, le arrastra con ella. No parece darse cuenta del gesto hasta que se detienen frente a la pequeña caseta.

—*Dos platos de poc chuc y dos cervezas, por favor.*

Finn asiste alucinado a cómo el tipo del puesto saltea carne en una enorme plancha, donde va echando especias y salsas hasta que, unos pocos minutos después, les tiende un par de platos humeantes.

Después de pagarlos, Isabel le da uno.

—*¿Nos sentamos por ahí?*

La sigue hasta que encuentran un hueco en la abarrotada acera, llena de gente como ellos, cargados de comida y bebida. Cuando se sientan, ella espera expectante a que dé el primer bocado, que resulta estar increíblemente bueno. A pesar de lo que quema y de que es algo picante, disfruta cada bocado que se lleva a la boca.

—*¿Cómo has dicho que se llama?* —le pregunta.

—*Poc chuc. Es un plato típico de la comida yucateca. Carne de cerdo marinada en naranja agria que se acompaña normalmente de arroz, cebollas moradas, frijoles refritos y aguacate.*

—*Pues está muy bueno.*

—*Me alegro.*

Isabel mira atentamente los brazos de Finn, llenos de tatuajes.

—*Son recuerdos de los sitios en los que he estado* —le aclara él, dejando el plato en el suelo y extendiendo ambos brazos para mostrárselos bien—. *Da igual lo que sea... Una palabra, un lugar, una comida... Lo que sea que, mirándolo, me transporte hasta ese lugar.*

—*¿Ya has pensado qué hacerte de aquí?*

—*Pues este plato de poc chuc me está poniendo la elección muy complicada... ¿Qué tal quedaría en mi piel?* —Isabel ríe a carcajadas, tapándose la boca con una mano—. *Ahora en serio, ¿qué me recomiendas?*

—*Mejor un taco* —prosigue ella, incapaz de dejar de reír—, *o una catrina.*

—*¿Una... catrina?*

—*Sí. Una calavera mexicana. Son parte del folklore de México y se asocian con el día de los muertos. Pueden ser de colores o en blanco y negro. Tienen un punto tétrico, aunque también pueden ser divertidas.*

—*Está bien… Lo pensaré.*

Finn levanta la vista hacia el grupo de mariachis que amenizan la velada y a la gente que se congrega alrededor de ellos. La plaza está adornada con guirnaldas de color rojo, verde y blanco, y el cielo estrellado lo convierte todo en un escenario perfecto.

—*También podrías tatuarte mi nombre; así siempre te acordarías de mí…* —susurra ella entonces.

Ambos se miran durante varios segundos, sonriendo. Finn es consciente de que Isabel se siente atraída por él. Y por un momento valora seriamente dar ese pasito adelante. Es muy atractiva, con unos enormes ojos negros y una tez aceitunada, con el pelo negro y lacio recogido en un moño imperfecto. Pero también es consciente de su juventud y su inocencia. Algo en su mirada le dice que, pasados los días, cuando él se marchara, ella se sentiría mal consigo misma.

—*Isabel, yo…* Joder, qué difícil… —suelta Finn en inglés, haciendo el ademán de dejar el plato en el suelo.

—*Lo sé, pero…* —le corta ella—. *En realidad, no es culpa mía, es tuya.*

—*¿Culpa mía?* —pregunta Finn, mientras Isabel ríe a carcajadas.

—*¡Sí! Tienes pasión en los ojos, y eso es algo… arrollador.*

—*¿Pasión? Yo no quería dar a entender nada…*

—*Pasión por lo que haces. Miras todo como si quisieras grabarlo en tu memoria para siempre. Escuchas atentamente lo que te cuentan como si luego fueran a hacerte un examen. Vives cada minuto de forma tan intensa, que es inevitable sentirse atraída hacia ti. Como si fueras un imán. Aunque no quieras, es irremediable.*

—*Vaya…* —Finn abre muchos los ojos, levantando las cejas, incapaz de articular palabra durante un buen rato.

—*Pero no soy tonta. Sé que nadie puede retenerte durante mucho tiempo en un mismo sitio. Y tú no tienes pinta de querer tener una mujer en cada puerto... Tienes mucha pasión en los ojos, pero algo me dice que solo estás dispuesto a compartirla con una única mujer.*

Finn la observa detenidamente, sonriendo de medio lado.

—*Lo estás volviendo a hacer...* —ríe Isabel.

—*Lo siento.*

—*No te disculpes. No dejes de hacerlo.*

—*Me encanta la sensación de no pertenecer a un lugar. Sé que es extraño, porque todo el mundo necesita un sitio al que volver... y yo no.*

—*¿Cuál es tu próximo destino?*

—*Mi intención era ir a Europa, pero esta mañana he recibido un correo electrónico del dueño de la cadena de televisión para la que trabajo, pidiéndome que me reúna con él en Nueva York. Así que supongo que vuelvo a casa.*

—*No pareces muy entusiasmado con la idea... ¿No tienes a nadie que te eche de menos allí?*

—*Sí, sí... Tengo a mi abuelo y a mi hermano en Nueva York. Les adoro y sé que ellos a mí, pero no necesito volver a ellos. Tengo bastante con saber que están bien, con hablar con ellos de vez en cuando... Ahora, por ejemplo, mientras esté en Nueva York, me quedaré en casa del abuelo, donde tengo aún mi antigua habitación, me tomaré unas cervezas con mi hermano, puede que llame a algún amigo, pero estaré deseando volver a irme. Tengo una necesidad imperiosa de conocer sitios, nuevas experiencias, de... vivir.*

—*Hasta que encuentres a tu persona ancla.*

—*¿Mi persona ancla?*

—*Aquella que te retenga allá donde esté.*

Entonces se produce un largo silencio entre ellos. Isabel levanta la vista y observa al gentío, que baila, come, bebe o charla mientras que Finn sopesa las palabras de ella. Su persona ancla... ¿Realmente existirá alguien capaz de retenerle siempre en un mismo sitio? ¿Se cree Finn capaz de vivir preso de una rutina, con un horario estipulado, formando una familia normal, si alguien se lo pidiera?

—Ni hablar —asevera, totalmente convencido—. *¿Quieres bailar?*

Isabel levanta la cabeza para mirarle. Finn ya se ha puesto en pie y le tiende una mano.

—*¿También sabes bailar?* —le pregunta ella.

—*Digamos que carezco de vergüenza y me da completamente igual lo que los demás piensen de mí.*

—*O sea, que bailas fatal.*

—*Juzga por ti misma* —contesta él, moviendo las cejas arriba y abajo.

Dos maletas y un destino

Con la barbilla apoyada en la mano, Emma mantiene la vista fija en el paisaje que discurre a través de la ventanilla del taxi. Edificios que se pierden más allá de lo que alcanza la vista, peatones que parecen moverse siguiendo una estudiada coreografía para no tropezarse unos con otros, conductores impacientes, puestos callejeros de comida, pequeños comercios de barrio que conviven con enormes centros comerciales, letreros luminosos encendidos de día y de noche…

—El tráfico está hoy peor de lo habitual, señora.

—No se preocupe —le contesta al taxista, justo de añadir para sí misma—: No tengo ninguna prisa por llegar.

Emma está convencida de que van a despedirla, a pesar de los intentos de Kat por hacerla cambiar de opinión, del apoyo de su madre o de la promesa de su padre de contratarla de pasante en su bufete de abogados. Al fin y al cabo, ir de un lado a otro por el mundo no es un trabajo «como Dios manda», según su padre.

—Sería tu oportunidad para trabajar en algo… normal —le dijo.

—¿Por normal entiendes aburrido? No me mires así, papá. No todos estamos hechos para pasarnos más de ocho horas entre cuatro paredes, sentados detrás de un escritorio.

—Claro que no. Emma prefiere pasarse ocho horas tirada

en una tumbona bajo el sol de Acapulco, con un camarero con el torso de Thor sirviéndole margaritas y guiñándole el ojo —intervino Lyn, su hermana mayor.

—Búrlate lo que quieras, idiota —soltó Emma.

—No me burlo, no te creas… En realidad, estoy de acuerdo contigo: te van a echar. No dejaba de asombrarme que hubiera alguien tan estúpido como para pagarte por hacer eso… Parece que, por fin, han abierto los ojos.

—Gracias por tu apoyo, hermana querida —contestó Emma, dibujando una mueca de asco en su boca.

—Evelyn y Emma, recordadme cuántos años tenéis, queridas… —interviene su madre con cierto tono de exasperación, intentando poner paz entre las dos hermanas cuyas peleas, a pesar de llevarse un año, han sido siempre una constante.

Es lo que más odia de volver a casa, tener que volver a convivir bajo el mismo techo con las miradas reprobatorias de su padre, que sigue cabreado con ella por no haber seguido sus pasos, los constantes comentarios mordaces de su hermana y las quejas de su madre acerca del comportamiento de las dos. Ojalá pudiera comprarse un apartamento para ella sola… El problema es que su sueldo no le da como para poder permitirse uno de su gusto en Manhattan.

—Llegamos. Serán veintitrés con cincuenta.

Emma mira al conductor y luego gira la cabeza para comprobar que, efectivamente, se encuentran frente al edificio que alberga la sede de la cadena de televisión. Después de sacar la tarjeta de crédito y pagar la carrera, se apea del taxi y, colgándose el bolso en el hombro, empieza a caminar hacia la enorme puerta.

—Señorita… —la saluda al portero, agarrándose la gorra del uniforme e inclinando la cabeza mientras le abre la puerta.

Emma esboza la mejor de sus sonrisas, aunque teniendo

en cuenta que se dirige hacia un despido inminente, con la amenaza de tener que trasladarse por tiempo indefinido con sus padres sobrevolando su cabeza, el gesto seguramente inspira más temor que simpatía. Embutida en su falda de tubo hasta las rodillas, camina hacia los ascensores mientras sus tacones de diez centímetros repican en el suelo de mármol. Al entrar en el ascensor, aprovecha el enorme espejo para hacer un repaso a su aspecto al tiempo que los números de las plantas empiezan a correr en la pequeña pantalla. Nerviosa, se coloca un mechón de pelo detrás de la oreja, aunque se arrepiente al instante y se lo vuelve a dejar suelto. Luego se alisa la camisa y se la mete bien por la cintura de la falda.

—Mierda… —susurra en voz alta al cruzarse en su cabeza un absurdo pensamiento: ha hecho una mala elección con esa falda, ya que es tan estrecha que no le permitirá arrodillarse a suplicar que no la echen en caso de que sea necesario.

—Hola… Había quedado con el señor Hanson… —dice en cuanto llega al mostrador de recepción, situado frente al ascensor, en la planta veinte—. Soy Emma Campbell.

—Hola, señorita Campbell —la saluda la recepcionista, muy risueña—. Por supuesto, la había reconocido.

—Ah, ¿ve mi programa? —le pregunta, más optimista de repente.

—Bueno… Eh… —titubea la chica, hasta que señala con un dedo un punto más allá de la espalda de Emma. Esta, al girarse, descubre una pared llena de marcos con las carátulas de varios programas de la cadena, entre ellos, el suyo, donde se la ve con una enorme pamela y unas gafas de sol, al más puro estilo estrella de Hollywood de los años cincuenta.

—Ah, sí. Claro —contesta, dibujando la misma sonrisa de circunstancias de antes, incapaz de disimular su desilusión.

—Si quiere esperar en los sofás de allí, ahora vendrá la secretaria del señor Hanson a buscarla.

—De acuerdo.

—¿Le apetece un café o un té?

—Cianuro… —susurra con una voz casi inaudible.

—¿Perdone?

—No. Nada. Gracias.

Se sienta y mira alrededor, fijándose sobre todo en los cuadros a su izquierda. En todos ellos se ven las carátulas de varios programas de la cadena, aunque tiene que reconocer que ella no ha visto nunca ninguno.

—¡Hola! No sé si llego tarde… Tenía una reunión con el señor Hanson.

Emma levanta la cabeza y ve a su compañero frente al mostrador, hablando con la recepcionista. Cuando esta señala hacia ella, él la saluda con una mano y empieza a acercarse.

—¡Gracias! —dice, sorprendentemente animado según le parece a Emma—. ¿Cómo va?

—Hola, Steward. Pues, por lo que veo, bastante peor que a ti.

—¿*Jet lag*?

—Puede que sea eso… o que nos vamos a quedar sin trabajo. Estoy dudando entre una de las dos —ironiza Emma—. Aunque a ti no parecen afectarte ninguna de las dos cosas.

—No te lo tomes a mal, pero creo que necesitamos tomarnos un descanso. Admítelo, no me soportas y yo a ti tampoco.

—¡¿Cómo que no me soportas?! —afirma, dándose cuenta al instante de que quizá lo ha hecho en un tono demasiado alto, despertando la curiosidad de la recepcionista—. Yo sí te soporto…

—Pues no se nota —susurra a su vez Stu.

—¿Por qué crees que no te soporto? —pregunta, realmente extrañada.

—¿Me lo preguntas en serio? —Emma asiente con la cabeza, con los ojos muy abiertos, atenta a las explicaciones—. Porque me miras como si me perdonaras la vida. Como…

por encima del hombro. Porque me hablas como si fuera tonto. Y me obligas a repetir las tomas una y otra vez a pesar de que la iluminación sea perfecta...

—No para mi tono de piel —le corta ella. Stu la mira con los ojos entornados—. Pero eso no quiere decir que te odie. Simplemente soy... profesional...

Stu intenta contener la carcajada, hasta que se da cuenta de que, realmente, Emma va en serio, y niega con la cabeza a la vez que deja escapar un largo suspiro.

—Explícamelo, Steward.

—No me llamo Steward.

—¿Ah, no?

—Hola. Soy Wen, la secretaria del señor Hanson. —Se ven interrumpidos de repente—. Si me acompañan...

Mientras la siguen por el largo y luminoso pasillo, Emma no deja de darle vueltas a la revelación de Stu. ¿Acaso ella le ha dado alguna vez la impresión de no soportarle? Ella solo ha tratado de ser profesional, y las desavenencias que tenían eran algo normal entre compañeros de trabajo. Durante unos segundos, valora la posibilidad de intentar limar asperezas, quizá tomándose luego un café, pero entonces se acuerda de que la van a despedir y no volverá a ver a ese tío en su vida, así que...

—Adelante —les pide la secretaria, y entran en la enorme y luminosa estancia.

Emma mira alrededor, sorprendida. La estancia está iluminada gracias al enorme ventanal que regala una vista perfecta del rascacielos delantero. Frente a ese ventanal hay un escritorio blanco e impoluto. La pared enfrentada al ventanal, de cara a la mesa, está llena de televisores, todos encendidos y sintonizados en un canal diferente. En las otras dos paredes hay cuadros, más pósteres enmarcados y vitrinas llenas de premios televisivos. No es el escenario que había imaginado para ser despedida, aunque agradece que sea algo menos lúgubre.

—¡Buenos días! ¡Justo las dos personas que quería ver!

«Pues menos mal que nos ha citado», piensa Stu.

Emma, por su parte, sonríe algo descolocada por el tono de voz del señor Hanson, el cual parece estar de muy buen humor. Si tuviera intención de echarles, estaría algo más serio, ¿no? ¿O acaso es tan déspota que les va a dar una patada sin perder la sonrisa en ningún momento?

—Por favor, tomad asiento —les pide—. ¿Os apetece tomar algo? Wen, cariño, ¿nos traes tres copas de martini? ¿Está bien? —les pregunta, aunque Wen ya ha salido dispuesta a complacer los deseos de su jefe.

A Stu parece que todo le da igual, y asiente encogiéndose de hombros a la vez. Si le parece extraño el comportamiento de Hanson, no lo demuestra en ningún momento.

Emma, por su parte, asiste a la escena con incredulidad, incapaz de entender la frialdad de ese hombre ante un momento tan delicado de su vida. De todas formas, asiente con la cabeza, aceptando esa copa, pensando que no le vendría mal algo incluso más fuerte, como un whisky, para ahogar sus penas en el alcohol.

—Venid. Sentaos —les pide, dejándose caer de forma pesada en una de las butacas de diseño. También blancas, cómo no—. Os preguntaréis para qué os he hecho venir…

—Bueno… Tenemos una ligera idea… —balbucea Stu.

Emma traga saliva mientras se frota las manos en el regazo, esperando esa copa, ahora ya tan necesitada.

Afortunadamente, Wen parece haber escuchado sus plegarias, y Emma tiene que hacer verdaderos esfuerzos para no abalanzarse sobre la copa y bebérsela de un trago. En lugar de eso, cruza las piernas en una pose lo más formal posible, agarra la copa por el tallo y se la lleva a los labios.

«Beber para olvidar», piensa, dando el primer trago.

—Quiero ofreceros un nuevo proyecto —afirma entonces Hanson.

—¿Cómo? —pregunta Stu, a la vez que Emma se atraganta con la bebida, obligada a toser de forma continuada, llevándose una mano al pecho y otra a los ojos para secarse las lágrimas.

—¿Estás bien, cariño? —le pregunta Hanson—. ¿No os parece bien la idea? Os noto algo... sorprendidos.

—Sí, para qué negarlo —contesta Stu, haciendo patente su apabullante sinceridad.

Hanson ríe a carcajadas, justo antes de continuar:

—Hemos pensado en un nuevo programa y vosotros dos formáis parte de nuestros planes... Tú como cámara y tú como presentadora, como hasta ahora —prosigue, ignorando las caras de estupor de ellos.

—Acepto —se descubre diciendo Emma.

Stu gira la cabeza de golpe, mirándola extrañado, con el ceño fruncido. El señor Hanson, por su parte, estalla en carcajadas.

—¡Pero si aún no os he contado nada! —Ríe—. Tengo muchas ideas...

—Cuente conmigo, señor. Sean cuales sean las condiciones.

—Vaya... Estoy sorprendido, aunque valoro mucho tu predisposición con la cadena.

Hanson mira entonces a Stu. Este mueve las manos y mira repetidamente a uno y a otro, intentando encontrar las palabras adecuadas.

—Si no le importa, me gustaría saber algo más antes de darle mi respuesta.

—Por supuesto. Atentos a esto... «Dos maletas y un destino» —explica mirando hacia arriba, abriendo las manos, como si enmarcara con ellas la frase—. ¿Qué os parece?

Emma sonríe eufórica ante la idea de no quedarse sin trabajo y no verse obligada a vivir bajo el techo de sus padres. En realidad, le importa bien poco el contenido del nuevo proyecto.

—¿Su maleta y la mía? —pregunta Stu, titubeante.

—No te lo tomes a mal, pero te prefiero detrás que delante de la cámara. Su maleta —aclara, señalando a Emma—, y la de Finn Wilkins.

—¿En serio? ¡Me encanta ese tío! —dice Stu, entusiasmado, incluso aplaudiendo—. ¡Me encanta su programa!

—Me alegro —interviene Hanson—. Porque mi idea es que ellos dos sean los presentadores y tú les grabes en sus aventuras… y desventuras.

Hanson y Stu se miran con complicidad, riendo y asintiendo con la cabeza. Emma les observa sin entender nada, aunque su orgullo le prohíbe demostrarlo, y sigue sonriendo, como si estuviera de acuerdo con ellos.

—Me apunto —dice entonces Stu.

▮▮▮ ⬓ ▮▮▮

—Entonces, hermanito, ¿a qué debemos el honor?

—El jefe me ha citado en su despacho.

—¿Para echarte?

—No sé —contesta, encogiéndose de hombros.

—No parece preocuparte demasiado.

—La verdad es que no.

—¿Y qué harás? ¿Te quedarás aquí?

—No —contesta contundente.

—¿Y adónde irías? ¿De qué vivirías?

—Tampoco lo sé, pero elegiría un destino en su debido momento y, una vez allí, trabajaría de lo que sea para ganar algo de dinero y poder marcharme a otro sitio. O quizá me apetezca quedarme más tiempo. ¿Quién sabe? —Mitch le mira de reojo mientras da un sorbo de su botella de cerveza—. Está bien. Confiesa. Estás pensando que estoy loco.

—No… Loco no… Quizá… no sé… No me parece una opción demasiado madura. Y no me malinterpretes, yo no soy nadie para hablar de madurez. Al fin y al cabo, me dedico a jugarme la vida cada vez que me tiro de un avión, y a eso le llamo trabajo, pero que no te preocupe si te van a echar o no… O no te plantees qué harás si eso sucede…

—Verás, Mitch… Yo estoy muy orgulloso de mi trabajo, pero, a veces, la decisión de los que mandan no depende de tu trabajo. No es algo que yo pueda controlar, así que no voy a malgastar ni un segundo de mi vida en preocuparme por ello ni en adelantar acontecimientos. *Bahala na.* —Mitch le mira entornando los ojos, así que Finn se explica—: Hace poco estuve en Filipinas, un país que constantemente padece las inclemencias de terremotos, erupciones volcánicas o tifones, y donde los niveles de pobreza son bastante preocupantes, además de tener algún que otro conflicto con el islamismo más radical. A pesar de ello, los filipinos son gente cálida, amigable, simpática y te hacen sentir como si estuvieras en su casa desde el primer momento. Ante todas las adversidades, ellos tienen una máxima que es: «lo que tenga que ser será», *bahala na.* Así que…

—*Bahala na* —interviene Mitch.

—*Bahala na* —repite Finn, tras lo cual se crea un silencio entre ambos, nada incómodo, sino un silencio cómplice, como ha sido siempre la relación entre ellos. A fin de cuentas, se apoyaron el uno en el otro en el momento más difícil de sus vidas, cuando sus padres murieron en un accidente de coche y fueron acogidos por su abuelo—. ¿Has visto al abuelo?

—Aún no. He aterrizado hace un par de horas y tengo la reunión en un rato… He preferido hacer tiempo aquí y luego me instalaré en su casa.

—Lo que haces por una cerveza gratis… —susurra—. Pues está más viejo, más torpe, más cascarrabias, más ciego y más sordo, aunque él no lo admitirá nunca.

Finn sonríe negando con la cabeza, para nada sorprendido con la noticia. La cabezonería y terquedad de su abuelo no es una novedad.

—Le he comprado un andador —sigue Mitch.

—¿En serio? ¿Y cómo se lo ha tomado?

—Le dio una patada en cuanto se lo llevé a casa y creo que ahí sigue, tirado en el suelo de la cocina. —Finn ríe a carcajadas mientras su hermano intenta contenerse, sin mucho éxito, aunque mostrando una expresión agotada—. Me lo recomendó su médico después de la última caída. Quiere seguir saliendo solo a la calle, pero no te creas que a dar una vuelta a la manzana. La última vez tuve que ir a recogerle a Staten Island.

—¿En serio? ¿Y qué hacía allí? ¿Se desorientó?

—¡Qué va! Que quería visitar Fort Wadsworth… Que hacía tiempo que no iba, me dijo.

—La leche…

—Me trae loco, porque es terco como una mula y, como está tan lúcido, discutir con él es agotador.

—Me siento algo culpable por cargarte con esa responsabilidad, Mitch.

—No te preocupes. Ahora que te van a echar, te encargas tú un tiempo. Te lo podrías llevar a recorrer mundo contigo.

—Tentador —se mofa Finn—, pero sabes que soy más de viajar solo.

Al apearse del vagón del metro, caminando con las manos en los bolsillos del vaquero, se deja arrastrar por la marabunta de gente. Todo el mundo parece ir a varias revoluciones por encima de las suyas: unos, con el móvil pegado a la oreja, otros, con los auriculares, unos, con maletines colgados de la mano, otros, con una mochila en los hombros, unos, riendo mientras que otros parecen no estar teniendo el mejor de sus días.

Al llegar al vestíbulo de la estación, donde confluyen los

pasajeros de las diferentes líneas que tienen parada allí, el aire se vuelve menos denso. Entonces, descubre en una esquina a un par de chicos que están tocando música con unas baquetas y unos cubos de pintura boca abajo. El ritmo que consiguen es muy pegadizo y ambos parecen muy compenetrados. Atraído como los mosquitos a la luz, se acerca a ellos hasta quedarse a una distancia prudencial y los escucha, incapaz de mantener las manos quietas. Tamborilea con ellas en sus piernas, siguiendo el ritmo con una sonrisa en la cara. Mira alrededor, sorprendido, incapaz de comprender por qué es el único espectador. Todos parecen tener demasiada prisa como para detenerse a escucharlos. Es algo que Finn no consigue entender. ¿Por qué la gente corre para llegar a un destino sin disfrutar del camino?

Cuando los chicos acaban de tocar, Finn aplaude y se acerca a ellos para tenderles un billete de diez dólares.

—Es todo lo que llevo suelto. Lo siento.

—Al contrario. Muchas gracias, señor —contesta uno de los chicos.

—¿De dónde sois?

—Del norte del Bronx, señor —responde el otro.

—¿Y no deberíais estar en el colegio?

—¿Y dejar a toda esta gente sin el placer de escuchar nuestra música?

Finn sonríe de medio lado, admitiendo que los chicos parecen tener la suficiente verborrea como para salir de cualquier embrollo.

—Cierto, sois demasiado buenos como para que el mundo se pierda vuestro talento. Seguid intentándolo, ¿vale? —les dice, enseñándoles el puño, que los chicos enseguida le chocan.

—Gracias, señor.

Sin perder la sonrisa, y aún con el ritmo de los cubos metido en la cabeza, sube las escaleras que le llevan hasta la superficie. Gira sobre sí mismo para orientarse y, en cuanto lo hace, se dirige hacia allí. Se ve obligado a esquivar a un repartidor en bicicleta, dando un salto ágil. El tipo se disculpa, enseñando la palma de la mano, y Finn las acepta levantando la suya a su vez.

Nueva York siempre será su hogar, el sitio que le acogió, pero nunca dejará de resultarle en parte extraño. Todo es tan a lo grande, tan exagerado, desde el ritmo de vida hasta los edificios, con esos porteros como el que le ha saludado al cruzar las puertas, con esos ascensores en los que caben cerca de cincuenta personas… que puede llegar a abrumar un poco.

—Buenos días. Tengo una cita con el señor Hanson —saluda al llegar al mostrador de recepción.

—Por supuesto. Ahora aviso a…

—Ya está. Estoy aquí. Gracias —interviene entonces una chica alta y muy delgada, embutida en un traje muy entallado, con una carpeta bajo el brazo y aspecto de ser muy eficiente en su trabajo—. Soy Wen, la secretaria del señor Hanson. Si me acompaña por aquí…

Mientras la sigue, Finn es incapaz de apartar la vista de la mujer que le precede. Con ese caminar tan perfecto e hipnótico, con ese moño que recoge su pelo sin dejar escapar un solo mechón. Con ese traje tan entallado, sin ninguna arruga, tan ceñido a su trasero que enseguida Finn se descubre imaginando que debe de llevar tanga.

Está tan perdido en su imaginación que no se da cuenta de estar metido ya en otra sala hasta que oye la voz profunda de un hombre.

—¡Finn! ¡Qué bien que hayas llegado! ¡Ya creí que me habías dado plantón! —le saluda, estrechándole la mano y moviendo su brazo con tanta fuerza que parece que quiera arrancárselo de cuajo.

—Supongo que no estoy demasiado acostumbrado a

cumplir horarios. Le pido disculpas si he trastocado su agenda.

—Un poco, pero todo quedará olvidado si aceptas mi propuesta.

—Entonces, ¿eso quiere decir que conservo mi trabajo?

—¡Por supuesto que sí! ¿Qué te hacía pensar que no? Te he citado porque se nos ha ocurrido un nuevo formato de programa y queremos que tú seas el presentador.

—¿Nuevo formato?

—Atento… «Dos maletas y un destino» —dice, abriendo las manos en el aire—. ¿Qué te sugiere el título?

—Que iré con exceso de equipaje. A duras penas lleno una maleta cuando viajo.

—Una representa tu maleta y, la otra, la de tu nueva compañera, Emma Campbell. Digamos que vuestros estilos y gustos son algo distintos, así que queremos ver cómo actuáis en cualquier destino del mundo, adaptándoos el uno al otro.

Finn no ve prácticamente la televisión. De hecho, ni siquiera ha visto su programa nunca, solo la versión que él envía a la cadena, sin editar. Así que no tiene ni la más remota idea de quién es esa tal Emma Campbell, aunque, para que les hayan querido poner juntos en un mismo programa, sus diferencias tienen que ser prácticamente insalvables para que los índices de audiencia merezcan la pena.

—Evidentemente —prosigue Hanson—, hemos querido contar con vuestra opinión. Si alguno de los dos rechazara la oferta, nos olvidaríamos del proyecto, ya que creemos que sois los candidatos perfectos para el puesto. Os acompañaría un cámara, Stu, que ya grababa a Emma en su anterior programa, así que ya no tendrías que hacerlo tú.

Y, aunque él siempre ha viajado solo, aunque adora la sensación de sentirse aislado, ser el dueño absoluto de su trabajo, algo en su interior le dice que esta puede ser la experiencia de su vida.

—Acepto —suelta Finn de sopetón, cortando incluso el discurso de Hanson.

—¿En serio? ¡Joder, qué puta maravilla! —exclama este, realmente entusiasmado—. Perdona por la expresión, pero, aunque yo confiaba, el director de programas dudaba de que aceptarais.

Hanson se levanta y camina deprisa hasta su escritorio, de donde coge un sobre que le tiende a Finn.

—Aquí dentro están explicadas perfectamente las condiciones, cómo será el formato del programa, y hemos incluido una copia del contrato. Como le he dicho a Emma y a Stu, me gustaría que lo leyerais y me lo devolvierais firmado lo antes posible.

Finn observa el sobre entre sus manos.

—También he adjuntado el teléfono de Emma. Me gustaría que os conocierais, que charlarais… Al fin y al cabo, si todo va bien, vais a pasar mucho tiempo juntos.

🧳 🧳 🧳

Al salir del despacho del señor Hanson, con el sobre bajo el brazo, camina por el pasillo hasta llegar de nuevo a la recepción. Una vez allí, se fija en la pared llena de pósteres enmarcados con las carátulas de varios programas de la cadena, entre los que se encuentra el suyo. Entonces, se acerca a la recepcionista.

—Perdona…

—¿Sí?

La chica levanta la vista y, al verle, se le ilumina la cara. Finn decide aprovechar que le debe de haber caído en gracia para conseguir cierta información.

—No veo mucho la televisión y no conozco muchos programas de la cadena… Cosa que me gustaría que quedara entre nosotros. —La chica ríe, tapándose la boca con una mano, asintiendo a la vez con la cabeza—. Me preguntaba si sabrías decirme si alguna de esas es la carátula del programa de Emma Campbell.

Se ven interrumpidos por un par de personas que cruzan el vestíbulo hacia los ascensores, así que la chica se pone seria, dando una impresión muy profesional, justo antes de susurrar:

—La pija de la pamela...

Dicho esto, ella vuelve a centrarse en su trabajo, y él se acerca lentamente al póster que le ha indicado. Las diferencias entre ambos saltan a la vista a pesar de que el sombrero y las enormes gafas de sol no dejan que se la vea en realidad. Le da la impresión de que ella es la protagonista del programa, o es lo que se intenta transmitir, pero a la vez no muestran a la persona, sino su poder adquisitivo o estatus social.

A pesar de que no le gusta la imagen, Finn se queda absorto en ella, en la forma de sus pómulos, en la línea que delimita sus labios, en su anguloso cuello.

El sonido del ascensor consigue devolverle a la realidad. Cuando se da la vuelta, la recepcionista le está observando, así que, algo avergonzado, se apresura a salir de allí.

Lo que al principio le pareció algo divertido, incluso una prueba del destino, puede que se convierta en una pesadilla. No le asustan sus diferencias, sino ese vuelco que le ha dado el corazón al ver la imagen de Emma.

Cuando entra en casa de su abuelo, Finn sigue preguntándose si ha cometido un error al aceptar la proposición. Sabe que aún se puede echar hacia atrás si no firma el contrato que lleva bajo el brazo.

Así de pensativo llega hasta la cocina, la que siempre ha sido la estancia principal de la casa, casi por inercia. Allí tropieza con el andador de su abuelo que, como pronosticó su hermano, sigue tirado en el suelo.

—¿Quién anda ahí? —Le escucha gritar desde la lejanía—. Le advierto que tengo un AK 47 que no dudaré en usar.

—Abuelo… Soy yo.

Con mucho esfuerzo, después de un buen rato, demasiado, teniendo en cuenta los pocos metros cuadrados de la casa, su abuelo aparece por la puerta de la cocina. Se agarra al quicio de la puerta con unos dedos mucho más huesudos de lo que Finn recordaba, entornando los ojos como si estuviera enfocando la vista, y resoplando con dificultad.

—Finn… Tu nieto, ¿recuerdas?

—No te burles de mí, capullo. Me acuerdo perfectamente de ti y del pesado de tu hermano. Ese tío es como un grano en el culo. A ver si se echa una novia y se olvida de mí un rato.

Finn ríe abiertamente, comprobando que, a pesar de que el paso del tiempo está siendo implacable con su abuelo, su carácter sigue intacto.

—¿Esto qué es, abuelo? —le pregunta Finn, señalando el andador. Este se gira, mira hacia su nieto, luego a lo que señala y, finalmente, sigue avanzando hacia la cafetera para prepararse, como cada mañana, su café bien cargado—. ¿Y bien?

—Ah, ¿que no has dado tú solito con la respuesta? Si lo sé, no me gasto un dólar en tu educación…

—Mitch me ha dicho que el médico te recomendó que lo usaras.

—No soy un viejo inválido. No lo necesito.

—Me parece que más de uno no estaría de acuerdo contigo.

—Vamos a ver, ¿para qué has venido? ¿Para tocarme las pelotas? Vamos a llevarnos bien, ¿de acuerdo? Tú no me jodes con temas médicos y yo no te sermoneo para que sientes la cabeza y dejes de dar tumbos por el mundo.

Finn se deja caer en una de las sillas alrededor de la mesa y, resoplando, apoya los codos en las rodillas.

—Trato hecho.

—¿Y bien? ¿Por cuántos días te quedas esta vez?

—Pues menos de los que pensaba… —Su abuelo le mira extrañado, así que Finn enseguida la aclara—: Me habían citado para una reunión y creía que me iban a echar, pero resulta que no.

—¿Tan poquita fe tienes en ti mismo?

—En realidad, no. Me encanta mi trabajo, pero no lo hago pretendiendo que guste a todo el mundo, y entiendo que las audiencias son las que mandan hoy en día en las cadenas de televisión. Pero resulta que me han citado para ofrecerme otro programa.

—¿Y por qué me da la sensación de que no estás muy contento con la noticia?

—Sí… Sí… Lo estoy. Solo es que… no voy solo esta vez. Es un formato diferente en el que tendré que convivir con otra persona. Una chica.

Paul le mira con las cejas levantadas, muy sorprendido.

—¿Eres maricón?

—Abuelo, por favor. Si no empiezas a ser un poco más políticamente correcto, algún día tendrás un problema. La palabra que buscas es gay. Pero no, no lo soy.

—A mi edad, me paso todo eso por el arco del triunfo. Aclarado eso y tu orientación sexual, sigo sin verle el problema.

—Es que estoy acostumbrado a viajar solo… Y además me parece que esa chica y yo tenemos muy poco o nada en común.

—Llámame perspicaz, pero me da a mí que eso es lo que precisamente busca la cadena… —dice, sentándose en la mesa y dejando sobre ella un par de tazas de café, que adereza con un buen chorro de whisky.

—Lo sé… Pero no estoy muy seguro de que vaya a acostumbrarme a ello…

—¿Y por qué has dicho que sí?

—Porque… no sé… me pareció divertido, pero…

—¿Y cómo sabes que sois tan diferentes…? ¿Os conocéis?

—No, aún no. Me dieron su teléfono para que quedáramos, pero la vi en un… en una foto.

—Llámala.—Finn levanta la cabeza y descubre a su abuelo mirándole fijamente, con una sonrisa en los labios—. Hazlo.

—¿Por qué me…?

—Porque te conozco. Estás así porque esa chica ha despertado algo en ti. No tienes miedo de no tener nada que ver con ella, tienes miedo de quererlo todo con ella.

—¿Has abierto un consultorio amoroso?

—Tengo algunas décadas de experiencia más que tú. Llámala y largo de mi casa cuanto antes.

Exceso de equipaje

—Pues a mí me gusta… —susurra Kat, ladeando la cabeza mientras trastea con el mando de la televisión, parando y rebobinando el programa para verle mejor.

—Va sucio, y lo peor de todo es que no parece importarle.

—No va sucio, mujer…

—Teniendo en cuenta que te atrae Steward el pordiosero, no me sorprende tu comentario.

Kat detiene la imagen y un primer plano de Finn se queda enmarcado en la pantalla de cincuenta pulgadas del apartamento de Kat. Está sonriendo, mostrando una dentadura perfecta, con sus ojos de un color azul claro perdidos en un punto a la derecha de la imagen. Tiene las mejillas algo manchadas de barro, el pelo despeinado y viste con un pantalón corto de grandes bolsillos y una simple camiseta de manga corta de color gris.

—Vamos a ver, Emma. No está tan mal —insiste, volviendo a poner en marcha el programa.

—*Durante unos días voy a convivir con los himba, un pueblo seminómada que son el único grupo de nativos de Namibia que aún conserva el original estilo de vida que tenía hace algunos siglos… El jefe de cada tribu es además su líder espiritual. Se permite la poligamia, aunque el máximo de tiempo que un hombre puede pasar con la misma esposa sin atender a otra es dos noches —explica Finn en el vídeo, mientras camina por entre las chozas del improvisado poblado, rodeado de algunos niños que saltan y ríen a su alrededor. Otros, en cambio, parecen algo asustados por su presencia, y lloran agarrados de sus madres, que van semidesnudas—. Hasta hace relativamente poco, debido a las duras condiciones climáticas de la región, los himba han logrado mantenerse más o menos aislados del exterior, por eso algunos aún se asustan ante la presencia de extraños. En realidad, es un verdadero honor que el consejo de sabios de la tribu me haya permitido estar unos días con ellos.*

—Cierto que quizá tengáis diferencias de criterios a la hora de buscar alojamiento, de las actividades o incluso del método de transporte en sí, pero puede estar bien… —interviene de nuevo Kat aunque, al ver que Emma mantiene la vista fija en la pantalla, decide volver a centrarse en ella también.

—*Los himba no llevan ropa, aparte de un básico taparrabos, pero usan gran cantidad de ornamentos como collares y brazaletes. Las mujeres se distinguen por los enrevesados estilos con que arreglan su cabellera. Además, para protegerse del intenso sol, las mujeres untan su cuerpo con una sustancia hecha de ocre, manteca y hierbas, la cual les da a su piel un característico color rojizo —prosigue Finn, mientras se deja embadurnar la cara con ese ungüento.*

—No, Kat. No va a estar bien —interviene Emma por fin—. Yo no puedo ir a esos sitios a los que él va… No hemos visto ni un destino normal… No le he visto descansar en ningún hotel decente… ¡¿Quién en su sano juicio decide pasar unos días con una tribu de incivilizados?! ¡¿Por qué no visita una ciudad más cosmopolita como… París, por ejemplo?!

—Podría ser peor.

—¿Ah, sí?

—Podrías no tener trabajo y verte obligada a volver a casa de tus padres.

Emma se tapa la cara con ambas manos, resoplando, mientras se recuesta en el sofá de piel de su amiga.

—Voy a morir, Kat.

—¡Anda ya! ¡No seas exagerada!

—Seguro que cojo alguna enfermedad rara… Me tendré que vacunar y sabes que le tengo pánico a las agujas. Y se me van a romper las ruedas de mis maletas si tiro de ellas por esos… sitios perdidos de la mano de Dios. —Emma busca entonces la mirada cómplice de Kat, pero está absorta en el programa—. Es un momento crucial de mi vida, Kat. Me gustaría que me prestaras algo más de atención.

—Perdona. Estaba esperando a ver si le obligaban a vestir también con uno de esos taparrabos.

—Córtate un poco, ¿quieres? —le pide, dándole un suave manotazo en el brazo.

—Además, no estarás sola, mujer… Stu estará con vosotros.

—Ese tío me odia. ¿En qué momento has creído que eso sería un consuelo para mí?

En ese momento, suena el teléfono de Emma dentro de su bolso. Ella se pone en pie y camina hasta sacarlo de dentro, frunciendo el ceño al no conocer el número.

—¿Hola? —responde.

—Hola… Esto… Soy Finn, tu nuevo compañero de trabajo.

Emma separa el teléfono de su oreja de golpe y, en un arrebato inconsciente, cuelga la llamada y lo tira al sofá. Kat la observa entre preocupada y asustada.

—Era él —dice Emma.

—¿Él…?

—Él —aclara entonces, señalando la pantalla de la televisión.

—¿En serio? ¿Y por qué le cuelgas?

—No sé. Me puse nerviosa. No me lo esperaba.

Entonces, el teléfono empieza a sonar de nuevo, y Kat lo coge y se lo tiende a Emma.

—Debe de ser él de nuevo. Contesta.

—No.

—¿Por qué no?

—No puedo. No sé si quiero. O sea… no sé si prefiero estar en paro… Además, ¿cómo tiene mi teléfono? ¿Y por qué me llama…? ¿Y…?

—Hola. ¿Finn? —responde Kat, llevándose el teléfono a la oreja.

Emma se abalanza sobre ella, intentándoselo quitar. Empieza así una especie de batalla de manotazos, un tira y afloja bastante cómico, en realidad.

—Eh… Hola… ¿Estás bien? —Se le escucha preguntar a él a lo lejos cuando el teléfono cae al suelo.

Kat consigue cogerlo y poner algo de distancia entre las dos. Aun así, agarra el atizador de brasas de la chimenea y amenaza a Emma con él.

—Eh… Sí, sí. Sigo aquí. Es que a veces soy algo torpe y tonta, y se me caen las cosas…

Emma la mira furiosa, haciéndole gestos para que corte la llamada, algo que Kat no tiene ni la más mínima intención de hacer.

—El señor Hanson me dio tu número —prosigue él.

—Así que el señor Hanson te dio mi número —repite ella para que Emma lo sepa y borre de su cabeza cualquier sospecha de comportamientos extraños de Finn.

—Me dijo que a ti también te dio el mío. Iba dentro del sobre, con toda la documentación que nos dio…

—Así que también me dio el tuyo a mí y está seguramente dentro del sobre con la documentación…

Emma corre de nuevo hacia su bolso y saca el famoso sobre de dentro, donde, efectivamente, hay una tarjeta con el nombre y el teléfono de Finn.

—¿Por qué repites todo lo que digo? —le pregunta este, realmente extrañado.

—Déjame… A veces me comporto de forma extraña, pero, en el fondo, soy buena gente…

—Está bien… El señor Hanson cree que sería buena idea que nos veamos y charlemos un poco antes de… ya sabes… de que todo empiece.

—Me parece una idea estupenda.

Emma extiende los brazos, pidiéndole explicaciones a su amiga, mientras esta parece estar pasándoselo en grande.

—Vale… ¿Te va bien esta tarde?

—Me va perfecto.

—Vale. —Vuelve a reír Finn, seguramente confundido por la predisposición de Emma—. Dime dónde te viene bien quedar, y allí estaré.

—¿Conoces el café Grumpy, en Chelsea?

—No, pero ya me las apañaré. No te preocupes.

—Está bien. Pues allí a las cinco de la tarde.

—De acuerdo. Nos vemos, entonces.

Kat cuelga la llamada con una sonrisa de satisfacción dibujada en la cara y deja caer el teléfono dentro del bolso de Emma.

—Esta tarde tienes una cita. De nada.

—¿Y si no quiero? Es decir… ¿Y si…? ¡Estoy hecha un lío!

—Emma. —Kat coge la cara de su amiga con ambas manos y la obliga a mirarla a los ojos. Entonces, muy seria, prosigue—: Necesitas el trabajo y es solo un trabajo. ¿Me entiendes? Tú misma temías que te fueran a echar y tener que quedarte en casa de tus padres una temporada. Perfecto. Solucionado. Tienes un nuevo programa. Y, a la vez, es solo un trabajo que acabará en algún momento. No será algo para toda la vida. Podrás perder de vista a Finn cuando todo se acabe. Aunque, mientras, deberíais intentar llevaros lo mejor posible.

Finn observa su teléfono durante un rato, con el ceño fruncido y los labios apretados formando una fina línea.

—¿Y bien? —le pregunta Mitch, impaciente.

—Creo que está algo loca.

—Fantástico, ¿no?

—No lo tengo claro... No me gusta juzgar a la gente sin conocerla, pero las dosis de información que voy recibiendo de ella no me tranquilizan... No sé si voy a estar cómodo conviviendo con una tipa a medio camino entre París Hilton y la loca de los gatos...

Mitch ríe a carcajadas mientras le da un largo trago a su cerveza. Sentados ambos en las escaleras exteriores que llevan hasta la puerta principal del edificio donde vive su abuelo, como hacían cuando eran pequeños.

—Pues qué quieres que te diga... A mí me parece que está buenísima.

Mitch mira atentamente la pantalla de su teléfono móvil, donde llevan un rato viendo el programa de Emma Campbell, la nueva compañera de su hermano. En ella, Emma se pasea por la piscina de un complejo hotelero de lujo, vestida con un bikini de color blanco y un enorme pañuelo anudado alrededor de la cintura. El conjunto lo completa una enorme pamela y unas gafas de sol llenas de brillantes que se reflejan bajo el sol.

—*El hotel Hilton Bali Resort de Nusa Dua está situado sobre un acantilado con vistas al océano Índico, y cuenta con una apartada zona de playa de arena blanca. El complejo tiene cuatro piscinas exteriores comunicadas entre ellas. Pero no tendréis que pisarlas si os hospedáis en una de sus cabañas privadas, porque tienen piscina privada, jacuzzi, vistas exclusivas al océano e incluso un mayordomo las veinticuatro horas del día...*

Mitch sonríe, dejando escapar el aire por la boca, consciente de que las tripas de su hermano se estarán revolviendo al escuchar eso. Cuando gira la cabeza y le mira, se da cuenta de que no estaba equivocado.

—Qué horror... —susurra Finn, negando con la cabeza.

—*El restaurante Shore ofrece vistas al océano y prepara platos de marisco y carne de primera calidad...* —prosigue explicando Emma en el vídeo.

—Eso no es un programa de viajes —estalla Finn al final—. Se limita a hacer propaganda de los hoteles. No se mezcla con la gente del lugar. Prácticamente no visita nada.

—Pero ese bikini le queda espectacular. No me lo puedes negar —le corta Mitch, mordiéndose el labio inferior—. Eres un jodido con suerte, cabrón.

—Mucha, mucha... No puedo esperar para contarle a todo el mundo dónde pueden encontrar los mejores locales para hacerse las uñas o en qué hotel son más serviciales los mayordomos.

—Pues yo te imagino probando la comodidad de las camas del Hilton con ella —añade Mitch, poniéndose en pie y moviendo las caderas hacia delante y hacia atrás. Al final, Finn no tiene más remedio que sucumbir y reír—. Espera. ¿No hueles a quemado? —pregunta entonces de golpe, quedándose inmóvil mientras inspira con fuerza por la nariz.

—Eh... No... Yo no huelo a nada.

—Estoy obsesionado, tío. Te lo juro. Aunque no sería la primera vez que tengo que correr. ¿Has visto lo cascado que está? Y aun así se niega a dejarme cocinar para él. Incluso le insinué la opción de contratar a una persona que viniera a ayudarle, pero tuve que salir por patas cuando empezó a lanzarme todo lo que tenía a mano. Me parece que no le gustó la idea —dice, haciendo una mueca con la boca—. También se niega a comer comida preparada. Se piensa que le van a envenenar.

—Pues déjale que haga lo que quiera.

—Morirá en breve si hago eso.

—Siento comunicarte que lo haré igualmente, con o sin tu ayuda —les interrumpe entonces su abuelo, asomando la cabeza por la puerta—. La cuestión es: cuando lo haga, ¿recibirás una buena herencia, o seguirás tocándome los cojones y te llevarás la vajilla atrapapolvo de tu abuela?

Finn tiene que hacer verdaderos esfuerzos para no reír mientras que Mitch, más habituado a ese tipo de contestaciones, resopla mientras se pone en pie.

—A comer —concluye Paul, entrando en casa.

Faltan pocos minutos para las cinco de la tarde cuando Finn entra en el local, mirando alrededor. Hay varias mesas ocupadas, pero no le parece ver a Emma en ninguna de ellas. Así pues, se acerca al mostrador y empieza a mirar la carta, dibujada en la pared. No es de tomar café, a veces ni siquiera el de la mañana, pero, teniendo en cuenta que el local parece estar especializado solo el cafés e infusiones, hará una excepción.

—Hola…

—¡Hola, bienvenido a Grumpy! ¿Qué te pongo?

—Pues… un café solo y… una magdalena —contesta, orgulloso por haberse decidido al fin.

—¿Chocolate, chocolate con leche, chocolate negro, plátano, manzana asada, arándanos, caramelo…?

—Eh… ¿normal?

—De acuerdo. Son cinco dólares con veinte.

Finn abre mucho los ojos, inmóvil antes de sacar la cartera para pagar. La chica le observa impertérrita, con la misma sonrisa de antes, esperando a que pague antes de empezar a preparar el pedido.

—Si quieres, te lo podemos llevar a la mesa —le informa una chica desde detrás del mostrador, una vez le tiende el cambio.

—De acuerdo. Gracias.

Finn se dirige a una de las mesas libres, rodeada por dos butacas enormes, y se sienta en una de ellas. Se frota las palmas de las manos contra el pantalón mirando alrededor con curiosidad. Realmente, no sería un sitio que él hubiera pisado de forma intencionada. Le da la impresión de ser el típico local de moda con precios estratosféricos para el producto que sirven, que en ningún caso parece ser artesanal, frecuentado por gente que se las da de modernos, con un nivel adquisitivo alto pero que intentan simular que tienen menos con su vestimenta.

En ese momento, se escucha la campanita de encima de la puerta cuando esta se abre. A contraluz, Finn no puede ver bien a la persona que acaba de entrar, que se detiene y hace un barrido visual, justo como el que él ha hecho antes. Entonces, la figura se empieza a acercar a él, hasta materializarse a escasos pasos.

—Tú debes de ser Finn —dice ella.

—Y tú, Emma.

Finn se pone en pie y se acerca a ella con la intención de darle un par de besos, pero se encuentra con la oposición del brazo de Emma, que ha alzado para estrecharle la mano.

«Empezamos bien...», piensa Finn.

Se sientan en las butacas y se miran sonriendo con nerviosismo, sin saber qué decirse. Afortunadamente, la chica aparece con el pedido de Finn en una bandeja, interrumpiendo el momento incómodo que se había creado entre ellos.

—Me vas a poner un *espresso macchiatto* con leche desnatada y un sobre de stevia. Ojo, stevia, no sacarina —le pide Emma.

Finn aprovecha para observarla detenidamente y comprobar que, realmente, es un fiel reflejo del póster promocional de su programa que vio colgado en las oficinas de la cadena. A falta de la pamela, lleva las gafas de sol en la cabeza, a modo de diadema. Lleva un vestido entallado y unos zapatos de tacón, y agarra un pequeño bolso de cuero negro y brillante.

Pero entonces Finn se fija en su estilizado cuello y en la línea de su mandíbula, perfectamente dibujada. En sus orejas, a la vista porque lleva el pelo recogido en un moño. En sus labios carnosos pintados de un color como arenoso. En sus pómulos marcados...

—¿Y para comer, desea algo?

—No.

—De acuerdo. Ahora mismo se lo traigo.

Emma le mira y en sus labios se dibuja una sonrisa algo incómoda y tímida.

—Pues aquí estamos... —dice.

—Disculpa. Tengo que ir al baño —suelta Finn, poniéndose en pie de un salto.

Sin perder ni un segundo, Finn le da la espalda y camina con paso ligero hasta el fondo del local, donde están situados los baños. Emma aprovecha ese momento para hacerle un repaso de arriba abajo. Vestido con unos pantalones viejos tipo cargo, una simple camiseta de manga corta color gris y unas zapatillas de deporte un tanto desgastadas, no se puede decir que sea el tipo de chico con el que ella saldría, y menos aún, conviviría durante varias semanas.

Emma saca el teléfono y le escribe un mensaje a Kat.

Rescátame, por favor...

No me lo creo. No puede ser tan malo, le responde enseguida Kat.

Viste como un vagabundo.

No seas exagerada, que nos conocemos. Y, ahora, deja de hablar conmigo y dale conversación.

No soy tan maleducada. Está en el baño.

Finn se moja la cara repetidas veces, mirando su reflejo en el espejo, con las manos apoyadas en el mármol y preguntándose qué le pone tan nervioso. ¿Será la idea de viajar acompañado, cuando él está acostumbrado a hacerlo solo? ¿Será el hecho de hacerlo con una mujer aparentemente tan distinta a él? ¿O será porque, a pesar de todo eso, se siente de alguna manera atraído por ella?

Preso de un arrebato inconsciente, saca el teléfono del bolsillo y llama a Mitch. En cuanto este descuelga, se oye mucho ruido de fondo.

—No es el mejor momento... —dice este.

—Me parece que voy a renunciar.

—¿Qué?

—Que me parece que no voy a firmar ese contrato.

—¿Qué dices?

—¡Que me parece que paso!

—Finn. Te había entendido la primera vez. No estoy sordo, estoy sorprendido porque no es nada propio de ti. Tú nunca te rindes. Nunca renuncias a nada. Así que me imagino que debe de ser una tía impresionante para que ni siquiera tú te atrevas a currar con ella.

—No es eso... Es que... —Finn se calla durante unos segundos, buscando las palabras adecuadas para convencer a su hermano y, sobre todo, a él mismo—. Somos demasiado distintos.

Aguanta las carcajadas de su hermano durante más tiempo del que cree necesario, hasta que, a punto de perder la paciencia, Mitch vuelve a hablar:

—De acuerdo, tío. Ya lo veo.

—¿El qué?

—Que estás cagado de miedo. Que esa tía se ha convertido, de repente y sin ella siquiera pretenderlo, en tu kriptonita. ¿No eras tan tolerante y abierto? Pues predica con el ejemplo. Y te dejo, que hemos alcanzado los cuatro mil metros y vamos a saltar.

—¿Estás trabajando?

—Sí. Saluda, John.

—Hola… —Se oye a lo lejos una voz débil.

—Entre tú y yo —susurra Mitch—, ese sí está cagado de miedo, y con más razón que tú. Así que cuelga ya y ve a hablar con esa chica.

Envalentonado por las palabras de su hermano, Finn sale del baño y se acerca a la mesa. Emma está concentrada en su teléfono, escribiendo con una agilidad asombrosa a pesar de las uñas postizas que lleva.

Finn chasquea la lengua al verla de nuevo. No podían haber buscado a alguien más diferente a él. Una persona con la que él no tiene nada que ver, en la que no se habría fijado jamás. Pero entonces ella levanta la vista y, al verle, sonríe con timidez de nuevo, dejando el teléfono sobre la mesa, y algo dentro de Finn se vuelve a romper un poquito más.

Al dejarse caer en la butaca, deja escapar un largo suspiro.

—¿Nervioso? —le pregunta ella—. ¿O arrepentido de haber aceptado?

Finn sonríe apretando los labios, asintiendo con la cabeza.

—Aún no he aceptado, pero sí, te reconozco que un poco de las dos cosas… Salta a la vista que no tenemos nada en común, aunque tengo claro que esa es precisamente la intención de la cadena.

Emma asiente también, mirándole de reojo de arriba abajo, viendo los descosidos en los bajos del pantalón de Finn e incapaz de no preguntarse cuántos años hace que los tiene en el armario. Entonces, acordándose de los consejos de Kat, decide abrir su mente y dejar a un lado sus reticencias y, respirando profundamente, apoya los antebrazos en la rodilla e intenta centrar toda su atención en él.

—He visto tu programa —dice.

—¿Ah, sí? ¿Lo sigues habitualmente?

—No. En realidad, no tenía ni idea de que existieras hasta hace un par de días —confiesa Emma, incapaz de mentirle.

—Pues mira, ya tenemos algo en común —se apresura a decir Finn, como si algo dentro de él le alentara para no quedar por debajo de ella—. Yo también he visto algo del tuyo.

—¿Y qué te parece?

—Diferente.

Existen multitud de calificativos para describir algo, pero «diferente» es tan ambiguo para Emma que, algo molesta, se apresura a contraatacar.

—Sí, ya. Como el tuyo. Es como... menos profesional que el mío, ¿no?

—¿Menos...? ¿Por qué?

—No sé... Vas por ahí sin rumbo fijo... grabando tú mismo con tu teléfono o con lo que sea...

—¿Y qué tiene eso de malo?

—Pues eso, que es como poco profesional porque, no sé, da como la impresión de no tener nada preparado ni planificado cuando, precisamente, un viaje se planifica al detalle.

—¿En serio? ¿Necesitas planificarlo todo al detalle para que salga genial? ¿Nunca has hecho nada espontáneo? ¿Qué pasa cuando algo te apetece de repente? ¿No lo haces porque no entraba en tus planes?

—Pues... claro que soy espontánea —contesta Emma, realmente dolida—, pero no cuando estoy trabajando y los espectadores confían en que les expliques y des detalles que les puedan servir de ayuda en sus viajes. Es como si un profesor no se preparara sus clases.

—Detalles de los hoteles de lujo de los que no sales, querrás decir. Tú no viajas a un país, ni visitas las ciudades, ni conoces a sus gentes. Te limitas a rodearte de los lujos de un hotel de cinco estrellas y conformarte con lo que a ellos les parezca que te tienen que enseñar de su cultura.

—Pero... ¿quién eres tú para...? —Emma siente cómo se le humedecen los ojos, pero, antes de que Finn se pueda dar cuenta, agarra su pequeño bolso y se levanta—. ¿Sabes qué? Esto no va a funcionar.

A pesar de los esfuerzos de ella, Finn se da cuenta de las lágrimas que pugnan por salir de sus ojos y, arrepentido por el tono al que ha derivado la conversación, se pone en pie y hace un intento de retenerla alargando un brazo, que ella esquiva antes de darse la vuelta y salir por la puerta.

Mientras camina, las lágrimas resbalan por sus mejillas. Intenta secárselas con rabia, sin comprender por qué le han afectado tanto esos comentarios viniendo de alguien al que acaba de conocer y que le importa tan poco.

Cuando Finn recibió la llamada del señor Hanson emplazándole para una reunión al día siguiente, no se imaginaba que se iba a encontrar de nuevo, tan pronto, cara a cara con Emma. Por eso, al entrar detrás de la secretaria que le ha acompañado, se queda paralizado. Ella parece que tampoco estaba al corriente, a tenor de la palidez de su rostro nada más verle.

—Perfecto. Ya estamos todos —empieza el señor Hanson—. Finn, te presento a Stu.

—Un placer —dice este, estrechándole la mano—. Me encanta tu programa, por cierto. De hecho, he ido de vacaciones a Colombia y he seguido tu itinerario por el parque Tayrona. Espectacular.

—Me alegro —contesta Finn, realmente orgulloso.

—Stu va a ser vuestro cámara —le aclara Hanson.

—O iba, según tengo entendido…

—¿Iba? —pregunta Finn, extrañado, hasta que mira a Emma—. ¿Te has echado para atrás?

—¿Acaso tú no? Y, si no lo has hecho, no me negarás que lo has pensado.

—Bueno, nuestro encuentro no salió del todo bien, pero… ¿tanto como para rendirse?

—Heriste mis sentimientos. —Finn abre los brazos, confundido, mientras que a Stu se le escapa un largo suspiro, agarrándose el puente de la nariz—. ¿Qué? ¿Tienes algo que decir? Si no vas a aportar nada útil y te vas a limitar a poner caras y a hacer gestos, mejor que te largues.

—Emma, le he pedido yo que viniera porque me gustaría que, entre todos, podamos llegar a un entendimiento. Soy consciente de vuestras diferencias y desacuerdos, créeme. En realidad, eso es justamente lo que buscamos. No os voy a negar que esperamos que esas desavenencias nos den mucha audiencia. Hemos visto vuestro potencial en pantalla, creemos en vosotros. Sabemos que habrá peleas, muchas, pero tenéis química, hay chispa entre vosotros, aunque os cueste haceros una idea ahora.

Finn y Emma se miran de reojo, disimuladamente. En realidad, los dos han notado esa especie de calambre que les recorre el cuerpo cuando se ven, ese pellizco que les deja sin aliento de golpe.

—En cuanto me enteré de tu renuncia, supe que estabas cometiendo un tremendo error, Emma —prosigue Hanson—. Y por eso os cité aquí. No quiero pediros que os llevéis mejor, porque, en realidad, me interesa que no sea así. Necesito que veáis esto como una oportunidad en vuestras carreras. Lo hemos estado hablando con el consejo y podemos ofreceros más dinero, mejores condiciones… Un adelanto por firmar el contrato, un sueldo por programa y, dependiendo de la audiencia, podríamos estudiar daros unos incentivos…

Emma tiene que hacer verdaderos esfuerzos para que no se note que se le ha acelerado el pulso al escuchar eso. Ese dinero le permitiría poder empezar a buscar un apartamento para ella sola, un refugio al que volver en caso de que las cosas se torcieran al final, lejos de las exigencias y miradas reprobatorias de su familia.

A Finn, en cambio, le da igual el dinero. Lo único que se pregunta desde que la vio en ese póster es por qué. ¿Por qué esa chica, tan diferente a él, le pone tan nervioso? ¿Por qué, a pesar de parecerle superficial y fría, está deseando trabajar con ella? ¿Por qué ha declinado la oferta a pesar de que él ha percibido que ella siente la misma tensión?

—Si se me permite opinar —interviene entonces Stu, mirando sobre todo a Emma—, os conozco a los dos. Más o menos. Y creo que percibo lo mismo que el señor Hanson. Esa sensación de que podéis estar riendo a carcajadas mientras compartís una cerveza y al momento sacar un cuchillo para asesinaros mutuamente, me atrae. Llamadme sádico, pero algo de todo eso me mantendría pegado a la pantalla de televisión. Y si, además, conseguimos contar alguna cosa interesante del destino al que nos envíen, ¿qué más se puede pedir?

El señor Hanson y Stu miran a uno y a otro, esperando una reacción por su parte. Finn tiene clara su decisión. A pesar de sus miedos, de no saber cómo comportarse a veces frente a ella, de no tener claro cómo va a reaccionar cuando conviva con ella las veinticuatro horas del día, está dispuesto a arriesgarse. Emma, en cambio, sigue debatiéndose entre ser valiente y dejarse llevar o dar la espalda al proyecto, a Hanson, posiblemente a su trabajo en la cadena y, sobre todo, a ese chico desaliñado y demasiado intenso que la trae de cabeza desde que le vio en su programa.

—Vamos, Emma… No me negarás que puede ser divertido —interviene de nuevo Stu.

—¿Emma…? —empieza a añadir el señor Hanson.

—La vida sería mucho más fácil si tuviera música de fondo y efectos de suspense para avisarnos de cuándo la estamos cagando… —susurra Emma. Finn ríe con la cabeza agachada—. ¿Algún problema, Wilkins?

—Para nada —responde él, mostrándole las palmas de las manos a modo de rendición.

—Perfecto. Así me gusta. De acuerdo. Acepto.

El señor Hanson no puede contener la alegría e incluso hace un gesto triunfal con los brazos. Stu parece encantado ante la idea de empezar a trabajar con Finn y, todo sea dicho de paso, poner en algún aprieto a la pija insoportable, como él la llama. Finn, por su parte, intenta mantener una pose neutral: sin demostrar las ganas que tiene de compartir con Emma su día a día, de descubrir qué se esconde bajo esa fachada superficial, y sin hacer patentes sus miedos.

—De todos modos —Emma se apresura a contener la euforia—, me gustaría añadir una cláusula al contrato: mi derecho a romperlo en cualquier momento que yo sienta que la convivencia es insostenible sin perder un dólar de lo ya ganado.

—Pero... Eso tendría que consultarlo con...

—¿Alguien con su poder tiene que consultar ese tipo de cosas? ¿No es usted el que manda aquí? Sin esa cláusula, no acepto.

El señor Hanson la observa detenidamente, muy serio. Emma contiene el aliento durante lo que le parecen años, esperando que su jugada haya salido bien. Desde el momento en el que se dio cuenta de que todo dependía de su respuesta, y de lo mucho que Hanson confiaba en el proyecto, supo que tenía la sartén por el mango y que había llegado el momento de exponer sus exigencias. Teniendo la cuestión del dinero totalmente satisfecha, era el momento de fabricarse una vía de escape en caso de que las cosas se volvieran demasiado tensas entre Finn y ella.

—De acuerdo. Trato hecho.

En Camboya nos conocimos

Emma llega al JFK en un taxi, de cuyo maletero el conductor la ayuda a sacar una enorme y pesada maleta de la que tira con decisión por la terminal de vuelos internacionales. Por el camino, se encuentra a Stu, cámara al hombro. Se saludan con un movimiento de cabeza y este le señala hacia el punto en el que Finn ya la espera. Parece relajado, con las manos metidas en los bolsillos de su pantalón, del mismo estilo que llevaba cuando tuvieron su primer encuentro cara a cara, mirando el panel de información de los vuelos. También lleva una camiseta vieja de color negro y las mismas zapatillas de deporte, aunque esta vez ha añadido una sudadera que lleva anudada a la cintura y porta un sobre grande bajo el brazo.

El repiqueteo de los tacones de las botas de Emma en el suelo llama la atención de Finn, que se gira y la ve. Le sorprende verla vestida algo más informal, con unos vaqueros, una camisa entallada y una americana negra, a juego con las botas de tacón que le llegan a la altura de las rodillas. Finn, de repente, se la imagina vestida tan solo con un conjunto de ropa interior de encaje negro, con esas botas hasta las rodillas, una fusta en la mano y su pose de suficiencia característica, viéndose obligado a tragar saliva para humedecer su garganta seca y a mirar para otro lado para que ella no se dé cuenta de su inesperada excitación.

—Hola. ¿Llego bien? —le pregunta ella, obligándole a él a encararla.

—Eh… Sí… Supongo. —Cuando están frente a frente, ella se quita las gafas de sol, se las coloca sobre la cabeza y, en un gesto totalmente espontáneo, se humedece los labios. A pesar de la inocencia de este, Finn se gira de golpe hacia el panel informativo, y lo señala para disimular—. Estaba intentando adivinar cuál será nuestro destino, en realidad. ¿Alguno que te apetezca en especial?

—Ummm. Dubái, por ejemplo. Tampoco he estado nunca en Sídney… ¿Y a ti?

—Cualquiera —responde Finn con total sinceridad—. Aunque ya haya estado anteriormente. Siempre hay algo nuevo por descubrir. Pero no retrasemos más el momento, vamos a descubrirlo.

Finn levanta el sobre entre los dos.

—¿Por qué te lo dieron a ti?

—Supongo que porque aún no se fían del todo de ti.

—¿Perdona? —le pregunta Emma, algo ofendida.

—Te deben de creer capaz de no poder esperar para saberlo, e incluso de echarte para atrás si el destino que nos proponen no es de tu agrado.

—Pues entonces no me conocen tan bien como creen.

—De acuerdo. Vamos allá —dice Finn, rasgando el sobre por la solapa.

Sacó la hoja que había en el interior y la acercó a Emma para que ambos pudieran leerla.

Queridos Emma y Finn:

Ha llegado el gran momento. Vuestra aventura está a punto de comenzar. Tenéis una semana y 5.000 dólares de presupuesto para descubrir a vuestro antojo el primer destino: CAMBOYA.

El programa os ha comprado los billetes de ida y vuelta desde Nueva York a la capital, Phnom Penh, descontándolos de vuestro presupuesto, por supuesto. De modo que os quedan 2.400 dólares. Stu viajará siempre con vosotros, usando los mismos transportes y hospedándose en los mismos hoteles, pero el programa se hará cargo de sus gastos. La guía y el mapa que encontraréis en el sobre corren de nuestra cuenta. Así que, ¡disfrutad y nos vemos a la vuelta!

—¿Solo dos mil cuatrocientos dólares para siete días? —pregunta Emma, escandalizada.

—Es factible. Esa parte de Asia es bastante barata, si nos lo montamos bien...

—¿Si dormimos en la calle, te refieres?

—No —niega Finn—. Hagamos una cosa: el vuelo sale dentro de una hora y media. Vamos a facturar el equipaje, buscamos la puerta de embarque y empezamos a planificar la ruta. ¿Te parece?

—Está bien. Pero te advierto desde ya que yo no duermo en cualquier sitio.

—Eso tengo entendido, sí... —Suspira Finn mientras se cuelga la mochila al hombro.

—Y tampoco como en restaurantes que no saben lo que es una inspección de sanidad.

—Está bien —contesta él, caminando por delante de ella con resignación, pensando que ese viaje puede que se le haga algo largo.

—¿Dónde está el resto de tu equipaje? —le pregunta ella, parapetada tras su enorme maleta Louis Vuitton.

—No hay más equipaje. Aquí llevo todo lo necesario.

—¿Qué? No puede ser. Seguro que te has olvidado algo.

—Siete calzoncillos, siete pares de calcetines, un par de pantalones, cuatro o cinco camisetas, una toalla, un bañador, cepillo y pasta de dientes, desodorante y un libro.

—¿Y ya está? ¿No llevas al menos una muda para cada día?

—Si los mancho, buscaré una lavandería.

—¿Y un peine?

—Me peino siempre con las manos.

—¿Colonia, tijeras, algún medicamento, chanclas, una maquinilla de afeitar...?

—No necesito nada de eso. —Emma le mira con los ojos y la boca muy abiertos, realmente alucinada, incapaz de creer que Finn pueda ir por el mundo tan ligero de equipaje—. Aparte de todo eso... —pregunta señalando la enorme maleta de ella—, supongo que te habrás acordado del pasaporte.

Emma saca de su bolso bandolera, a juego con la maleta, otra bolsa con cremallera, de donde extrae el pasaporte, en perfecto estado, mostrándolo en alto. Finn, por su parte, lleva su mano al bolsillo trasero del pantalón y extrae el suyo, gastado, arrugado y con alguna página rota. Al verlo, ella pone los ojos en blanco, justo en el momento en el que llegan al mostrador de facturación.

—Me niego. No. Ni hablar. Yo no duermo en ese hotel.

—¿Por qué no? Es barato y tiene buenas opiniones...

—No suelo confiar mi vida a las opiniones de Trip Advisor.

—¿Tu vida? Por el amor de Dios, Emma. Es un hotel, no una trinchera. Es imposible que mueras en uno, a no ser que te tires por el balcón.

—Qué pocos programas de sucesos has visto...

Discuten mientras hacen cola en la puerta de embarque del avión. Han levantado algo de expectación entre el resto de viajeros, algunos grabándolos al reconocerlos, aunque la mayoría por el mero hecho de llevar una cámara detrás.

—¿En qué te basas entonces cuando eliges un hotel?

—En las fotos. Y de este no hay ninguna.

—Pero...

—Pero nada.

—Tenemos un presupuesto ajustado, Emma. Debemos mirar bien en qué nos gastamos el dinero. Sé de un par de sitios en Camboya que no nos podemos perder, y para ello tendremos que coger algún vuelo interno para desplazarnos.

—Me parece perfecto, pero necesito dormir en un sitio decente —replica, centrando su atención en la pantalla de su teléfono—. Como este.

Emma le enseña brevemente a Finn la pantalla, donde aparece una foto de una enorme piscina rodeada de palmeras y plataneros.

—Son noventa dólares por noche cada habitación. Es una ganga para ser un cuatro estrellas en el centro de la ciudad, a solo media hora del aeropuerto. ¡Y mira! ¡Tienen lavandería, por si tienes que lavar ropa! Adjudicado. ¿Dos noches está bien?

Sin darle tiempo a decir nada, Emma se aleja con el teléfono pegado a la oreja, hablando y gesticulando con las manos. Menos de un minuto después, se coloca de nuevo en la fila, al lado de Finn, con una sonrisa satisfecha dibujada en los labios.

—Me han hecho una pequeña rebaja: nos dejan las habitaciones a ochenta y cinco dólares.

—¿Las tres? —interviene de repente Stu, asomando la cabeza por detrás de la cámara. Emma le mira con los ojos muy abiertos—. Te has olvidado de mí.

—A lo mejor tienen más habitaciones libres... —se empieza a excusar ella, mientras Stu resopla resignado—. Deberías sentirte halagado porque esto es precisamente lo que quiere la cadena, que nos comportemos con total naturalidad, olvidándonos de que estás ahí. A las malas, podéis compartir la cama de la habitación de Finn. Son *king size*.

Nada más salir del aeropuerto de Phnom Penh, después de casi veintiuna horas de vuelos y una escala en Hong Kong, sienten la ropa pegada al cuerpo por la humedad. Emma arrastra con dificultad su enorme maleta, mirando alrededor, agobiada por culpa del barullo y el caos de tráfico. Todos son gritos y cláxones a su alrededor. Los coches no parecen respetar ninguna línea recta, mientras que una infinidad de motocicletas y *tuk tuk* les esquivan por donde pueden.

—¿Americana? ¿Quiere ir a ver los campos de la muerte? Yo muy barato —le pregunta un tipo con una enorme sonrisa, con un inglés poco aceptable.

—¿Los campos de la muerte? —pregunta Emma, escandalizada.

—Sí. Yo la llevo —contesta el tipo, señalando un *tuk tuk* aparcado a su espalda.

—No… Gracias… —contesta Emma, retrocediendo en busca de Finn, al que descubre hablando animadamente con otro tipo, con la cámara pegada a ellos.

—¡Emma, ven, que nos llevan al hotel!

Ella le hace caso de inmediato, algo asustada al sentir decenas de pares de ojos mirándola de arriba abajo y varios de ellos acercándosele a ofrecerle infinidad de productos. En cuanto ve la puerta trasera del coche abierta, sube enseguida, dejando que Finn y Stu metan el equipaje en el maletero.

—Menos mal que has encontrado este taxi, porque estaba empezando a agobiarme… —confiesa cuando Finn se sienta a su lado. Stu, por su parte, se sienta en el asiento del copiloto, enfocándoles con su cámara.

—No es un taxi. Creo. Se me acercó, se ofreció a llevarnos a nuestro hotel. Me pidió cinco mil rieles, le dije que le daba un dólar americano, y aquí estamos.

Emma le observa detenidamente, parpadeando cada pocos segundos.

—¿Me estás diciendo que este tipo no es un taxista profesional? ¿Te das cuenta de que podría secuestrarnos y pedir un rescate por nosotros?

—En realidad, no lo había pensado. Tiendo a creer en la buena fe de la gente. Igualmente, si sucediera lo que dices, no creo que mi abuelo y mi hermano estuvieran dispuestos a pagar demasiado por volver a verme, así que... ¿Qué me dices de ti, Stu?

—Ni cien dólares.

—Ya lo has oído, Samnang. No nos secuestres porque te llevarías poca pasta...

—De acuerdo, señor. Lo tendré en cuenta —contesta este, hablando un inglés bastante depurado.

—Me podías haber dicho que entendía lo que hablábamos... —susurra Emma, entre dientes—. Te agradecería que, de ahora en adelante, consultaras conmigo todas las decisiones que nos afecten a los dos.

—Tres —interviene Stu.

—Tres —repite Emma.

—Lo siento. Te vi tan entretenida interactuando con la gente local, que no osé molestarte.

—¿Entretenida? ¿De veras? Intentaba llevarme a no sé qué campos de la muerte...

—¿En serio? Me interesa... ¿Por cuánto?

—Pues te lo apuntas para cuando vuelvas solo. El genio que le puso ese nombre no era un experto en marketing, precisamente...

—Se les llama así porque aún hoy en día, todavía quedan restos desperdigados en fosas comunes del genocidio que sufrieron a manos del ejército de Pol Pot que, con la excusa de acabar con cualquier signo de progreso, con lo que acabó fue con un cuarto de la población total del país. Y eso es algo que sucedió hace unos cuarenta años, es bastante reciente...

Emma le escucha con la boca abierta, realmente atenta y emocionada. Casi puede sentir cómo se le ha erizado la piel al escucharle hablar con tanto respeto y sentimiento, pero sin perder ese brillo en los ojos que ha podido observar en todos los cortes de su programa que ha visto. Ese brillo que vio en su mirada cuando se conocieron en persona por primera vez y que la lleva hechizando desde entonces.

—Llámame rara, pero no me apetece ir paseando y tropezar con restos humanos.

—¿Cuántos días se quedan? —pregunta Samnang.

—Dos.

—No es mucho… Podrían visitar el S21.

—Cuéntame más.

—El hotel cuenta con solo setenta habitaciones, con lo que es una suerte que hayamos encontrado habitaciones libres… —sigue explicando Emma, caminando al lado de la piscina.

—Solo dos… —interviene Stu, sin dejar de grabar.

Emma decide obviar su comentario y proseguir con sus explicaciones como si nada.

—Al lado de la piscina, de agua azul verdosa, hay varios sofás muy cómodos donde podernos relajar y tomar el sol durante el día o tomar unos cócteles por la noche, siempre acompañados de varios árboles tropicales como almendros marinados, cocoteros, acacias, frangipanis y champakas… —Emma le hace una señal a Stu—. Espera. Corta. Eso no me convence…

Finn aparece entonces a su lado. Parece haber descansado un poco y haberse duchado, a tenor de su pelo mojado. Emma no puede evitar acordarse de sus palabras: «Me peino siempre con las manos», e imaginarle haciéndolo, algo que, de repente, se le antoja de lo más sexy.

—¿Nos vamos? —les pregunta.

—¿Irnos? ¿Adónde?

—Al S21 que nos comentó Samnang.

—Pero... ahora estábamos grabando unas tomas en el hotel...

—Eso no importa.

—¿No? Te lo tienes un poco creído, ¿no? ¿Por qué tus tomas interesan más que las mías?

—No son mis tomas, son las de lo que realmente importa y de lo que va este programa. La gente no quiere ver hoteles, quiere que le enseñemos lugares que visitar, que le recomendemos sitios donde comer, que le contemos lo que le puede costar un viaje en taxi... Además, dijiste que tú te encargabas de contratar el hotel y yo de todo lo demás. Pues bien, me he encargado. Nos vamos a visitar el S21.

Al salir del hotel, Finn saluda a los conductores de un par de *tuk tuk*, que les reciben con grandes sonrisas.

—Stu, me temo que no cabemos los tres. ¿Quieres viajar con ella y yo voy en el otro?

—No, creo que lo mejor será que vayáis los dos en uno y yo en el otro, intentando captar alguna toma buena.

—De acuerdo.

El trayecto empieza bien. El aire que les da en la cara, aunque caliente, es de agradecer. Emma incluso parece estar disfrutándolo, mirando alrededor y saludando a Stu, que les graba sentado en el otro vehículo, que les sigue de cerca. Pero entonces, el tráfico se intensifica. El conductor empieza a esquivar a otros vehículos, pasando lo suficientemente cerca como para rozarse incluso.

—¡Oye! ¡Con cuidado! —empieza a gritar Emma, agarrándose del brazo de Finn y acurrucándose contra su costado cuando ve el peligro lo suficientemente cerca—. Vamos a morir... Y yo que quería evitar los campos de la muerte...

—Shhh... Tranquila...

La voz de Finn suena grave y profunda, muy cerca del

oído de ella, reconfortándola en un segundo. Emma levanta la vista y se encuentra con los ojos de Finn a escasos centímetros. Entonces él empieza a sonreír, mostrando unos dientes perfectos, y lo hace para hacerla sentir mejor, no para reírse de ella. Y, cuando lo hace, los ojos se le achinan, aunque sin perder esa intensidad azul. Y el resultado es realmente abrumador a ojos de Emma, que de repente siente cómo se le seca la garganta y cómo los latidos de su corazón retumban en sus oídos. Confundida y algo sonrojada, se apresura a apartarse hasta colocarse en el borde contrario del asiento acolchado del precario vehículo.

👜 👜 👜

Pasean por las estancias del S21 con el corazón encogido. Finn observa cada detalle, cada mural y cada fotografía con atención, frunciendo el ceño y viéndose obligado a tragar saliva a menudo para intentar contener la emoción. Emma, por su parte, sintió un escalofrío nada más entrar en el recinto del antiguo colegio convertido en cárcel, donde torturaban hasta la muerte a miles de camboyanos porque se creía que pertenecían a la KGB, la CIA o, simplemente, eran enemigos del estado. Es como si un frío helado le recorriera el cuerpo y no lograra entrar en calor ni siquiera frotándose los brazos con las manos, intentando arroparse.

—¿Estás bien? —le pregunta Finn, de repente a su lado.

—No mucho, la verdad —contesta, mirando las fotografías de los vivos a su entrada en la prisión y de los muertos antes de deshacerse de ellos, que adornan las paredes de las celdas y que te transportan a ese tiempo, no tan lejano.

—Lo siento. No pensé que te fuera a afectar tanto…

—No pasa nada —contesta ella con sinceridad—. Me afecta, pero es algo que hay que ver. No me arrepiento de haber venido.

—¿A pesar de haber renunciado a una mañana de relax tomando el sol? —le pregunta Finn, mirándola de reojo con una sonrisa de medio lado. Emma le devuelve la mirada y la expresión divertida justo antes de que él vuelva a hablar—: ¿Tienes hambre? He leído de un sitio que nos dejará con buen sabor de boca en varios sentidos: dicen que la comida está muy buena y, además, sus empleados fueron niños sin hogar a los que les dieron una oportunidad laboral. ¿Qué te parece? ¿Nos fiamos aunque no veamos fotos de los platos ni tengan ninguna estrella Michelin?

Emma le mira simulando estar ofendida por su comentario, y Finn ríe, agarrándola de la mano y tirando de ella hacia el exterior.

—Está aquí cerca. Vamos dando un paseo, y así nos vamos ambientando y contagiando del día a día de la ciudad.

Nada más pisar la calle, ya sea por el hecho de ser occidentales o de llevar una cámara pegada a ellos, grabándoles, enseguida se convierten en el centro de atención. Unos les saludan, otros se les acercan a hablar, a intentar venderles algo o, simplemente, tocarles, como un grupo de niños ruidosos. Finn parece sentirse muy cómodo en esas situaciones, mientras que Emma sonríe de forma forzada, sintiéndose algo agobiada. Finn está pendiente de ella todo el rato, mirándola de reojo, divertido ante sus reacciones.

Callejean sin problemas gracias al teléfono de Finn y su fantástico sentido de la orientación.

—Finn… ¿Por qué algunas mujeres van en pijama? —susurra entre dientes, sin dejar de simular la sonrisa.

—Pues no sé. Deben ir cómodas, digo yo.

—Y está todo lleno de basura… ¿Están en huelga los del servicio de limpieza? —pregunta con inocencia mientras a Finn se le escapa la risa.

Afortunadamente para Emma, diez minutos después entran en un pequeño y estrafalario restaurante. Emma mira alrededor, algo consternada. No es el tipo de restaurante que ella suele frecuentar, y no está segura de que la comida sea de su agrado, aunque en ningún momento va a hacer nada que muestre su debilidad ante Finn. Por eso, cuando se sientan y tienen que pedir, ella se limita a señalar un plato al azar, deseando encontrar de camino al hotel una farmacia en la que comprarse un protector estomacal.

—Stu, ¿por qué no te tomas un descanso? —le pide Finn—. Que si nos grabas tanto, esto al final va a parecer El Gran Hermano.

—Grabas mucho más que cuando estabas conmigo... —interviene Emma—. Recuerdo que te hacías el remolón cuando te pedía que grabáramos alguna toma más.

—Cariño, cuando he grabado ya diez veces el mismo paseo en la playa privada del hotel en cuestión y me pides que lo grabe una vez más porque la luz del sol no se ha reflejado en tu piel como pensabas, o porque te habías dado cuenta de que ese bikini no resaltaba todos tus encantos, me doy por vencido. —Finn intenta contener la carcajada, aunque con escaso éxito—. Tú me entiendes, ¿verdad?

Los dos pares de ojos se posan entonces en Finn, que se encuentra acorralado de repente. Intenta escabullirse de la encerrona, levantando las palmas de las manos, pero la mirada insistente de ambos le obliga a posicionarse.

—Bueno... Como ya habréis imaginado, viajar para dar paseos por los hoteles no es mi estilo.

—Gracias —concluye Stu, haciendo aspavientos con los brazos.

Emma, en cambio, le fulmina con la mirada, realmente ofendida. Por suerte, el camarero, un chico muy sonriente que no debe de tener más de dieciséis años, aparece con su comida. Deja los platos en la mesa y hace una reverencia antes de dejarles solos de nuevo.

—Aquí hay un error... —susurra Emma, mirando su comida con una mueca de asco dibujada en la cara. Stu y Finn, que ya habían hincado el tenedor, levantan la cabeza para prestarle atención—. Se han olvidado mi plato.

—No. Está ahí —contesta Finn, señalando con un movimiento de cabeza, sin dejar de masticar.

—No. Me refiero a un plato. Ya sabéis... de porcelana, o incluso soportaría uno de plástico, eso que sirve para poner la comida encima...

—No esperes porcelana. El *amok* se suele servir sobre las hojas de plátano en las que se cocina. —La explicación parece no convencer a Emma, así que Finn intenta infundirle algo de confianza—. Pruébalo. Está bueno, te lo aseguro.

—No lo creo.

—Oh, vamos, Emma. No montes uno de tus numeritos. Come —interviene Stu, algo desesperado.

—¿Y tú quién eres, mi padre?

—Pobre hombre... Sería una descortesía que no lo comieras.

Emma mira hacia el mostrador y descubre a varios camareros mirándolos. La cámara ha levantado expectación, y saben que parte de su éxito se debe a la publicidad que reciban. Así, Emma hunde el tenedor, que limpia previamente con disimulo en su camiseta y, cerrando los ojos, se lleva la comida a la boca. Al instante, una explosión de especias le inunda la boca, despertándole de un golpe todos los sentidos. Abre los ojos de par en par, intenta asimilarlo todo al tiempo que mastica y traga.

—Madre mía... —balbucea, pinchando de nuevo con el tenedor. A Finn se le dibuja una sonrisa al observarla, consciente, aunque algo preocupado, de todo lo que ella parece despertar en él.

—Esto tengo que inmortalizarlo... —apunta Stu, enfocando la cámara para grabar.

—No me grabes comiendo, Steward, porque pongo caras obscenas —suelta Emma.

—Mejor me lo pones. Así tengo material para las largas y solitarias noches…

Emma le lanza una servilleta que no alcanza a Stu porque ya se ha puesto en pie y está grabando el local.

—No se llama Steward, ¿lo sabes, verdad?

—En realidad, llevo trabajando con él algo más de un año, y lo descubrí hace relativamente poco, pero, como sé que le molesta, no pienso enmendar mi error. ¿Te parece bien, Finnegan?

—En realidad, es Finnick, pero puedes llamarme como quieras. No me voy a molestar.

—Pues deberías. Para eso nos han juntado, ¿no? Para que nos peleemos y la liemos frente a las cámaras.

—O para que, juntos, encontremos el equilibrio. —Emma le observa sonriendo, removiendo la comida de forma distraída con el tenedor—. Yo nunca me habría hospedado en ese hotel y tú no habrías pisado nunca este restaurante y, míranos, aquí estamos. Hemos sobrevivido.

—Ni habría montado en ese ataúd con ruedas, ni paseado entre basura y rodeada de extrañas en pijama… Ahora que lo pienso, me parece que yo estoy haciendo más concesiones que tú. Me parece que voy a tener que tomar cartas en el asunto. Quizá reserve hora para los dos en el spa del hotel…

Finn pone los ojos en blanco, justo antes de dar un largo trago y acabarse así su cerveza. Levanta en el aire la jarra y le indica a uno de los chicos que le lleve otra.

—¿Te apuntas a otra ronda? —le pregunta a Emma.

—¿Acaso me quieres emborrachar?

—Pillado.

—Una es mi límite, pero, qué demonios, no tengo que conducir…

—Lo que me recuerda que, antes de emborracharte, debemos decidir cuál será nuestra próxima parada. Me he tomado la libertad de trazar un itinerario —dice, sacando un mapa del bolsillo del pantalón en el momento en el que uno de los chicos les sirve las dos cervezas—. Podríamos coger un vuelo interno hasta Siem Reap y poder visitar Angkor. Es la octava maravilla del mundo, y en 1992 fue declarada patrimonio de la Humanidad por la Unesco.

—Hecho. Yo me encargo del hotel —le corta Emma enseguida, sacando su teléfono móvil—. Tú busca los vuelos.

—Hemos llegado —dice Emma, visiblemente emocionada al bajarse del taxi y encarar la fachada del hotel.

—Emma, ¿cuánto cuesta esto? —pregunta Finn después de pagar al taxista, colocándose al lado de ella.

—Una ganga. Solo trescientos cuarenta y ocho dólares cada una por noche.

—¡¿Solo?! —estalla Finn, realmente escandalizado.

—Espera a verlo por dentro. Tiene una piscina de doscientos cincuenta metros simulando un río que discurre por todo el hotel y junto a las cabañas. Me he asegurado de que nos den unas con acceso privado a ella.

—Pero... ¡Emma! ¡No podemos pagar tanto!

—¡Por supuesto que podemos!

—¡No! En Phnom Penh nos gastamos dos mil trescientos sesenta dólares incluyendo los billetes desde Nueva York. Si ahora le sumamos mil trescientos noventa y dos de hotel, más los noventa dólares por cabeza de los vuelos... ¡Casi cuatro mil dólares gastados! Solo nos quedarán mil para el resto del viaje. —El rostro de Emma palidece por momentos—. Teniendo en cuenta que los vuelos de vuelta cuestan otros mil trescientos dólares, ya estamos en negativo...

A Stu se le escapa la risa, aunque no deja de grabar en ningún momento, capturando para siempre en su cámara el agobio de Emma y la incredulidad de Finn, ambos en aumento.

—Pero… entonces… ¿No podemos pedir más dinero? —pregunta Emma.

—No lo sé. Supongo que no pensaron en ello, ya que no nos creyeron capaces de fundirnos el presupuesto en tres días. Mientras lo averiguamos, vamos a instalarnos —resopla Finn, colgándose la mochila al hombro.

—Ya he hablado con ellos —dice Finn, dejándose caer en una de las hamacas de la piscina al lado de Emma que, en bikini y con un enorme y colorido pañuelo que la cubre, sorbe su bebida con una pajita con gesto compungido.

—¿Y…?

—Que vamos a tener que recortar en gastos. —Finn le quita la bebida de las manos y le da un sorbo—. ¡Joder! ¿Qué mierda es esto?

—Un señorita rosa. Las bebidas y comidas están incluidas en el precio de la habitación.

—Fantástico —dice, devolviéndole la copa a Emma y levantando un brazo para llamar al camarero, al que le pide un par de cervezas: una para él y otra para Stu.

—¿Y bien? ¿Recortar gastos?

—Sí, porque todo lo que gastemos de más durante este viaje, se nos descontará del presupuesto del siguiente. Así que, a partir de ya mismo hasta que aterricemos de nuevo en Nueva York, yo me encargaré de vuelos, alojamiento, visitas y comidas…

—Pero… yo no puedo dormir en cualquier sitio…

—Seguro que sí.

—Pero…

—No te preocupes. Lo tengo todo planeado.

—¿En serio?

—Más o menos.

—¿Más o menos?

—Así, así. De momento, disfruta hoy al máximo de las comodidades del hotel, porque mañana visitaremos Angkor temprano. —El camarero lleva las dos cervezas con sus respectivos vasos, que ambos rechazan. Finn da un largo trago y luego se pone en pie y se quita la camiseta—. ¿Cuánto decías que medía la piscina esta?

Emma, parapetada tras unas enormes gafas que la protegen del sol pero, sobre todo, disimulan el repaso exhaustivo que está haciendo al esculpido torso de Finn, bronceado, sin un pelo y adornado con pequeños y discretos tatuajes, dice:

—Doscientos cincuenta metros… Creo.

—Pues voy a hacerme unos largos.

Y se tira de cabeza, con un estilo de lo más depurado.

Al emerger, hace un movimiento brusco con la cabeza para peinarse el pelo a un lado, gesto que a Emma siempre le ha parecido de lo más varonil y sexy. Las gotas de agua del pelo le caen por los hombros y resbalan por ellos. El sol se refleja en esas gotas y en la superficie del agua, produciendo unos destellos preciosos que hipnotizan a Emma.

Entonces, un carraspeo la despierta de su ensoñación. Cuando gira la cabeza en su dirección, descubre a Stu saludándola con una mano, escudado tras la cámara.

—¿Qué te he dicho antes? No hace falta que lo grabes todo. No seas pesado, Steward —dice, justo antes de ponerse en pie y dirigirse hacia el interior del hotel con aire resuelto y decidido.

Unos incesantes golpes resuenan por toda la habitación de Emma. Al principio, intenta ignorarlos tapándose la cabeza con la almohada, pero ese remedio no logra amortiguar el ruido suficiente.

—¡Emma! ¡Emma, arriba!

Menos aún cuando oye la voz de alguien llamándola a gritos desde el otro lado de la puerta.

Cuando los golpes se vuelven insoportables, como martillos golpeando su cabeza, Emma se incorpora de sopetón e intenta bajarse de la cama, dando algún traspié que casi la lleva a besar el suelo.

—¡¿Qué narices te pasa?! —grita, nada más abrir la puerta. Finn la mira con los ojos muy abiertos mientras se le forma una sonrisa en los labios. Ella, al ver que los ojos de él se desvían a su pelo, se lo intenta peinar con las manos—. Que me despierten bruscamente es, probablemente, de las cosas que más odio en esta vida. Si lo vuelves a hacer, te apuñalo. —Entonces, se fija en la luz roja a la espalda de Finn—. ¡Y tú, so friki! ¡Apaga esa cámara!

Emma intenta cerrar la puerta, pero Finn se lo impide con la mano.

—Vístete. Te advertí de que íbamos a visitar Angkor temprano.

Emma le agarra la muñeca para comprobar la hora.

—¿En serio? ¿A las cuatro de la madrugada? ¿Estamos locos o qué?

—Emma, tú lo has querido. Tú has provocado todo esto. Has querido dormir en hoteles de lujo, bien, pero ahora tendremos que jugar con mis reglas. Mis reglas, mis horarios. Ponte ropa y calzado cómodo, por cierto. Te esperamos abajo en… ¿diez minutos?

Sin esperar respuesta, Finn se da la vuelta. Stu se queda un rato más en el pasillo, grabando la cara de sorpresa de Emma que, tras el momento de estupor, suelta un pequeño gruñido de rabia y da un portazo al cerrar la puerta.

—Me lo estoy pasando en grande, que lo sepas —le comenta Stu a Finn en cuanto se une a él en el vestíbulo del hotel. Finn sonríe de medio lado en respuesta a su comentario—. La he soportado durante meses… Demasiados. Y nunca la había visto así de descolocada.

—Pues espera a que sepa que va a pasarse todo el día pedaleando —dice, señalando tres bicicletas apostadas en la puerta principal del hotel.

—Ni lo sueñes. —Escuchan la voz de Emma a su espalda.

—¡Vaya! Lo has logrado en siete minutos.

—No me cambies de tema. No pienso subirme en eso y… sudar.

Finn la mira de arriba abajo.

—Ya. Mala suerte. ¿Recuerdas lo de apretarnos el cinturón? Pues eso. El alquiler de las bicis me ha costado solo seis dólares, y me han obsequiado con tres botellas de agua. Más los veinte dólares que nos van a costar las entradas a Angkor…

—¿Y no podemos alquilar una cosa de esas… como ayer?

—No. Porque estas bicis nos van a servir para ir, visitarlo y volver. Y deberíamos ir saliendo, que se nos hace tarde.

—Es imposible que se nos esté haciendo tarde cuando ni siquiera ha amanecido.

—Precisamente.

A regañadientes, Emma se sube en la bici. Hace años que no se monta en una, así que le lleva un rato habituarse. Sigue a Finn de cerca, mientras que Stu va tras ellos, con la cámara guardada en la mochila. A pesar de que aún está oscuro, ya hay mucho movimiento en la calle, y el tráfico empieza a ser caótico.

—¡Vamos a morir! —grita Emma cuando un taxi les adelanta a escasos centímetros—. ¡¿Esto no tiene marchas?! ¡¿Falta mucho para llegar?! ¡Me arden los músculos!

Cansado de las quejas, Finn aminora el ritmo y se coloca a su lado.

—No falta mucho. Venga. —Emma, no conforme con la respuesta de él, con el rostro lleno de sudor, sopla para apartarse un mechón de pelo de delante de los ojos—. ¿A eso le llamas tú calzado cómodo?

—Son zapatillas de deporte.

—¿Con plataforma?

—¿Quién ha dicho que el deporte está reñido con el estilo?

Poco después, Finn se detiene al lado de la puerta de entrada a Angkor y compra las tres entradas.

—Ya estamos. Ahora, vamos a descansar un poco aquí —dice, sentándose en unas piedras, dejando la bici en el suelo.

Abre la mochila y saca unas cuantas piezas de fruta.

—¿Y esto? —le pregunta Emma.

—Las he cogido del hotel.

—¿Has robado? —le pregunta, susurrando y acercándose a él para ser discretos.

—No. Hemos pagado por ello, ¿recuerdas? —le contesta él, imitando su tono de voz—. Te advierto que también he cogido pan y algunos embutidos. Hay que ahorrar...

Pocos minutos después, la luz del amanecer, con sus tonos rojizos, empieza a iluminar lentamente el cielo, y se empieza a dibujar el contorno de los templos situados frente a ellos. Emma disfruta del espectáculo en silencio y con la boca y los ojos muy abiertos. Finn hace lo mismo, cerrando los ojos a ratos e inhalando con fuerza para llenarse de la energía y la magia del lugar. Stu, por su parte, inmortaliza cada minuto.

—Me alegro de no haber llegado tarde —susurra Emma cuando vuelven a subirse a la bicicleta para dirigirse al primero de los templos y el más grande: Angkor Wat.

🧳 🧳 🧳

—En Angkor llegaron a vivir unas quinientas mil personas, se cree que gracias a su avanzado sistema de canalización de agua. Cuando empezó a fallar, la gente empezó a marcharse, aunque nunca se convirtió en lo que conocemos como una ciudad fantasma, ya que algunos monjes se instalaron aquí —explica Finn a la cámara, mientras pasea por entre los muros de piedra.

—Durante nuestra visita, Finn pretende matarme visitando diez de estos templos —prosigue Emma—. Estamos en el primero de ellos, Prohm, el único que se decidió conservar tal cual se descubrió. Por eso la fuerza de la naturaleza ha seguido su curso, y enormes raíces y espesa maleza rodean los templos.

Cuando vuelven a subirse a las bicis, a pesar del dolor que el incómodo sillín le ha provocado en el trasero a Emma, se descubre admirando el paisaje con gusto, sonriendo a los extraños con los que se cruzan, sin importarle estar chorreando sudor.

—El templo de Bayon es sobrecogedor —explica Finn cuando se detienen en su siguiente parada—. Resulta abrumador sentirse observado por unas doscientas caras de piedra, cada una dirigida a uno de los cuatro puntos cardinales. Todas diferentes excepto por un detalle: su plácida y tranquila sonrisa, tan propia de los habitantes de este maravilloso país.

Al atardecer, cuando ya han pedaleado alrededor de veinte kilómetros, emprenden el camino de vuelta al hotel.

—¿Cómo estás? —se interesa Finn.

—Sorprendentemente bien. Lo creas o no, el ejercicio físico y yo no nos llevamos muy bien. No suelo sudar para llegar a un sitio. Soy más de llegar en Uber.

—Quién lo diría —se mofa Finn, aunque Emma no se lo toma a mal, y sonríe con timidez.

—Pero esto ha sido abrumador a la vez que enriquecedor. De vez en cuando, sentirse así de pequeña te hace pensar —comenta ella, pensativa.

Finn la observa intrigado. De repente, le parece que la fría y superficial Emma tiene mucho más que contar de lo que aparenta a simple vista.

—Me alegro, entonces —comenta, con ganas de saber mucho más.

—¿Y bien? ¿Qué tienes más o menos preparado? —pregunta ella, rompiendo ese silencio tenso que se había creado.

—Koh Rong.

—¿Koh Rong?

—Nuestra próxima parada. A menos de una hora en avión, y un par más en ferry.

—Y… me da miedo preguntar, pero… ¿has reservado alojamiento?

—Ajá. Ya lo verás.

A Emma no le sienta demasiado bien el viaje en ferry. Con medio cuerpo por la borda, vomita hasta en tres ocasiones. Finn, a pesar de los gritos y reproches de ella, echándole la culpa por su estado, intenta hacerse cargo usando una de sus camisetas, que moja en el agua para colocársela en la frente y la nuca.

—¡Esto es por tu culpa! —grita ella.

—¿Por mi culpa? —Finn no puede contener la sonrisa.

—¡Sí!

—Vale…

—¡Seguro que me ha sentado mal la comida! ¡Y todo este sufrimiento en esta mierda de barca para que me metas en un cuchitril apestoso!

Afortunadamente para todos, menos para el conductor del ferry, que se lo está pasando en grande con el espectáculo, Emma se queda dormida antes de llegar a la isla, y Finn decide no despertarla y cargar con ella hasta el alojamiento que ha reservado, a pocos metros de donde les ha dejado el ferry. Mientras camina con la cabeza de Emma apoyada en su hombro, hace todo lo posible para que Stu no se dé cuenta de lo mucho que está disfrutando de su cercanía. La observa desde arriba, dormida entre sus brazos, con su pelo haciéndole cosquillas, respirando su olor corporal.

—Eres muy considerado —comenta Stu.

—Lo ha pasado mal... Será mejor que descanse y recupere fuerzas.

—De acuerdo. Pues en mi nombre y en el de todos los espectadores, te damos las gracias por este rato de tranquilidad —afirma Stu, justo en el momento en el que llegan a una cabaña de madera—. ¡La hostia! ¡¿Es aquí?!

—Ajá.

—Pero... ¿cuánto te ha costado esto?

—Veinte dólares.

—¿Qué? No puede ser.

—Entre viajes y alojamiento, ciento noventa y cuatro dólares. Unos mil cien dólares menos que la anterior parada de nuestro viaje.

Parados frente a la cabaña, a pie de una playa de arena blanca y aguas turquesas, se quedan un rato en silencio, disfrutando de un paisaje idílico, propio de las revistas.

Tumbado en la hamaca de la terraza de la cabaña, Finn se balancea suavemente mientras bebe una cerveza. Vestido tan solo con un bañador, con un brazo detrás de la cabeza, disfruta del sol de la tarde, cálido y de unos colores preciosos, mientras Stu ha salido a dar una vuelta para grabar los alrededores, maravillado por la belleza del lugar.

—Hola... —saluda entonces Emma, apareciendo en la terraza con aspecto somnoliento y el pelo revuelto.

—Eh... ¿Cómo estás?

—Hecha un asco.

A ojos de Finn, está jodidamente sexy.

—Me alegro de que te hayas despertado y no te pierdas el espectáculo —dice, señalando la playa con un movimiento del mentón.

Es entonces, al mirar alrededor, cuando Emma se percata de la belleza del lugar. A sus espaldas se extiende una densa jungla, de un color verde intenso y de la que proceden distintos ruidos producidos por varias aves. A ambos lados de la cabaña, una interminable extensión de arena tan blanca que el sol se refleja en ella hasta casi deslumbrar a la vista. Además, no hay nadie alrededor a excepción de Stu y su inseparable cámara al hombro. Frente a ella, el mar, de un color entre verde y turquesa alucinante.

—Esto es… —Emma es incapaz de describir con palabras la belleza del lugar y la paz y serenidad que transmite.

—Lo sé —contesta él, mirándola con un ojo medio cerrado, protegiéndose así del sol que le da en la cara—. Siento que el trayecto no haya sido del todo agradable.

—Y yo siento haber perdido los papeles.

—No creas…

—No mientas.

—El conductor del ferry se lo ha pasado en grande. Se decepcionó mucho cuando te dormiste.

—Oh, qué horror… —se queja Emma, tapándose la cara con ambas manos, muerta de vergüenza.

—¿Quieres dar un paseo por la playa? —le pregunta entonces Finn. Proposición a la que ella accede.

Empiezan a pasear por la orilla, dejando que el agua moje sus pies. Por su sonrisa abierta, Emma parece estar disfrutando mucho. Finn la observa embelesado mientras intenta luchar con la brisa, que le remueve el pelo. Lo que él no sabe es que su torso desnudo está haciendo mella en Emma, que se imagina rodeada por sus fuertes brazos, rodando abrazados por la orilla.

—Ahora mismo, hay poco más de cincuenta turistas en la isla, según me ha dicho el tipo que me ha alquilado la cabaña. —Finn decide empezar a hablar de lo primero que se le pasa por la cabeza, para distraerse. Emma lo agradece también—. Aunque esto durará poco. Se ve que están construyendo un complejo de lujo al otro lado de la isla, y están talando parte de la selva para ello. Así que esto que estamos haciendo ahora tú y yo, pasear solos por la playa, será prácticamente imposible.

—Pareces perseguir la soledad. Disfrutas de ella. No te da miedo estar solo.

—Técnicamente, no lo estoy —comenta él, con una media sonrisa.

—Ya me entiendes…

Finn asiente con la cabeza, mirándose los pies.

—Es una sensación que siempre me ha rodeado, así que no me es extraña. —Emma frunce el ceño, confusa, así que Finn se atreve a contarle parte de su historia—. Mis padres murieron en un accidente de coche cuando yo tenía tres años y, mi hermano, cinco. Estuvimos un tiempo en un hogar de acogida, no demasiado acogedor, hasta que los de servicios sociales lograron dar con mi abuelo. Él accedió a quedarse con nosotros, aunque nunca se ha caracterizado por sus muestras de afecto, a pesar de que sabemos que, al final, nos cogió algo de cariño. Supongo que nunca me he sentido parte de algo, nunca he tenido un hogar, y no lo encuentro algo extraño. Estoy cómodo siendo una especie de… nómada.

Emma se queda absorta en su historia, en su espíritu de superación. Quedándose huérfano tan pequeño, seguramente no recordará demasiado a sus padres. En cambio, a ella le aterroriza la posibilidad de verse obligada a vivir con ellos. Avergonzada, agacha la cabeza al sentir los ojos de Finn clavados en ella.

—¿Y cuál es tu historia? —Se decide este a preguntarle—. Me dio la impresión de que la visita a Angkor te dejó algo tocada... Dijiste que te dio que pensar...

Emma se ve incapaz de contarle sus problemas porque es consciente de que, al lado de los de él, parecen rabietas de una adolescente. Así que opta por volver a construir esa fachada frívola que la protege.

—Steward nos estaba grabando, y creí que ese comentario tan profundo quedaría bien en el reportaje.

Decepcionado, Finn sonríe por compromiso. Quizá haya querido ver algo en Emma que no existe. Puede que haya querido justificar su creciente atracción hacia ella convirtiéndola en algo que no es porque, en realidad, sabe que es imposible que ella sea su ancla, aquella persona capaz de retenerle en un lugar.

—¿Estás seguro de que esta tartana no nos va a dejar tirados?

—No, pero por diez dólares, nos arriesgaremos.

—¿Y cuánto has dicho que tardaremos en llegar a...? ¿Cómo decías que se llamaba el sitio?

—Kep. Y tardaremos unas tres horas —contesta Finn, sin perder de vista la maltrecha carretera de un solo carril que tiene que compartir, además de con otros coches, con carros tirados por burros, ciclomotores y bicicletas.

—¡¿Tres horas sin aire acondicionado?!

—Saca la cabeza por la ventanilla —le propone Finn, sin exaltarse un ápice.

Reconoce que, tras su decepción durante ese idílico paseo por la playa y lo distante que ella ha estado desde entonces, no se ha esmerado tanto en buscar transporte y el alojamiento de su última parada del viaje antes de volver a la capital para coger el vuelo de regreso a Nueva York.

—¿Y qué hotel has reservado?

—Una cabaña.

—¡Fantástico! ¿Como la última, frente a la playa?

—Parecida, pero algo más al interior.

Y no la engañó, solo que no le dijo que ese interior era en realidad el Parque Nacional de Kep, un ecosistema de unos cincuenta kilómetros cuadrados repleto de fauna y vegetación.

—Pero... ¿seguro que es aquí?

—*Sep*.

—Pero esto es la jungla —insiste Emma, realmente alarmada.

—Tranquila. No es para tanto.

—Pero... ¿cómo subimos a la cabaña?

—Trepando por esa cuerda.

—¿Y las maletas?

—Con un sistema de poleas. Win nos ayudará. —Emma mira al sonriente hombre que asiente con la cabeza, totalmente predispuesto, aunque no entienda nada de lo que están hablando—. Él también será nuestro guía para la excursión que haremos esta tarde y nuestro cocinero esta noche.

—No te ofendas, pero dudo que tenga tantas titulaciones como para ser capaz de hacer tantas cosas. ¿Cómo sabes que es de fiar?

—Porque vamos a pagarle cien dólares por todo, que seguramente es lo que suele ganar en varios meses.

No muy convencida, Emma sigue exponiendo sus dudas.

—Pero... ¿hay sitio allí arriba para los tres?

—Lo hay.

—Pero...

—Dame tu maleta, que vamos a instalarnos.

El sonriente Win habla sin cesar con Finn, combinando frases en inglés con palabras en camboyano. De todos modos, parecen estar entendiéndose de maravilla.

—Win dice que esta zona está plagada de monos, que tengamos cuidado, porque, aunque están acostumbrados a la presencia de humanos, algunos son violentos —le comenta Finn a Emma sin dejar de caminar.

Ella pone cara de espanto mientras resuella para seguirles el ritmo. Quizá Finn tenga razón, y las zapatillas con plataforma no sean un calzado lo suficiente cómodo como para caminar por la selva. Aunque ella nunca lo reconocerá en voz alta. Tampoco la camisa de raso, que se le pega a la piel y no transpira nada. Así pues, decide quitársela, quedándose en tirantes.

—Yo no lo haría —comenta Stu a su espalda—. Los mosquitos te van a acribillar.

—Me estoy muriendo de calor.

—Es que no hiciste caso a Finn.

—Sí lo hice. Dijo que nos pusiéramos manga larga.

—Una camiseta de algodón, no una camisa para ir a una boda.

—Por favor… Pero qué poco estilo tienes, Steward. ¿Quién va a una boda con una camisa de raso? Además, si tanto te gusta Finn y tan bien te cae, ¿por qué no le sigues a él con la dichosa cámara? Así luego podrás aliviarte editando las grabaciones.

Stu baja la cámara y la mira con cara de asco. Mueve la cabeza y la boca, intentando encontrar una respuesta, pero, al final, aprieta los labios y, chascando la lengua, se aleja hacia delante, dejándola sola.

Afortunadamente, poco rato después llegan al denominado Lago Secreto. Según escuchó que Finn le contaba a la cámara, es un lago artificial que fue construido durante el régimen de Khmer Rouge y que se le conoce con ese nombre por estar tan oculto, lejos de las carreteras principales.

—La vida de las aves y la belleza natural del lago y los pintorescos alrededores rurales contrastan marcadamente con sus oscuros orígenes —dice Finn a la cámara, con su perfecta y pícara sonrisa y su aspecto relajado y jovial, como si él no hubiera tenido que caminar durante algo más de una hora a través de la selva—. Además, frente al lago hay un pequeño restaurante donde podemos degustar la cocina autóctona por poco más de tres dólares.

Mientras Emma intenta recuperar el aliento, secándose el sudor con la camisa de raso, ve por el rabillo del ojo que Stu la está grabando.

—¡Y... corten! So capullo... —dice, levantando el dedo corazón.

👜 🧳 👜

—Win no ha querido que nos vayamos de Kep sin probar su especialidad, el cangrejo a la pimienta —recita Finn, mostrando su plato—. Hay más de ciento cincuenta plantaciones de pimienta entre Kampot y Kep, y está considerada como una de las mejores del mundo.

—Esto está cojonudo —comenta Stu, una vez ha dejado la cámara a un lado, mostrando su satisfacción levantando el pulgar, gesto que Win agradece con su eterna sonrisa y dando unas silenciosas palmadas—. ¿No quieres probarlo, Emma?

—No tengo hambre —contesta, haciendo un esfuerzo sobrehumano para no rascarse las decenas de picaduras de mosquito repartidas por todo su cuerpo hasta no estar en el baño, una habitación separada del resto de la cabaña por unas paredes hechas de bambú, con un agujero en el suelo a modo de váter, por donde caen todas las necesidades que sirven de abono, un barreño lleno de agua para lavarse y un trozo de papel de aluminio pegado a una de las paredes a modo de espejo.

Win, después de haberse asegurado de que todo estaba a su gusto, se ha marchado, dejándolos solos. Stu y Finn charlan tranquilamente, con los sonidos de la selva como telón de fondo, amenizando la velada, hasta que un grito desgarrador de Emma les alerta. A ellos y al resto del parque nacional, claro está. Ambos se ponen en pie rápidamente, al tiempo que Emma sale despavorida, moviendo la cabeza como una loca, gritando y pataleando. Choca con el torso de Finn, que enseguida la rodea con sus brazos.

—Eh, eh. Tranquila. ¿Qué ha pasado?

—¡Hay algo ahí dentro! —grita, enterrando la cara en el pecho de Finn mientras Stu entra en el baño para echar un vistazo.

—Es solo un murciélago… —les informa Stu al salir del baño, dejando la cortina abierta para que el animal pueda salir. Mientras recorre el techo de la cabaña, Emma se aprieta aún más contra Finn, que la abraza con fuerza mientras le susurra al oído palabras tranquilizadoras.

El animal sale por fin y Stu se da la vuelta para avisarles, pero entonces descubre a Finn con los ojos cerrados y el mentón apoyado en la cabeza de Emma, sin soltarla. De hecho, le da la sensación de que Finn desearía no soltarla jamás, y no es la primera vez que lo intuye por sus gestos y sus miradas cuando cree que nadie le ve.

—Ya está —dice finalmente, después de carraspear suavemente para llamar su atención.

Se separan lentamente, como si ambos estuvieran cómodos, pero entonces todo se vuelve incómodo, y Emma gira sobre sí misma, como desorientada.

—Me voy… —dice, aún indecisa— ¡a dormir! Sí, eso haré.

—De acuerdo. Eso estará bien… —balbucea Finn—. Mañana… Sí. Nos vemos mañana.

Emma pasa una noche horrible, incapaz de pegar ojo por culpa de los mosquitos, nerviosa por la cantidad de ruidos que se oyen alrededor de la cabaña, imaginando decenas de murciélagos colgados del techo sobre ella y soportando los ronquidos de Stu.

La visión de Finn, estirado en su camastro con un brazo detrás de la cabeza, presumiendo de un vientre plano y de unos oblicuos bastante provocadores, tampoco ayuda demasiado.

Así, con una hora escasa de sueño, Emma abre los ojos y, al bostezar y tocarse la cara, se incorpora en la cama, asustada.

—Algo me pasa —empieza a decir—. No veo bien. Esto es raro… ¡Socorro! ¡Por favor!

Enseguida siente la presencia y oye las voces de Stu y Finn a su alrededor. Y la siente porque realmente es incapaz de abrir mucho los ojos. Se toca las mejillas, calientes e hinchadas.

—¡¿Qué está pasando?!

—Parece una reacción alérgica… —Oye decir a Finn—. Deberíamos llevarla al médico…

—Sí. ¿Aviso a Win y que nos indique dónde podemos encontrar uno?

—¡No, ni hablar! —intenta gritar Emma, a la que cada vez le cuesta más hablar—. ¡No pienso ver a cualquier pirado! ¡Llevadme con mi médico!

Finn baja con ella a cuestas y la mete en el coche. Afortunadamente, Win los acompaña al hospital, que resulta estar más cerca de lo que podían pensar. Allí confirman que ha sido una reacción alérgica a las picaduras de mosquitos, y le administran una inyección de epinefrina que parece empezarle a causar su efecto enseguida. Gracias a la rápida actuación de todos, el contratiempo no les obliga a cambiar sus planes y pueden volver a la capital de Camboya poco después, desde donde cogen el vuelo de vuelta a Nueva York.

Finn observa a Emma que, con la cara aún muy hinchada, duerme sentada en la butaca de su derecha, apoyada contra la ventanilla. La ve revolverse en el asiento, encogiéndose incluso, y decide taparla con la manta que les han repartido. Ella, sin despertarse, parece agradecerlo, esbozando una tímida sonrisa mientras Finn deja escapar un largo suspiro.

Cerca de ellos, la luz roja de la cámara se apaga y Stu deja de grabar.

Ese sentimiento extraño

Emma observa su reflejo en el espejo, tocándose la cara con los dedos. Parece que la hinchazón ha empezado a remitir, aunque aún tiene varias rojeces, sobre todo en los brazos y en el cuello. Luego, se queda inmóvil, con los hombros caídos, observándose en silencio.

Es evidente que el viaje ha dejado marcas en ella, aunque, en realidad, las que más le preocupan son las interiores. Desde que aterrizaron y se despidieron, tiene ese sentimiento extraño. Una duda, una contradicción. O varias, en realidad.

—¿Qué me pasa? —se pregunta.

El viaje ha supuesto un cúmulo de situaciones y sentimientos, muchos de ellos contradictorios. Durante algunos momentos, sus reticencias iniciales se esfumaron. De repente, se encontró muy cómoda y relajada mientras pedaleaba entre las ruinas de los templos de Angkor, cubierta de polvo y sudor. Estaba disfrutando, algo impensable antes. Se atrevió a comer en lugares que no habría pisado en la vida, comida que no habría probado nunca, compartido paseos por la playa al atardecer con alguien tan diferente que nunca se habría molestado en conocer.

Y entonces, al recordar ese paseo, el torso desnudo de Finn, su sonrisa de medio lado, sus deseos de empaparse de la cultura de Camboya, su sincera alegría al compartir momentos con la gente de allí... Es entonces cuando es consciente de nuevo de su imagen en el espejo, con las mejillas sonrojadas, el pelo alborotado y una mano en los labios.

El timbre de la puerta acude al rescate para distraerla de la confusión creciente.

—Joder, estás fatal —dice Kat en cuanto Emma abre la puerta de su apartamento.

—Gracias por tu sinceridad —contesta mientras la invita a entrar con un gesto de la mano.

—¿Tan mal ha ido?

—Pues, si te digo la verdad, no lo sé.

Kat la mira con los ojos muy abiertos, parpadeando cada pocos segundos, en silencio. Emma aguanta de pie frente a ella, entre descolocada y abatida. Kat le pone la palma de la mano en la frente.

—¿Tienes fiebre? Estás muy roja, y... ¿has cogido unos kilos?

—Sufrí una reacción alérgica a las picaduras de mosquitos...

—Y, ¿aparte de chuparte la sangre, te chuparon la cordura? —Emma chasca la lengua, contrariada, mientras camina hasta el sofá y se deja caer en él. Hunde los dedos de las manos en su pelo, peinándoselo hacia atrás—. Emma, me estás preocupando...

Kat se sienta a su lado, aunque guardando algo las distancias, consternada.

—Es... ese sentimiento extraño...

—¿Qué sentimiento extraño?

—No sé cómo clasificarlo... He sudado como nunca, he comido cosas en sitios que no te lo creerías, he pateado las calles llenas de basura y de mujeres en pijama, he pagado por hoteles de lujo en los que no he disfrutado prácticamente, he sido atacada por un murciélago y por cientos de mosquitos...

La cara de incredulidad de Kat va en aumento.

—Mujeres en... ¿pijama? ¿Qué dices? Me estoy empezando a preocupar de verdad. ¿Estás delirando? ¿Estás segura de que no has cogido alguna de estas enfermedades que te hacen ver la realidad distorsionada y...?

—Pero a pesar de todo eso —prosigue Emma, ignorando por completo a su amiga—, tengo un sentimiento aquí dentro... como de... añoranza.

—¿Añoranza? ¿De las señoras en pijama? —pregunta Kat. Emma la mira con los ojos entornados—. Ay, chica... No me mires así, que no te... Espera. Sí, te entiendo. ¿Añoranza de... Finn?

Emma se muerde el labio inferior, pensativa. Se echa para atrás en el sofá, encogiendo las piernas y abrazándoselas.

—Puede... —Emma se atreve a mirar a Kat por fin. Traga saliva un par de veces y empieza a morderse las uñas.

—Te dije que estaba tremendo. ¿Le has visto sin camiseta? Porque vi una vez uno de sus programas... Creo que estaba en Costa de Marfil y... Espera. Entonces, ¿por qué estás así como... alicaída? Espera. ¡¿Te ha rechazado?!

—¡¿Qué?! ¡No! ¡Te montas tú solita unas películas...!

—Mujer, ¿qué quieres? Con la poca información que me das...

—No estoy triste. Estoy... sorprendida, simplemente. Descolocada quizá también. Y puede que contrariada. O incluso cagada de miedo.

—Pues sientes un montón de cosas, ¿no crees?

—Porque sé que él y yo nunca... No puede ser. Es imposible. Queremos cosas diferentes. Él no se fijaría nunca en mí de esa manera, como yo tampoco lo haría.

—¿En serio no lo harías? Porque a mí me parece que ya lo has hecho...

—Por eso estoy cabreada. Porque no puedo perder el tiempo fijándome en imposibles.

—Chica, ni que tuviéramos una fecha límite. El amor no

entiende de cronómetros… Mira mi padre. Ha encontrado de nuevo el amor a los setenta.

—Tu padre «ha encontrado el amor» más de veinte veces en los últimos diez años. No cuenta.

—Está bien. Entonces, si no quieres perder el tiempo —dice, con una mueca escéptica en la cara—, ¿qué tiene de malo Finn? ¿Por qué es imposible? ¿Quién te dice que él no se ha fijado en ti como es evidente que te ha pasado a ti? A lo mejor él está, ahora mismo, con las mismas dudas que tú.

—¿En serio? ¿Zapatillas de deporte con tacón? —Finn asiente mientras su hermano ríe a carcajadas—. Increíble. ¿Y pedaleó más de veinte kilómetros con ellas?

—Ajá.

—Me imagino su cara mientras la hiciste pasear por las calles… Ella, que no solía salir de los complejos de lujo… ¿La hiciste comer en algún puesto callejero?

—Alguno…

—¡La hostia! —Se carcajea Mitch—. ¿Y se lo comió? —Finn asiente, cada vez más serio—. La imagino pálida y con cara de asco…

—Creo que, en el fondo, disfrutó algún rato… —susurra Finn.

—Y por la selva con vaqueros ajustados y camisa de raso de manga larga… Para mear y no echar gota, macho…

—En el fondo, me hizo caso… Yo le recomendé que se pusiera manga larga…

—Ya. Bueno… No hace falta que la defiendas. Espera, ¿la estás defendiendo?

—No. O sea… —Finn mueve las manos, como si intentara que ellas hablaran por él—. Supongo que formamos una extraña pareja frente a la cámara. —El comentario parece no convencer a su hermano, que le observa con los ojos entornados, sospechando que algo inconfesable pasa por su cabeza—. Es decir... tenemos maneras diferentes de hacer las cosas... Ya sabes.

—No. No sé.

—Vamos, Mitch. No me lo pongas más difícil —se queja Finn, chascando la lengua—. ¿Sabes qué? Que paso de ti.

Se pone en pie y sube el par de escalones hasta la puerta principal de casa de su abuelo. Mitch le sigue de cerca, insistente.

—¿Por qué te pones así?

—Porque paso de ti. Ya te lo he dicho.

—¿Por qué te afecta tanto que hablemos de ella?

—¡No me afecta! —grita, totalmente fuera de sí, sintiéndose acorralado en la cocina.

Mitch le mira con expresión divertida y las cejas muy levantadas, rompiendo de una vez por todas la resistencia de su hermano, que se deja caer en una de las sillas de la cocina, agarrándose la cabeza con ambas manos.

—Vale... Esto... Ahora me estás preocupando.

Mitch se sienta en la silla que coloca frente a Finn y le pone una mano sobre una de sus rodillas.

—Siento algo... raro —dice al fin, señalándose el pecho con un dedo.

—¿Te encuentras mal?

Finn niega con la cabeza, tapándose los ojos con los puños, algo avergonzado.

—Si cierro los ojos y pienso en este viaje, lo que se me viene a la cabeza no es la gente que he conocido ni los sitios que he visitado por primera vez, como suele ser habitual. Lo que recuerdo es la sensación de tenerla entre mis brazos cuando se asustó por el murciélago, su sonrisa tímida cuando me miraba al pasear por la playa, sus ojos al mirar las fotos de toda la gente que murió en la cárcel, su expresión relajada mientras la llevaba en brazos...

Finn decide dejarlo ahí, consciente de que ya ha hablado demasiado, aunque en su cabeza siguen sucediéndose imágenes de Emma.

—Te has colgado de ella —afirma Mitch con contundencia.

Finn abre las manos, indeciso, hasta que empieza a asentir con la cabeza.

—Puede que un poco... —acaba confesando con la voz entrecortada.

—¿Y qué piensas hacer?

—Nada.

—¿Por qué?

—Porque no tiene sentido. Ninguno de los dos estaría dispuesto a renunciar a su vida por el otro.

—¿Estás seguro? Porque tu cara cuando hablas de ella dice algo bastante distinto...

—Creo que buscamos cosas muy diferentes. Me da la impresión de que, para ella, este trabajo es algo eventual para conseguir un fin, mientras que para mí es una forma de vida. Yo podría pasar el resto de mi vida así, dando tumbos por el mundo. No puedo arrastrarla conmigo.

—A lo mejor ella se quiere dejar arrastrar.

—Te aseguro que no.

—¿Y ahora qué? —le pregunta Kat.

—No lo sé... ¿Qué hago? Necesito el dinero.

—¿Pero serás capaz de conservar la dignidad frente a él? ¿No cometerás ninguna tontería? Y con tontería me refiero a emborracharte y confesarle todo tu amor, por ejemplo.

—¡Kat!

—Como si no fueras capaz de ello…

—Eso solo ha pasado un par de veces…

—Con dos tíos que acababas de conocer y que, comparados con Finn, no eran nada del otro mundo. Así que ve con cuidado, amiga.

—Mientras estemos juntos, tengo que hacer todo lo posible por alejarle de mí. Tiene que odiarme. Al fin y al cabo, es para lo que nos juntaron, ¿no?

—¿Y qué harás? —le pregunta Mitch.

—No creo tener muchas opciones. Y entre renunciar o seguir adelante con el programa, creo que me quedo con la segunda opción.

—Ya lo daba por hecho. Me refería a qué harás con ella.

—¿Con Emma? —Mitch asiente—. Nada.

—Pero… ¿no lo vas siquiera a intentar?

—No. Porque, cuando me rechace, el ambiente entre los dos se volverá demasiado raro.

—Cuando te rechace… ¿Tan poco confías en ti?

—No soy lo que ella busca, y yo no estoy seguro de estar buscando a nadie.

—Así que vas a fingir que no sientes nada de lo que me has hablado, a intentar disimular tu cara de bobo cada vez que la miras y a rezar para no empalmarte cuando te roce… —Mitch asiente mientras mantiene los labios apretados formando una fina línea—. Buen plan. Sin fisuras. Sí señor.

El director de programación de la cadena les ha citado de nuevo en las oficinas. Emma, sentada en uno de los sillones de la sala de espera, no aparta los ojos de la puerta de los ascensores. Intenta disimular su nerviosismo, ya que su férrea determinación a convertirse en la mujer de hielo frente a Finn se desmorona por momentos ante la expectativa de volverle a ver.

Al girar la cabeza, descubre a la recepcionista mirándola con una sonrisa. Emma se la devuelve mientras se revuelve en el asiento para intentar sentirse más cómoda.

—Perdona… ¿Funciona el aire acondicionado? —le pregunta al notarse acalorada.

—Sí, señora.

—¿No hace mucho calor aquí?

—Eh… El termostato marca veintidós grados, señora.

Emma se resigna y se alisa la camisa con las manos, intentando despegársela del torso.

—Emma, ¿me acompañas? —Escucha entonces la voz de la secretaria del señor Hanson.

—¿No esperamos a…? —Se descubre diciendo, imaginando varias razones por las que no haya aparecido aún, aunque solo una de ellas es la que consigue secarle la garganta y acelerarle el corazón.

«¿Habrá renunciado?».

—Estará a punto de llegar.

¿Será posible que esa simple frase, esa promesa a la que ella se aferra como a un clavo ardiendo, la esté haciendo sonreír?

«Emma, tu plan se va a la mierda y aún no has tenido que hacerle frente».

Al entrar en el despacho del señor Hanson, él la recibe con una enorme sonrisa. Para asombro de Emma, Stu ya está dentro, muy cerca de Hanson, con pose relajada, con las manos en los bolsillos y una sonrisa de suficiencia dibujada en la cara.

—Buenos días, Emma.

—Steward…

En ese momento, la puerta del despacho vuelve a abrirse de sopetón y Finn aparece por ella, resoplando.

—Lo siento. El metro estaba imposible.

—No te preocupes, Finn. Aún no habíamos empezado.

Las miradas de Finn y Emma se cruzan durante unos pocos segundos, aunque no consiguen mantenérsela mucho rato. Emma, sonrojada, se da la vuelta de sopetón e intenta adquirir una pose altiva y distante, mientras que Finn agacha la cabeza y traga saliva con dificultad.

Stu, que fue testigo del acercamiento de ambos durante su viaje a Camboya, lo es ahora de este cambio notable en su comportamiento. Grabó cientos de imágenes y situaciones que hacen patente que la química entre ambos es innegable. Conversaciones, miradas, risas, gestos... Grabaciones que, algunas de ellas, no saldrán en el montaje final, pero que Stu piensa guardar en su archivo personal. Mientras se pregunta si habrá pasado algo que su cámara y él se hayan perdido, Hanson interrumpe sus pensamientos.

—Como sabéis, el programa no se emitirá hasta que hayamos grabado algunos episodios, pero yo ya he podido ver algunas de las escenas y solo puedo decir que... ¡me encanta! ¡Esto va a ser la bomba! Seguid así de... auténticos. Por cierto, Emma, te veo recuperada ya de tu reacción alérgica, ¿verdad?

—Sí, señor. Totalmente a punto —responde sin perder su actitud soberbia.

—Fantástico. Bueno... como sabéis, os pasasteis un poco del presupuesto asignado. Exactamente, ochocientos treinta y seis dólares. Así pues, para este viaje, hemos restado esa cantidad al presupuesto. Contáis con cuatro mil ciento sesenta y cuatro dólares. Hemos buscado un destino más o menos acorde a esa cantidad.

—Más o menos... Odio los más o menos —susurra Emma mientras a Finn se le escapa la risa, que intenta disimular agachando la cabeza.

—¿Decías algo, Emma? —le pregunta Hanson.

—No, señor. Cosas mías...

Stu parece satisfecho al comprobar que no está todo perdido, que la química entre ellos sigue estando ahí.

—Pues bien, aquí tenéis los billetes a vuestro próximo destino: Tanzania. Por cierto, os recomiendo que os pongáis la vacuna de la fiebre amarilla, la del tétanos, si no la tenéis ya puesta, y un tratamiento contra la malaria —les informa, entregándole el sobre a Emma, que lo mira con los ojos muy abiertos y con gesto algo decepcionado—. ¿Estás bien, Emma?

—Bueno, quizá esperaba un destino algo más... fácil —confiesa esta, sacando la información del sobre—. ¿Cuatro escalas para llegar?

—Sí. De lo contrario, los billetes de avión se os hubieran comido todo el presupuesto. De este modo, solo han costado quinientos veinte dólares cada uno, con lo que os queda un presupuesto de tres mil ciento veinticuatro dólares.

—Fantástico... —resopla ella, mirando a Finn de reojo al pasarle el sobre, que lo mira todo con una expresión de pura alegría.

—¿Todo bien, Finn?

—Cojonudo. Con perdón —se disculpa de inmediato, desatando las risas de Hanson y Stu—. No había estado nunca, pero he leído un montón sobre el país... Casi tengo el itinerario trazado ya en mi cabeza y los lugares que me encantaría ver. Además, la primera parada es en Kilimanjaro. Es uno de mis sueños, aunque me temo que no tendremos tiempo para ascender hasta la cima...

—Ni de coña —suelta Emma de golpe, mirándole con un lado del labio levantado—. Esta vez, no quiero saber nada de subir a ningún sitio. Ni árboles, ni una pequeña cuesta, ni mucho menos una montaña de a saber cuántos miles de metros de altitud.

—Cinco mil ochocientos noventa y cinco —interviene Finn casi de inmediato.

—Me importa una mierda lo que mida —responde ella.

—Es cultura general —se defiende él.

—Una lástima no tener la cámara en estos momentos... —susurra Stu lo suficientemente alto para que ambos le oigan y se acuerden, de repente, de que no están solos.

—Pues parece que está todo dicho... —interviene de nuevo Hanson—. Así que... nos vemos a la vuelta.

Nuestras propias memorias de África

Las veintisiete horas que han pasado metidos en aviones hasta llegar al aeropuerto internacional del Kilimanjaro, parece que no les han sentado a los dos por igual. Mientras que Emma tiene el cuerpo molido y camina arrastrando los pies y su enorme maleta por la terminal de llegadas, Finn parece fresco y animado, cargando con su mochila como si no llevara más que una muda de ropa interior, algo que no sorprendería a Emma, por otra parte. Stu les sigue de cerca, disfrutando del espectáculo de contrastes.

—¿A qué viene tanta alegría? —le pregunta Emma a Finn, resoplando—. ¿Acaso no estás cansado?

—Por supuesto que lo estoy.

—¿Sí? Cualquiera lo diría —comenta, con un deje de rabia en la voz.

—Vamos a recoger el coche de alquiler, ¿de acuerdo? —la informa él.

—¿Estás seguro? O sea… ¿Vamos a hacerlo todo en coche?

—No es tanto, te lo aseguro. El trayecto más largo que realizaremos será de unas once horas.

—¡¿Y te parecen pocas?!

—En tu compañía, puede que no sea lo que más me apetezca del mundo, pero es lo que hay. Te recuerdo que a alguien se le fue la mano derrochando y tenemos un presupuesto bastante ajustado. Así que, por doscientos dólares y unos bidones de gasolina, podremos disponer de un jeep para movernos por donde queramos.

—Once horas metida en un coche contigo tampoco es un planazo para mí —replica Emma, algo ofendida—. ¿Y dónde vamos a dormir? Ya te dije que no pienso trepar ninguna liana para llegar a mi cama.

—En un *camping*.

—Fantástico… —contesta, incapaz de disimular su malestar por la idea.

—Te va a encantar.

—No me conoces para nada. Los *campings* y yo no nos llevamos bien.

—Ya lo verás. Confía en mí.

—Hablando de confianza, ¿voy a poder decidir algo en este viaje o me estás castigando por haberme pasado un poco del presupuesto anterior?

—Por supuesto que podrás decidir. Esto lo he elegido yo mientras tú roncabas en el avión.

—Yo no ronco. —Finn la mira levantando una ceja—. Respiro fuerte.

—Lo que tú digas. Si te parece bien, esta noche, o mañana, decidimos entre los dos dónde dormiremos en nuestra próxima parada. Como ya os comenté, tengo el itinerario más o menos claro en mi cabeza.

—Odio tus «más o menos», así que, por favor, intenta no decirlos muy a menudo.

—De acuerdo. Pues tengo el itinerario muy claro en mi cabeza. Así que elegiremos juntos los alojamientos. ¿Le parece bien a la señora? —le pregunta, haciendo una teatral reverencia que molesta un poco a Emma, que le fulmina con la mirada—. ¡Vamos! ¡Era una broma! Menudo carácter… —le susurra a la cámara cuando le enfoca de cerca.

—Espero que te hayas acordado de mí al reservar el alojamiento —dice Stu, detrás del visor de su inseparable apéndice.

—Por supuesto.

🧳 🧳 🧳

Las dos horas y media de trayecto en el jeep, le sirven a Emma para darse cuenta de que estaba equivocada. Ella imaginaba un trayecto lleno de baches y arena, en cambio, disfrutaron de un camino de tierra bastante llano y rodeado de extensas llanuras verdes, llenas de vegetación.

Finn decide hacer una parada a medio camino, cuando divisa un pequeño poblado de casas de adobe. Enseguida se ven rodeados por decenas de masáis que, curiosos por la inesperada visita, se acercan a ellos muy sonrientes. Después de saludarles a todos varias veces, Finn se dirige a la cámara.

—Los masáis viven en asentamientos llamados zamoras, que son círculos de chozas de adobe que se construyen con unos ladrillos hechos a base de excrementos de animales, paja y barro. Las paredes interiores se alisan y se ahúman. Suelen contar con diminutos tragaluces, pero sin ventanas.

A Emma le cuesta caminar porque decenas de niños y mujeres se agarran de sus manos y brazos, mientras escucha con atención la explicación de Finn. Una mujer se planta entonces frente a ella y, cogiéndola de la mano, le coloca una colorida pulsera en la muñeca.

—Es preciosa —le dice Emma.

La mujer, a pesar de no entenderla, sonríe de oreja a oreja y asiente con la cabeza. Emma entonces decide devolverle el regalo y se quita una pulsera de cuerdas que compró por internet.

—El *camping* donde dormiremos es más o menos como este campamento —le informa Finn, susurrándole en la oreja. Cuando ella le mira, él le guiña un ojo, consciente de hacer pronunciado ese «más o menos» que ella tanto odia.

Emma no tarda en comprobar que Finn no le ha mentido. El *camping* es mejor de lo que ella imaginaba. Con la maleta a un lado, mira alrededor sin perder la sonrisa. Las tiendas están colocadas en círculo, alrededor de una hoguera. De fondo, el Kilimanjaro decora la preciosa estampa.

—¿Qué te parece? —le pregunta Finn, colocándose a su lado.

Antes de poder contestar, un chico se acerca y, con un tímido movimiento de cabeza pero una enorme sonrisa en los labios, les libera de su equipaje mientras que otro chico se acerca a darles la bienvenida. Se presenta como Jumanee, hablando con un más que correcto inglés.

—¿Jumanee? —le pregunta Emma.

—Sí. Me llamo así porque nací un martes. Tengo muchos hermanos, y a mi madre se le acabaron las ideas… Tengo un hermano que nació en jueves y se llama Khamisi, una hermana que nació en viernes y se llama Mwanajuma y otra hermana que se llama Chausiku, que significa «nacida de noche». Entre otros…

—Original y práctico. Sí señor.

—Hay catorce tiendas —prosigue Jumanee, caminando mientras les enseña el pequeño asentamiento—, todas con baño privado con ducha y un pequeño porche. Tienen una, dos o tres camas. La suya es de tres camas y tiene vistas al parque nacional de Kilimanjaro. Hay otras que tienen vistas a las llanuras del Amboseli. El edificio principal disfruta de ambas vistas. Las comidas se sirven en el restaurante, que tiene zona interior y exterior. Al atardecer se sirven aperitivos y bebidas alrededor del fuego. Esa es la suya.

La luz del ocaso baña el lugar de cálidos tonos anaranjados, otorgando al paisaje un tono de calma y serenidad perfecto para acabar el día.

—¿Tienen alguna duda…?

—Me he quedado sin batería en el móvil. ¿Hay algún sitio donde poder enchufar el cargador?

Stu pone los ojos en blanco. Finn, por su parte, niega con la cabeza, tratando de comprender cómo es capaz de preocuparse por algo así en un marco tan incomparable como este.

—Por supuesto. El campamento cuenta con electricidad de origen solar, con un generador de apoyo. Así que quizá sea algo rudimentaria, pero funciona. Hay una toma en cada cabaña.

Emma, que ha visto por el rabillo del ojo las reacciones de Finn y Stu, los mira con gesto de superioridad, aunque la actitud le dura lo que tarda en hablar Jumanee.

—Mañana tienen una excursión de todo el día en el Kilimanjaro. Así que mejor les dejo descansar. Les recomiendo que lleven calzado cómodo y ropa de abrigo.

Y sin más, se marcha, dejando a Emma con la boca abierta de par en par. Confundida, abre los brazos y se gira para ver cómo se queda sola, plantada en el sitio.

—¿Excursión? ¿Qué tipo de excursión? Te dije que no estaba dispuesta a dar paseos por la selva. —Camina tras ellos, que se dirigen hacia la cabaña que les han asignado—. ¿Y por qué ropa de abrigo? ¡Estamos en África, por el amor de Dios! ¡Finn! ¡Hazme caso! ¡Te lo ordeno! —grita desesperada cuando ninguno de los dos le hace caso—. ¡Steward, responde!

Ya dentro de la cabaña, Finn se apiada de ella y, resoplando, con los brazos caídos a ambos lados del cuerpo, decide responderle con mucha paciencia.

—Es una ruta fácil, la de Shira. No es selva, es montaña. Y subiremos hasta unos tres mil metros de altitud, de ahí que Jumanee nos recomiende la ropa de abrigo.

—¡¿Qué?! ¡¿Tres mil metros?! ¡¿Estamos locos o qué?!

—Puedes hacerlo, te lo aseguro. No es el Everest, e iremos

con un guía experimentado. Y ahora, voy a descansar un rato hasta la cena. Os recomiendo que hagáis lo mismo.

Cuando Emma sale de la cabaña, ya ha oscurecido y el fuego de la hoguera central ilumina el círculo. Stu y Finn charlan de forma animada uno al lado del otro. Finn lleva un mapa y parece estar mostrándole algunos sitios a Stu, que asiente convencido. Ella carraspea a su espalda para llamar su atención y ellos se dan la vuelta y la miran sonrientes. Stu se levanta, dejándole el sitio al lado de Finn.

—No hace falta que te vayas por mí. Puedo sentarme más allá… —comenta ella.

—No importa. Tengo que grabar algunas cosas y luego me iré pronto a la cama.

Cuando Emma se sienta, Finn le tiende un plato repleto de comida. Ella lo mira y luego vuelve a posar los ojos en él, que enseguida entiende sus reticencias.

—Está bueno. Es carne de res, y esto son gachas de maíz.

Emma lo prueba y parece gustarle. Finn, sorprendido de que haya confiado en él tan rápido y sin protestar, sonríe satisfecho.

—¿Tanto he dormido? —le pregunta ella después de mirar alrededor y comprobar que es noche cerrada.

—Bastante.

—¿Por qué no me has despertado?

—Nuestro nivel de intimidad no llega aún para tanto y, por lo que he podido comprobar, tu humor al levantarte no es tu mejor cualidad. —De nuevo, Emma sonríe con timidez y no se queja. Finn frunce el ceño, confundido y valorando si se encuentra bien. Decide agarrarse a ese pequeño rato de cordialidad y ser él también amable—. Entiendo por tus comentarios de antes que no has traído ropa de abrigo.

—Entiendes bien. Adelante. Hazlo.

—¿Hacer qué?

—Meterte conmigo por el tamaño de mi maleta y lo poco equipada que voy.

—No voy a hacerlo. Además, me he fijado en que me has hecho caso y te has comprado unas zapatillas de deporte normales y corrientes.

—Las otras también eran normales.

—No lo eran. Tenían casi diez centímetros de tacón.

—Pues eran comodísimas.

—Y entonces, ¿por qué te has comprado estas nuevas?

—Para no oírte. Algo que, por lo visto, no está funcionando.

Emma le mira torciendo la boca, gesto que a Finn le hace reír, relajando el ambiente entre ambos. Entonces Finn le tiende una chaqueta negra, de esas ligeras pero con aspecto de abrigar mucho.

—Imaginé que no traerías anorak y te traje uno. Es algo viejo, pero creo que te vendrá bastante bien.

—Si me hubieras llamado al imaginarlo, yo podría haber traído uno…

—Se dice gracias. Además, llámame perspicaz, pero algo me dice que no me habrías cogido la llamada. —Finn se queda callado durante unos segundos, esperando una réplica por parte de Emma que no se produce. Al final, envalentonado aunque con cautela, decide seguir hablando—: Me dio la sensación de que algo había cambiado entre nosotros. Creí que estábamos bien, pero entonces, no sé… Y no digo que sea solo cosa tuya, puede que yo también… No sé… Es como…

—Finn —le corta ella por fin—. Gracias.

Ambos se miran como si, a pesar de no saber expresarlo correctamente, supieran perfectamente qué pasó entre ellos, qué les hizo cambiar. Y de repente se sienten tan cómodos que no necesitan dirigirse más la palabra en toda la noche, disfrutando de la tranquilidad y los ruidos del lugar, compartiendo alguna mirada cómplice o alguna sonrisa de soslayo.

El guía que les recoge camina delante de ellos, explicándoles con todo lujo de detalles las diferentes rutas de ascensión a la cima, las curiosidades, los tipos de vegetación y los animales que se pueden encontrar por el camino.

—Simba, nuestro guía, ¿a que es un nombre monísimo? —le pregunta Emma a la cámara, muy bajito y acercándose a ella—. Monísimo y caballeroso, que ha insistido en cargar con mi mochila. Pues bien, nos ha explicado que, aunque la ascensión al Kilimanjaro no es de una dureza extrema, existen un par de problemas que sufren la mayoría de valientes que lo intentan. El primero es el mal de altura. Hay que aclimatarse lentamente e ir haciendo paradas por el camino para conseguirlo. Si no, los vómitos pueden llegar a impedirnos llegar al objetivo. No os preocupéis, no vamos a arriesgarnos subiendo tanto. ¿Verdad que no, Finn? —Este, en segundo plano de cámara, niega con la cabeza, agarrando las asas de su mochila y sonriendo por la soltura de Emma ante la cámara. Ambos siguen teniendo un estilo bastante distinto, aunque el de ella parece haber cambiado un poco: menos estirado y frío, más cercano—. El segundo gran problema son los cambios de temperatura, que pueden oscilar de los veinte grados hasta valores de menos veinte en la cima. El abrigo que llevo en mi mochila es gentileza de Finn, que se acordó de mí.

Finn levanta los dos pulgares, desatando la risa de Emma. Stu, detrás de la cámara, es testigo del evidente cambio en los dos.

—Nosotros nos vamos a quedar en la primera etapa de la ruta más fácil. Llegaremos al refugio de Mandara, estaremos allí un tiempo para disfrutar de las vistas y descansar, y volveremos al *camping*. Nuestro alojamiento está a unos mil ochocientos metros de altura y llegaremos a los dos mil setecientos.

El trayecto es una maravilla de paisaje rural tropical, lleno de plantaciones de café, bananos, tabaco, adornado por todo tipo de flores y frutas tropicales. A Emma le llaman la atención los baobabs gigantes, con los que se hace decenas de fotos, con el paisaje de montaña de fondo. En alguna de las instantáneas, Finn sale por detrás, saltando y haciendo el bobo, pero eso no molesta a Emma. Al contrario.

—Ven. Si tantas ganas tienes de salir en mis fotos, ven aquí y nos hacemos una decente para enviársela a mi amiga Kat. —Al sentir su cara arder, decide hacer algo para disimular y llama a Stu—. ¡Ven tú también, Steward! ¡Que a mi amiga Kat le hará ilusión verte!

—¿Tu amiga Kat sabe de mi existencia? ¿Le has hablado de mí? ¿Tienes una foto suya?

—Sí, te ha visto en el programa. Sí, pero no muy bien. Y sí, pero no te conviene.

—Enséñamela, que ya decidiré yo si me conviene o no.

—Luego. Ven aquí.

Después de tomar la foto, mientras los demás vuelven a centrar su atención en el paisaje, Emma sigue concentrada en la pantalla de su teléfono, agrandando la imagen para verla con más detalle, para ver más de cerca los ojos azules de Finn, su amplia sonrisa, las arrugas al lado de las comisuras de los labios y su pelo peinado a un lado.

Finn está sentado en el saliente de una piedra, con la vista fija en la cima del Kilimanjaro al fondo, muy callado y relajado.

—¿Le has enviado la foto a tu amiga? —le pregunta Stu a Emma, desviando su atención de Finn.

—¿Eh? Ah, sí.

—¿Y?

—Te manda besos —contesta, obviando a propósito el primer mensaje que ha recibido de ella.

«Así me gusta, alejándote de él para que te odie. Tu maléfico plan está saliendo a la perfección, ¿verdad?».

La muy cabrona… siempre pinchando donde más duele.

—Me parece que algo de compañía no le vendría mal. —Vuelve a escuchar que le dice Stu, que señala hacia Finn con un movimiento de cabeza.

—Pues a mí me parece que no.

—Pues yo te digo que sí. Además, este plano de vuestras espaldas con la cima al fondo quedaría genial. Si no quieres arrimarte a él porque disfrutas de su compañía, hazlo por el programa.

Stu la mira con los ojos entornados y una sonrisa pícara en los labios que Emma decide pasar por alto. Así que se acerca a Finn.

—Hola —le saluda, quedándose algo atrás.

Él gira la cabeza y, cuando la ve, sonríe sin despegar los labios.

—Me parece que preferías estar solo, pero ese idiota ha decidido que esta toma sería perfecta para el programa y…

—No pasa nada. Ven —le pide Finn.

Cuando le hace caso, se sube la cremallera de la chaqueta hasta arriba. Finn la mira de forma pausada, como si el espíritu del lugar le hubiera invadido.

—¿En qué pensabas?

—En que algún día estaré ahí arriba —contesta, señalando la cima.

—Siento haberte fastidiado el plan, entonces.

—Al contrario. Sin ti, esto no habría sido posible. Esto es

perfecto ahora mismo. Estar aquí sentado, con estas vistas, con esa hoguera esperándonos en el campamento, con ese tipo divertido pegado a nuestras espaldas, contigo a mi lado…

Puede que suene como un comentario al azar, un elogio sin intención, pero, a oídos de Emma, esas palabras recorren su cuerpo como una descarga eléctrica hasta su corazón, que empieza a bombear a más velocidad.

—*Lala salama* —dicen los camareros cuando Emma, recién duchada, entra en el restaurante del hotel. Ella se limita a sonreír y a asentir con la cabeza. Cuando llega a la mesa que ya ocupan Finn y Stu, otro camarero se apresura a retirarle la silla y a servirle un poco de agua.

—*Asante* —dice Finn.

—¿Sabes hablar su idioma? —le pregunta Emma cuando se quedan solos.

—No. Solo una palabras sueltas. *Asante* quiere decir «gracias». Y antes, cuando has entrado, te estaban diciendo «buenas noches».

Otro camarero empieza a servirles varios platos en la mesa, todos con un aspecto superapetecible. Después de explicarles brevemente en qué consiste cada uno, les sonríe de oreja a oreja y se retira.

—*Asante* —repite Emma.

Finn la observa sonreír con sinceridad al camarero y luego mirar todos y cada uno de los platos, hambrienta.

—No sé por dónde empezar —le dice cuando levanta la vista y le descubre mirándola.

—Me alegro… —responde él sin dejar de mirarla, realmente sorprendido por el enorme cambio en su actitud.

—¿Y tú de qué te ríes? —le pregunta entonces a Stu.

—Estoy… alucinando. Si hace unas semanas me hubieran

asegurado que dormirías en tiendas de campaña y comerías cosas que te presentan en un plato sin plantearte siquiera los ingredientes que llevan, no me lo habría creído.

—Pues ya ves. Puede que sea menos estirada de lo que creías —le contesta con un deje de rencor, justo antes de centrar su atención en Finn—. Y entonces... ¿cuál es nuestra siguiente parada?

—El cráter del Ngorongoro. Son unas cuatro horas de trayecto desde aquí hasta la zona de conservación, que es donde están la mayoría de alojamientos. Podemos salir por la mañana temprano e ir sin prisa para así poder pararnos en algunos asentamientos masáis que nos encontremos por el camino.

—Me parece bien —dice Stu.

Emma asiente sin dejar de devorar la comida.

—En cuanto al alojamiento —prosigue Finn, mirando a Emma de reojo—, he visto varias opciones. Si seguimos con este rollo de *camping* y tiendas de campaña, hay unas más o menos rústicas que...

—Alto. —Emma levanta la palma de la mano y traga la comida de la boca—. Define rústicas.

—Pues lo que viene a ser una tienda... con su colchón...

—¿Y...? ¿Nada más? ¿Baño, enchufe...?

—Estos no... No.

—De acuerdo. Descartado. Siguiente opción.

—Ha vuelto la estirada —susurra Stu—. Ya decía yo...

—¿No tienes nada que grabar?

—Estoy descansando.

—Pues mantén el pico cerrado. ¿Y bien? ¿Qué otras opciones has visto?

—En realidad, ninguna más. Me fijé en esta porque solo cuesta cincuenta dólares cada tienda por noche.

—¿Ciento cincuenta dólares por las tres tiendas? ¿Estamos locos o qué?

—Tenemos un presupuesto muy bajo.

—De acuerdo. Pero yo no quiero tener que bajarme los pantalones a la intemperie para mear —se queja, sacando el teléfono del bolsillo y tecleando como una loca—. ¿Cuántas noches nos vamos a quedar?

—Había pensado en una noche, si os parece bien.

—Ajá… —contesta ella, distraída, sin dejar de darle a las teclas—. Ya está. Reservado.

—Emma, por favor. No me asustes.

Cuando ella deja el teléfono a la vista de los dos, ambos se abalanzan para ver lo que se ha gastado.

—¡¿Doscientos veinte dólares?!

—Los tres, desayuno, comida y cena incluida —dice, haciendo callar a los dos, que empiezan a cambiar la expresión de susto por otra de asombro y satisfacción—. De nada.

💼 🧳 💼

Finn espera su turno para entrar al baño sentado en su cama. Stu hace rato que ronca en la suya, cubierta con una mosquitera. De fondo, se oye el crepitar de la hoguera, algunas aves nocturnas… y la voz de Emma procedente del baño, tarareando una canción.

La actitud de ella ha cambiado. Parece que se siente más relajada a pesar de las escasas comodidades. Ella, que siempre le dio la impresión de ser una pija estirada que solo se hospedaba en hoteles de cinco estrellas con todo lujo de comodidades, ahora parece disfrutar durmiendo en tiendas de lona y duchas precarias. No puede evitar sentir una pizca de orgullo al creerse el causante de ello. Un creciente cosquilleo se le empieza a formar en el estómago, provocando una sonrisa boba en sus labios.

—¿Hola?

Finn levanta la cabeza de sopetón y descubre a Emma a escasos pasos de distancia, mirándole extrañada.

—¿Eh? Esto…

—¿Te encuentras bien?

—Sí, sí. Pensaba en… nada. En nada en particular.

—Vale. Tu turno —dice ella, no demasiado convencida por la excusa de Finn, el cual se apresura a entrar en el baño y refugiarse allí durante un rato.

—¿Qué me pasa? —susurra—. Vamos. Reacciona.

Después de un tiempo prudencial en el que cree haber recuperado la cordura, Finn vuelve a salir… y a quedarse sin respiración al ver a Emma recogerse el pelo en la nuca. Un gesto casual que le resulta demoledor. Tanto, que se apresura de nuevo a entrar al baño y se agarra del enorme barreño que hace las veces de lavamanos.

—¿Estás bien? —La voz de Emma suena muy cercana, demasiado incluso. Finn da un brinco al principio, pero enseguida intenta recomponerse de nuevo. Se moja la cara y se la tapa con ambas manos, respirando con fuerza—. ¿Finn?

—Ya estoy. Me había olvidado de lavarme la cara —dice, riendo de forma exagerada y evitando la mirada recelosa de Emma.

—¿Seguro que no te ha sentado mal la cena?

—No. Para nada. Buenas noches.

Cuando Finn se mete en el camastro, protegiéndose con la mosquitera, ella aún le observa extrañada.

—De acuerdo… —susurra—. Oye, ¿habías estado alguna vez en África?

—Sí, pero sobre todo en el norte del continente: Marruecos, Argelia, Túnez, Egipto…

—¿Has visto las pirámides?

—Sí. ¿Tú no?

—No. ¿Te sorprende?

—Un poco, quizá. Es un destino bastante típico de los programas de viajes, ¿no? —Emma hace una mueca con la boca, agachando la cabeza—. ¿Dónde has estado?

—Deberías saberlo. ¿Acaso no has visto mis programas?

—¿Has visto tú los míos?

Emma le mira durante unos pocos segundos.

—Viena, Melbourne, Las Vegas, Islas Mauricio, la Riviera Maya... —Finn la observa asintiendo con la cabeza, torciendo el gesto—. ¿Qué?

—¿Qué de qué?

—Estabas poniendo caras raras.

—Qué va.

—Sí. Lo hacías. Te conozco un poco ya.

Finn chasquea la lengua.

—Solo pensaba que son unos destinos algo... fáciles.

—¿Fáciles? Desarrolla un poco eso.

—Bueno... Son sitios geniales, seguro, pero no te pusieron al límite. Me da la impresión de que no has... vivido esos sitios. No te ofendas.

—No me ofendes —contesta ella, disimulando para que él no se dé cuenta de que ese comentario realmente le ha hecho daño.

—Te ofendes.

—¡¿Tú qué crees?! ¡Me acabas de llamar simple! —grita ella, incapaz de contenerse durante más tiempo, despertando incluso a Stu, que se incorpora de golpe en su cama.

—¿Y ahora qué cojones os pasa?

—¡Nada! —responden a gritos los dos a la vez.

Stu mira a uno y a otro, justo antes de volver a estirarse en su cama, resoplando hastiado. Finn se da cuenta entonces de los ojos llorosos de Emma. Abre la boca para intentar decir algo que la consuele, pero ella se estira rápidamente, dándole la espalda.

—Todas las guías de viaje dicen que el mejor sitio para ver felinos es el Serengeti, que para divisar elefantes no deberíais perderos el parque nacional de Tarangire o las montañas de Gombe y Mahale para ver primates. Sin embargo, mi apuesta segura es el cráter del Ngorongoro.

Finn se pasea frente a la cámara, acercándose al borde del cráter, incapaz de disimular su sorpresa al mostrarse frente a él una de las imágenes más espectaculares que ha visto en su vida. El sol no solo baña el cráter, sino también la figura de Emma que, de pie y apoyada contra la luna del jeep, observa embelesada la imagen.

Un rato después, Stu detiene la grabación y observa detenidamente. Finn y Emma llevan toda la mañana muy distantes, creando un clima algo extraño que no le ha pasado desapercibido a Stu.

—No os entiendo —se atreve a susurrar Stu. Cuando Finn se da cuenta de que está siendo observado, no se molesta en disimular, y agacha la cabeza—. Os empeñáis en llevaros mal. Cuando parece que todo está calmado, que habláis de forma cordial e incluso os sonreís, es como si no os lo creyerais y buscáis la manera de joderos mutuamente. Es como si no os pudierais llevar bien… como si fuera imposible…

—Stu, ¿seguimos? —pregunta Finn, intentando cambiar de tema al sentirse cada vez más incómodo.

—Es innegable que hay algo entre vosotros. Algo no, muchas cosas entre vosotros. Hay química, pero se manifiesta de muchas maneras.

Finn se coloca frente a la cámara y empieza a hablar.

—No solo porque este antiguo volcán está considerado el territorio más pequeño en el que se puede encontrar a los llamados cinco grandes…

—No estoy grabando.

—Pues hazlo.

—Podéis disimular lo que queráis, pero es innegable. Vuestro problema es que puede haber tensión sexual y luego lanzaros dardos envenenados. Podéis estar charlando tranquilamente, riendo, y cinco segundos después, gritaros como si os odiarais a muerte.

Finn se frota el pelo con ambas manos, resoplando con fuerza por la nariz.

—Graba —asevera finalmente, señalando con un dedo a Stu, quien se vuelve a colocar la cámara sobre el hombro—. Eh... Los cinco grandes... León, elefante, búfalo, leopardo y rinoceronte son los animales que se pueden ver. Pero este sitio es mágico no solo por los animales, sino porque en los alrededores del cráter puedes toparte con auténticos masáis guiando a sus rebaños o porque en esta zona, concretamente en la garganta de Oldupai, se encuentra uno de los yacimientos arqueológicos más importantes de toda África. También porque la imagen de un amanecer escalando por las crestas que rodean el cráter os regalarán una imagen de África que probablemente nunca olvidaréis.

—No. Seguro que tú no olvidarás esta imagen... De hecho, seguro que se convierte en una imagen recurrente cada noche —se mofa Stu, justo antes de caminar hacia Emma y grabarla sin que se dé cuenta, mirando al horizonte—. No te preocupes. Te enviaré una copia.

Mientras los tambores de los masáis resuenan por todo el campamento, la luz de la hoguera junto con sus vestidos de llamativos colores y los collares iluminan todo el círculo. Stu lo graba todo mientras Emma los mira fascinada, sonriendo mientras da vueltas para no perderse nada, agarrándose el pelo con una mano. Seguro que es otra de las imágenes que Finn recordará durante mucho tiempo.

«Una más...», piensa mientras arranca una brizna alta de hierba y juega con ella entre los dedos.

Emma empieza a hablar a la cámara, sonriendo de oreja a

oreja. Lo hace casi gritando para hacerse oír por encima del espectáculo que les están regalando los masáis.

—Las danzas son muy frecuentes. Bailan formando círculos. Dos o tres hombres entran en el círculo y saltan siguiendo el ritmo. Con el cuerpo rígido y recto, las manos enganchadas a los lados, las rodillas juntas, y un puñado de hierba fresca debajo de las axilas… Mientras, las mujeres mueven el cuello hacia adelante y hacia atrás, siguiendo el ritmo de los tambores. Algunas llevan hasta una docena de collares en el cuello, todos hechos por ellas. En su cultura, se considera un deber de todas las mujeres aprender este arte.

Emma ríe mientras una de las mujeres le coloca uno de los collares y los hombres cierran el círculo a su alrededor. Stu sigue grabando aunque ella ya no sea capaz de hablar, rodeada y algo abrumada. Entonces, unas cuantas mujeres se acercan hasta Finn, que, sentado en el suelo, algo apartado, no pierde de vista la escena. Le piden que se levante tomándole de la mano y tiran de él hasta acercarle al círculo que rodea a Emma mientras él niega con un dedo y con la cabeza. Los masáis le piden que salte, imitando a los hombres, pero él se lo piensa un rato, sintiéndose algo intimidado por su altura, por sus cuerpos perfectos. Tampoco ayuda la visión de Emma, sonriente y sonrojada, girando sobre sí misma. El movimiento de su pelo hipnotiza a Finn, que la mira con la boca abierta.

La sonrisa de ella parece haber hipnotizado también a uno de los guerreros que saltan a su alrededor, el cual se acerca a ella, la coge de ambas manos y la abraza. Empieza a hablar con ella en suajili mientras ella mira alrededor en busca de ayuda.

—No entiendo… —se limita a decir.

—Le está diciendo que dispone de mucho ganado —le traduce el guía que le acompaña.

—Ah… Qué bien… —dice Emma, sonriendo y asintiendo al guerrero, al que sigue teniendo muy cerca.

—Yo de usted no sonreiría para no darle esperanzas —vuelve a hablar el guía—. En su cultura, cuantas más cabezas de ganado tienes, más importante eres, más vales. Tener muchos animales simboliza poder y riqueza, un aspecto muy relevante a la hora de contraer matrimonio, ya que la dote se materializa en animales.

—¡¿Qué?! —grita ella, mirando al guía con los ojos muy abiertos mientras las carcajadas de Stu se oyen por encima de la música—. ¡No! ¡No puedo! ¡No puedo casarme! ¡Soy muy joven! —repite ella mientras intenta alejarse de su pretendiente, que, lejos de rendirse, la persigue sin perder el ánimo, convirtiendo la escena en una persecución bastante cómica que acaba cuando la música se detiene.

Cuando eso sucede, Emma y su guerrero miran hacia los músicos para descubrir a Finn frente a ellos. Los ha hecho callar y, mediante señas, les pide que le presten atención durante un rato. Corre hacia el jeep, lo pone en marcha y enciende las luces. Saca su teléfono móvil, lo trastea unos segundos y, en cuanto la música empieza a sonar por los altavoces del 4x4, camina hacia Emma y la acoge entre sus brazos. Empieza a mecerse de un lado a otro, apretando los brazos alrededor del torso de ella, que parece seguirle la corriente. Finn mira hacia abajo con timidez, comprobando que Emma ha apoyado la frente en su pecho y se agarra con fuerza de su camiseta. Emma, por su parte, cierra los ojos, embriagada por el silencio abrumador de la noche solo roto por la voz de la cantante y los latidos del corazón de Finn, sintiéndose muy cómoda entre sus brazos.

—*And I don't know how I can do without… I just need you now* —Canta Finn, casi en un susurro, pero su voz resuena en su pecho, acariciando las mejillas de Emma.

Entonces, cuando él mantiene los ojos cerrados con fuerza, ella se separa de él. Finn la mira mientras retrocede un par de pasos. Emma se coloca varios mechones de pelo detrás de las orejas y se muerde el labio inferior.

—Toda una declaración de intenciones, sí, señor —comenta Stu, de repente al lado de Finn—. Solo te ha faltado mearle alrededor para marcar territorio.

—En lengua masái, *Siringitu* significa «llanuras que se extienden sin fin». Y así es. El parque nacional del Serengeti ofrece inmensas llanuras de sabana y bosques dispersos donde pastan millones de herbívoros que a su vez alimentan una de las mayores concentraciones de grandes depredadores del planeta. —Finn, ataviado con una gorra con la visera vuelta, con una simple camiseta de algodón y unos pantalones largos tipo cargo, de esos que se convierten en cortos gracias a una cremallera en las rodillas, camina frente a la cámara sin poder disimular su excitación y nerviosismo—. El lugar debe su fama a la Gran Migración, uno de los mayores espectáculos de naturaleza salvaje del planeta. Pero, dejando aparte este fenómeno de inmensos rebaños migratorios y depredadores a la zaga ampliamente difundido, Serengeti acoge durante todo el año ejemplares de la fauna más emblemática del continente: jirafas, elefantes, rinocerontes y una inmensa población de ungulados. Vida salvaje a campo abierto que se admira con amplias panorámicas: el perfecto hábitat para el león y otros grandes cazadores, como el esquivo leopardo y el veloz guepardo. Y, por supuesto, para millares de mamíferos bípedos amantes de la naturaleza que, a diario, armados de binoculares y potentes lentes, son testigos del milagro de la lucha por la supervivencia. Nosotros no vamos a hacer un «safari normal» —dice, entrecomillando las palabras con los dedos—. Nosotros lo vamos a hacer por aire —concluye, señalando el cielo con dos dedos.

La cámara sigue la dirección de los dedos, justo antes de que Stu deje de grabar.

—Perfecto. Joder, tío. Esto va a ser acojonante.

—Lo sé. Es algo caro... Cien dólares un par de horas, pero tiene que ser acojonante...

—¿Y a ella qué le ha parecido?

—Dice que no sufre de vértigo, pero me parece que está algo nerviosa —dice Finn, mirando alrededor en su busca.

—Bueno, piensa que siempre puedes abrazarla por la espalda para que se sienta más segura, o cogerla y tirarla al suelo cuando veas un grupo de depredadores al acecho. Según esté vuestra relación en ese momento.

—Estamos bien.

—Ya. Bueno. Puede que no tanto en cinco minutos. Con vosotros, nunca se sabe.

El tipo que los va a acompañar, conductor del globo y guía, ultima los detalles para dejarlo todo a punto y ponerse en marcha en cuanto Emma vuelva.

—La cesta está dividida en tres compartimentos. El del medio lo ocupo yo, para poder manejarlo bien. Tú, con la cámara y los bártulos que lleves, irás en un lado —le dice, mirando a Stu—; mientras que ellos dos pueden ir en el otro compartimento. Así podrás grabar a tu aire. ¿Te parece bien?

—Perfecto. Y a ellos también —contesta Stu, dibujando una sonrisa burlona, justo en el momento en el que oyen un grito desgarrador que hace levantar el vuelo a varias aves que parecían estar ocultas a su alrededor.

—¡¿Emma?! ¡¿Hola?! ¡¿Estás bien?! —grita entonces Finn, corriendo en la dirección hacia la que se ha marchado hace unos minutos, cuando le han entrado ganas de hacer pis. Chocan entre sí cuando ella aparece de repente, corriendo despavorida, cayendo ambos al suelo, abrazados.

—Un... animal... —consigue articular ella, casi sin resuello, señalando un punto a su espalda.

Finn, inmóvil bajo el cuerpo de ella, la abraza mientras pasea la vista por sus labios, su nariz y sus ojos, tragando saliva para intentar deshacerse de ese nudo incómodo que se ha formado en su garganta.

El guía aparece entonces, sonriendo, y rompiendo la magia totalmente.

—No pasa nada. Era solo una cebra que se debe de haber despistado y alejado del resto de su manada —les informa.

—Pensaba que me iba a atacar... —se apresura a decir Emma, intentando justificar sus gritos.

—Pues ya es raro, porque son animales herbívoros... Le debiste de caer gorda —comenta Stu, rompiendo en pedazos su excusa.

Poco después, sin más incidentes, el globo aerostático se eleva varios metros. El tipo les ha informado de que van a volar a poca altura para así poder divisar el mayor número de animales. Los colores verdes y marrones conviven en plena armonía en una llanura salpicada de vez en cuando por arbustos bajos e imponentes acacias. Pronto consiguen ver a una manada de cebras.

—¡Saluda a tus amigas! —le grita Stu desde el compartimento más alejado de la cesta.

En otro momento, ella le habría contestado con algún improperio, pero ahora está demasiado ocupada admirando el precioso paisaje y la especie de coreografía perfecta con la que les están deleitando. Se agarra al borde de la cesta con fuerza, con los ojos muy abiertos, intentando no perderse nada.

De repente, un enorme grupo de ungulados aparece por su derecha, uniéndose a la manada de cebras, corriendo en perfecta armonía de movimientos.

—Seguramente huyan de algún gran depredador... —comenta el guía.

—¿Existe la caza furtiva en el parque? —pregunta Emma.

—Por desgracia, sí. A pesar de los controles de las autoridades, de la vigilancia de las empresas que se dedican al turismo y viven de los animales, de los masáis que hacen una labor de conservación espectacular, logran algunas presas de vez en cuando. El rinoceronte negro, por ejemplo, ha sufrido una drástica reducción desde los setecientos ejemplares de la década de los setenta a los veinte supervivientes actuales.

—¿Veinte? ¿Solo?

El guía asiente con solemnidad, en silencio, volviendo a perder la vista en el horizonte. Emma se siente de repente muy pequeña frente a toda la inmensidad, y triste al pensar que el hombre es capaz de semejante atrocidad. Recuesta la espalda contra el pecho de Finn, al que siente muy cerca, y agarra su brazo con fuerza cuando siente que la rodea.

Finn no sabe por qué lo ha hecho, pero de repente ha sentido la desazón de Emma y se ha acercado a ella para apoyarla. Y parece haber acertado de lleno, porque ella ha agradecido el gesto.

—A tan solo cuatro horas del Serengeti, nuestra anterior parada, se encuentra el parque nacional del lago Manyara —empieza Finn, conduciendo mientras Stu les graba a su espalda, cogiendo un plano precioso de ellos dos en los asientos delanteros y el camino de tierra que discurre a través del parabrisas del jeep.

—Son cuatro horas algo cansadas y llenas de polvo —prosigue Emma, completando la explicación con su propia visión de las cosas—, pero Finn me ha prometido que el reflejo azulado del agua, lleno de flamencos, es una de las imágenes que se me quedarán grabadas en la retina para siempre.

—Hemos comprado algo de comida ya que nuestro alojamiento de esta noche no incluye nada —vuelve a intervenir Finn, mirando a Emma de soslayo, dando a entender que ella es la culpable de ello.

—Pero la piscina que tiene, con vistas privilegiadas a la llanura del parque, bien merece ese sacrificio.

Y tenía toda la razón del mundo, como pudieron comprobar en cuanto llegaron y tomaron posesión de sus habitaciones. El azul cristalino del agua de la piscina contrastaba con el horizonte de tonos marrones y verdes apagados. Emma, apoyada con los brazos en el borde de la piscina, se relaja admirando el paisaje hasta que Stu se lanza haciendo la bomba. El ruido hace despegar el vuelo de decenas de aves que les rodean, y despierta a varios simios con los que les han comentado en el hotel que tendrán que compartir su estancia.

—¡Stu, eres un bruto! —le reprocha ella, salpicándole agua con ambas manos.

—Tenía que hacerlo. Estabas demasiado tranquila.

—Estaba disfrutando del paisaje.

—Lo sé —dice él, moviendo las cejas arriba y abajo, pavoneándose frente a ella—. Me alegra que te hayas dado cuenta de que he perdido un par de kilos…

En ese momento aparece Finn, dejando la toalla sobre una de las hamacas y lanzándose al agua de cabeza, con un estilo muy depurado, mucho más que el de Stu. Emerge y mueve la cabeza a ambos lados para quitarse el agua de la cara y a la vez apartarse el pelo. Emma no puede apartar los ojos de él, así como tampoco Stu, que acaba chascando la lengua.

—Abusón… —susurra mientras nada hacia el borde y sale de la piscina.

—No me negarás que el sitio es una pasada… —se apresura a decir ella, dándose la vuelta para que Finn no vea el rubor de sus mejillas.

—Acojonante. Lo admito.

—Y solo tiene dos estrellas —añade Emma.

—Al final le vas a coger el gusto a los moteles de carretera y los albergues de mochileros. —Ella finge estremecerse, desatando las carcajadas de ambos—. Tienes que admitir que esto te está gustando más de lo que imaginabas.

Finn la mira con sus profundos ojos azules. Algunas gotas de agua resbalan por su rostro mientras mueve las manos para mantenerse a flote. El movimiento hace que cada vez se acerque más a ella, a la que no parece importarle, ya que no retrocede. Así, cuando sus caras están a escasos veinte centímetros, Emma susurra:

—Me estoy enamorando...

Las miradas de ambos parecen querer penetrarse mutuamente. El agua se ha caldeado en cuestión de segundos, y el ambiente se ha vuelto mucho más tenso. Finn no quiere hacerse ilusiones con ese comentario, aunque no puede evitar sentir cierto cosquilleo ilusionado en el estómago. Emma, por su parte, no sabe bien qué ha pretendido con ese comentario tan ambiguo. Ahora mismo, si él decide acortar la distancia entre ambos, no sabe si se dejaría llevar o, por el contrario, saldría corriendo al amparo de su habitación.

Finn sonríe abiertamente, mostrando sus blancos y perfectos dientes, y Emma contiene la respiración. Entonces, él opta por romper la tensión del momento y se hunde en el agua. Se coloca entre las piernas de ella y se pone en pie, alzándola sobre sus hombros. Finn grita levantando ambos brazos, mirando el horizonte, y Emma hace lo propio, alzando los brazos mientras la suave brisa acaricia su cuerpo mojado. Las manos de Finn se cierran alrededor de sus tobillos, abrasando sus piernas.

—A estas alturas, la atracción que sentís el uno por el otro es más que innegable, pero, por alguna extraña y cobarde razón, ninguno de los dos se atreve a ir más allá —susurra Stu para sí mismo, justo antes de dejar de grabar.

El largo trayecto hasta su siguiente y último destino del viaje podría haber resultado tedioso, pero el buen ambiente que se ha creado entre los tres ha resultado ser de mucha ayuda. Han parado en multitud de poblados, tomándose el camino con calma. Han comprado en puestos a pie de carretera. Incluso se han detenido todas las veces que Emma ha necesitado hacer pis, y casi sin rechistar.

Han charlado de forma animada, contando anécdotas de viajes e incluso confesiones mucho más personales. Así, Stu les ha contado que está separado y que tiene una hija por la que se desvive cuando está en Nueva York. Algo que Emma no sabía, a pesar de la cantidad de horas que han llegado a pasar juntos.

Finn les ha puesto al día acerca de las novedades de la batalla que están librando contra su abuelo, que se resiste a admitir el paso del tiempo y se niega a usar cosas que le facilitarían mucho la vida.

—Ayer me dijo mi hermano que ahora resulta que no quiere ponerse las gafas nuevas. Dice que con las que tenía, ve perfectamente, cosa que es mentira. No nos preocupa que no reconozca y no salude a la gente por la calle, tampoco lo hacía cuando los veía bien.

—Ya sé de quién has sacado tu encanto —interviene Emma, provocando una sonrisa cómplice de Finn.

—Lo que nos preocupa es que no consiga leer cosas más importantes, como los prospectos de los medicamentos, o las etiquetas de las comidas…

—Porque… ¿habéis pensado ingresarle en alguna residencia?

—Eso le mataría, no antes de que él acabara con nuestras vidas.

—¿Y una persona que le ayude?

—También lo hemos intentado… pero les hace la vida imposible. Así que no nos queda otra que seguir batallando con él. Y yo me puedo sentir afortunado, porque quien realmente se ocupa de él es mi hermano…

—¿Vive en Nueva York?

—Ajá.

—Pero él también tendrá su propia familia…

—No. Es un alma libre, como él dice. Vive por y para saltar en paracaídas. Es instructor.

—¿En serio? ¡Me encantaría probarlo alguna vez! —dice Stu.

—Cuando quieras. Estará encantado.

—¿Y qué hay de ti, princesa? —pregunta Stu, dirigiéndose a Emma, que se ha mantenido muy callada hasta ese momento—. ¿Cómo es tu vida en Nueva York?

—Normal —responde de forma escueta, dando a entender que no le apetece hablar del tema.

Finn capta el mensaje enseguida, y detiene el coche a un lado de la carretera para comprar algunas frutas en un puesto.

Así han transcurrido las casi trece horas de viaje hasta Dar es-Salaam, la más grande y bulliciosa ciudad de Tanzania. Emma se ha encargado de reservar el hotel mientras que Finn ha hecho lo propio con los billetes de avión, esta vez sin tanta escala, por petición expresa de Emma.

—Nos alojamos en un pequeño hotel en el barrio de Kariakoo, a un paseo de veinte minutos de la estación de ferry y del centro de la ciudad —informa Emma a la cámara—. Es una opción bastante económica, además de la mejor manera de acercarse a la vida diaria en la gran urbe de Tanzania. —Finn no puede reprimir el impulso de entrar en el plano y levantar los dos pulgares delante de la cámara, satisfecho y orgulloso a la vez por el cambio de actitud en ella. Emma le da un pequeño empujón para sacarle del medio, y prosigue con calma—. Una visita a la lonja de Kivukoni puede resultar de lo más divertido, aunque quizá también algo estresante. Pero me he estado documentando, y creo que el barrio costero de Masaki es la opción ideal: playa, música, restaurantes. Alrededor de la bahía de Msasani se concentra la *dolce vita* de la ciudad. ¿Qué te parece? —le pregunta a Finn, poniendo su mejor cara de pena.

—Tengo una opción aún mejor… —dice con aire enigmático, sacando unos billetes de ferry—. La isla de Bongoyo.

—Integrada en la reserva marina de Dar es-Salaam junto con otros seis pequeños islotes, Bongoyo es una reproducción a escala reducida de Zanzíbar: sus mismas aguas turquesas, su misma riqueza submarina… Como nos ha sobrado algo de dinero, estamos decididos a pasar un día a lo grande, sin reparar en gastos —explica Finn a la cámara mientras pasean por una de las pequeñas playas. Esta vez es Emma la que entra en el plano, guiñándole el ojo a la cámara—. Alquilaremos unas hamacas bajo una sombrilla, comeremos en uno de los restaurantes a pie de playa, beberemos cerveza hasta que no seamos capaces de caminar derechos… —Stu lanza un grito de alegría—. Y volveremos en el último ferry que nos lleve de vuelta a Dar es-Salaam, donde me han comentado que seremos testigos de uno de los atardeceres más espectaculares que hayamos visto jamás.

Poco después de dar el discurso, Finn encuentra unas hamacas libres y se deja caer en una de ellas, alzando una mano para avisar a uno de los camareros, que se presenta casi de inmediato.

—Tres cervezas —le pide Finn, ayudándose de gestos con las manos.

Cuando se las sirven, Stu coge su botella y, haciendo una reverencia con la cabeza, dice:

—Voy a explorar un poco…

—Te olvidas la cámara —le recuerda Emma.

—Ya grabaré luego unas cuantas tomas. De momento, voy a dar una vuelta —dice, mirando alrededor y fijándose en un par de chicas en bikini que caminan por la orilla.

Cuando se quedan solos, Emma saca su teléfono y hace una foto a la playa para enviársela a Kat. Seguro que le encantará, aunque sabe que se expone a mil y una preguntas acerca de su compañero de viaje.

Finn aprovecha que ella está distraída con su teléfono para observarla detenidamente. Hay algo de hermetismo al tratar temas personales, y eso le intriga. Las pocas veces que se han atrevido a intimar de ese modo, ella ha esquivado las preguntas y luego se ha quedado algo callada y taciturna.

—¿Quieres que te saque una foto para que se la envíes a tus padres?

—Luego —contesta.

Algo en su tono de voz hace sospechar a Finn, pero decide no ahondar en la herida y se quedan en silencio hasta que Stu vuelve, algo más de una hora después.

—¿Cómo te ha ido? —se interesa Finn.

—¿Hasta qué hora dices que nos quedamos?

—La idea es volver en el último ferry, al atardecer.

—Perfecto. Voy a grabar un par de tomas y me vuelvo a ir. Nos vemos en el último ferry.

—¿Tan bien te ha ido?

Stu responde a Finn moviendo las cejas arriba y abajo.

—Le vas a romper el corazón a Kat.

—Preséntamela y veremos si surge la magia. Hasta entonces, uno tiene que buscarse la vida para aliviar... tensiones. Yo de vosotros, también tomaría medidas —dice, guiñándoles un ojo y colocándose la cámara en el hombro—. Hasta ahora.

Finn se incorpora y le observa alejarse. Gira la cabeza para mirar a Emma. Estirada en la hamaca con las gafas de sol puestas, parece muy relajada. Lleva un bikini bastante pequeño, que, aunque no muestra nada, insinúa mucho, y eso está creando serios problemas en la entrepierna de Finn. Necesita hacer algo para disimularlo, así que se pone en pie y, dándole la espalda, dice:

—Me voy al agua.

—¿No esperamos a Stu para comer? —pregunta Emma.

—Es mayorcito. Se buscará la vida. ¿Te apetece una parrillada de marisco?

—¿En serio? ¿Nos la podemos permitir?

—Sí —contesta, cerrando la carta y levantando la mano para avisar al camarero.

—¡Pues me apunto!

Después de pedir la comida y la tercera cerveza del día, Finn se recuesta en la silla y mira el horizonte. Emma le mira sin ningún reparo, paseando la vista por su perfil. Parece tranquilo y relajado, tal y como se toma la vida: con calma. Su sonrisa, sus ojos despiertos y curiosos, la nuez subiendo y bajando por su cuello, sus bronceados brazos… Todo en él la tiene hipnotizada. Entonces, él gira la cabeza y la pilla mirándole embobada.

—¿Alguna novedad de tu abuelo? —se apresura a preguntarle Emma para intentar disimular.

—Ninguna. Mi hermano irá a verle entre hoy y mañana. Como no tiene teléfono en casa y no le da la gana usar el teléfono móvil que le compramos, tenemos que ir a su casa para saber de él.

—Un tipo interesante, tu abuelo. —Ríe Emma.

—Te lo presento cuando quieras. Aunque, si mi abuelo te parece interesante, me da miedo preguntar por tu familia…

Ella sonríe, aunque tímidamente, sin despegar prácticamente los labios. Finn sabe que ha tocado un tema tabú hasta ahora, pero esta vez no trata de cambiar de tema, y la mira expectante.

—La verdad es que son bastante normales —empieza diciendo Emma. Traga saliva y mira a Finn de reojo. Comprueba que la sigue mirando con curiosidad, y con una sonrisa en los labios, animándola a abrirle su corazón—. Son... perfectos.

Finn levanta las cejas, sorprendido, y la mira con los ojos muy abiertos. El camarero aparece entonces con la bandeja llena de marisco, y la planta entre los dos. Luego hace una especie de reverencia con la cabeza y se aleja de nuevo.

—Mi padre es socio de un bufete de abogados. Es adicto al trabajo, así que, aunque debería estar jubilado ya, ahí sigue cada mañana. Mi madre era cirujana, pero ya está retirada y ahora colabora con varias fundaciones. Y mi hermana mayor ha seguido, de alguna manera, los pasos de ambos... Es abogada en el bufete de mi padre y está prometida con un cirujano de prestigio. Sigue viviendo con ellos en su piso del Upper East Side, donde yo también me crie, hasta que se case en unas semanas. Son algo chapados a la antigua en eso... —Emma ve las expresiones de Finn, que van desde la sorpresa hasta la incredulidad, pero ahora que ha empezado a hablar, no tiene intención de parar—. En realidad, creo que mi padre sigue yendo cada mañana al bufete y mi madre ocupa su tiempo libre en las fundaciones porque son incapaces de pasar un día entero juntos. De hecho, no recuerdo que hayan hecho nada juntos nunca... Ni una cena improvisada los dos solos, ni una escapada romántica... Y creo que, en realidad, Lyn no está enamorada de Richard y acabarán igual que mis padres, huyendo el uno del otro.

Emma resopla al acabar de hablar, agotada. Pasados unos segundos, se atreve a levantar la cabeza y mirar a Finn a los ojos. Se encuentra con una mirada limpia y comprensiva, sin ningún atisbo de miedo o reproche. Y eso la tranquiliza, ya que nunca se ha atrevido a hablar de ello con nadie, ni siquiera con Kat.

—¿De veras te parecen tan perfectos, entonces?

Emma le mira, muy seria, valorando realmente la respuesta.

—Esa debería ser también mi vida…

—¿Así de infeliz? ¿Por qué?

—Porque se han gastado miles de dólares en mi educación como para que yo la desperdicie trotando por el mundo. Porque, a mi edad, mi madre ya estaba casada y embarazada. Porque esto no es un trabajo estable…

—¿Crees realmente en todo eso que dices?

—Sí. No. No lo sé… —Resopla agotada, recostando la espalda contra la silla y agarrándose el pelo con ambas manos.

Finn coge su teléfono y busca una foto en concreto. En realidad, la hizo a escondidas, sin que ella se diera cuenta, con la intención de poder contemplarla cuando no estuviera con ella, para recordarla tal cual estaba en ese momento: sonriente y relajada mientras contemplaba el amanecer en Angkor.

—¿Qué ves?

—Soy yo… ¿Cuándo me sacaste esta foto? ¿Guardas una foto mía en tu móvil?

—Yo veo a una mujer relajada y en paz consigo misma. Serena y segura. Orgullosa de sus logros e inmensamente feliz. ¿Acaso no es esa la finalidad en esta vida? ¿Ser feliz? ¿No crees que tus padres preferirían verte así que obligada a ser alguien que no quieres ser?

Emma, con el teléfono de Finn entre sus manos, observa la foto con atención. Él tiene razón. Si echa la vista atrás, no recuerda haber sido tan feliz como en estas últimas semanas. Todos los recuerdos de estos días que le vienen a la mente le sacan una sonrisa.

Entonces levanta la vista y mira a Finn. Se dibuja una

enorme sonrisa en su cara, al tiempo que asiente con la cabeza, muy satisfecha y orgullosa. Y así, sin mediar palabra, empiezan a comer.

Stu aparece poco después. Coge una silla y se sienta al lado de ellos.

—No te esperábamos hasta más tarde... ¿Has comido?

Stu coge una pata de calamar con los dedos y se la lleva a la boca, levantando una mano para pedir una cerveza al camarero.

—¿Se han torcido los planes?

—Demasiado. Era menor de edad.

Finn abre los ojos de par en par mientras Emma se lleva las manos a la boca.

—¿Y qué has hecho? —le pregunta ella.

—Estoy aquí, ¿no? ¿A ti qué te parece?

Cuando Stu ya tiene su cerveza, Finn acerca la suya para brindar los tres.

—¿Sabéis qué? Esta noche vamos a salir a celebrarlo —dice entonces Emma.

—¿Celebrar qué? Como no sea mi racha de once meses sin follar... Aunque no sé yo si las vuestras son mucho mejores... Ah, no, ya me acuerdo. Emma va más o menos servida, que en México se tiró a ese tipo... ¿O no te lo llegaste a tirar?

Finn siente una pequeña punzada en el corazón al imaginarse a Emma con un tipo en la cama, pero intenta disimular su incomodidad forzando una sonrisa y removiéndose en la silla.

—Primero: gracias por airear mi vida sexual, la cual, para tu información, no es de dominio público. Y segundo· vamos a salir a celebrar que hacemos lo que nos gusta, aunque a veces las cosas no salgan exactamente como imaginábamos. ¿Os parece bien?

Stu y Finn se miran alucinados aunque completamente de

acuerdo con ella, justo antes de asentir con la cabeza y dar un largo trago a sus cervezas.

—¿Qué planes tenéis? —les pregunta Emma mientras cargan con sus equipajes por la terminal de llegadas del JFK, camino hacia la interminable fila de taxis que les espera en el exterior.

—Pues me temo que voy a ir directo a pelearme con mi abuelo. Mitch está trabajando, así que me toca a mí bregar con él un rato.

—Yo no puedo esperar para achuchar a mi pequeña. Pienso consentirla y darle todos los caprichos que me pida.

—Me parece un plan estupendo —comenta Emma, con ternura.

—¿Y tú? —se interesa Finn.

—Quedaré con Kat…

—Dale recuerdos de mi parte —la corta Stu.

—Algún día juro que os presentaré y acabaremos con esta especie de jueguecito que os traéis entre manos. Que así, en la distancia, sois muy chulos los dos, pero luego, cuando estéis uno frente al otro, ya veremos… —le recrimina Emma, justo antes de proseguir—. Y me temo que tengo que acompañar a mi hermana a una de esas interminables pruebas de su vestido de novia. Mi madre tiene una gala benéfica y necesita que alguien la acompañe.

—Corrígeme si me equivoco, pero ¿eso no es algo que te encanta? Ya sabes… copas de champán y probarse ropa.

—Supongo que habré cambiado un poco —contesta ella, mirando a Finn con complicidad, con una sonrisa pícara de medio lado.

—Sabes que sigue en pie mi invitación para soportar a un viejo cabezota y malhumorado. Es un planazo, no me lo puedes negar.

Emma ríe a carcajadas mientras Finn la observa maravilla-do. Ella se lo toma a broma, pero él no puede estar hablando más en serio. De repente, le apetece verla a todas horas, y se le hace cuesta arriba pensar en los próximos días separados. Stu, por su parte, asiste al intercambio de indirectas con in-credulidad, sintiendo que puede que se haya perdido alguna conversación jugosa durante el viaje.

Para desilusión de los tres, llegan al principio de la fila de taxis y los conductores se apresuran a coger sus equipajes. Stu les dice adiós con la mano mientras entra en uno de ellos, que arranca rápidamente. Emma y Finn se miran, conscien-tes, quizá por primera vez, de que se van a echar mucho de menos.

—Nos vemos —se atreve a decir Finn, como si fuera una promesa, como una clara declaración de intenciones.

—Sí... —contesta ella, poco antes de meterse en su taxi y alejarse.

¿Tanto me has echado de menos?

Finn, apoyado contra la ventana de la cocina del apartamento de su abuelo, observa el tráfico de la calle y el ir y venir de los transeúntes. Hipnotizado por el movimiento constante, encuentra el alivio necesario para conseguir quitársela de la cabeza. Hace poco más de veinticuatro horas que se montaron en taxis diferentes y, desde entonces, ocupa todos y cada uno de sus pensamientos. Rememora todas sus conversaciones, visualiza todos sus movimientos a cámara lenta, su piel recuerda el contacto de su cuerpo, oye su risa en su cabeza...

Golpea la cabeza suavemente contra el cristal de la ventana, como si así pudiera quitarse de encima esa sensación de anhelo, de necesitar verla, escucharla, tocarla...

—Creo que tengo pastillas para eso... —dice su abuelo, irrumpiendo con lentitud en la cocina, arrastrando los pies y agarrándose a muebles y electrodomésticos.

Finn se separa de la ventana y se da la vuelta.

—¿Eh?

—Para el dolor de cabeza... —contesta su abuelo, señalándole con un dedo tembloroso—. O para lo que sea que te pase.

—Creo que también tienes un andador aparcado en algún lado para ayudarte a caminar... O para lo que sea que te pase —dice a su vez Finn, imitando las palabras de su abuelo.

—Corrección. Tenía un andador.

—¡Abuelo! ¡¿No me jodas que lo has tirado?! ¡Eso vale una pasta!

—Yo no os pedí nunca que lo comprarais… Además, no lo tiré, lo dejé en el parque, al lado del estanque. Eso es un hervidero de octogenarios al mediodía. Seguro que ya tiene un nuevo dueño, así que miradlo por el lado positivo: habéis hecho una gran labor social.

Finn le mira con los ojos y la boca abiertos durante unos segundos. Su abuelo, en cambio, no parece estar nada afectado, y arrastra los pies hasta la cafetera. La pone en marcha, saca un par de tazas del armario y prepara la botella de whisky para «aderezarlo» un poco.

—¿Y cuándo dices que te vas? —le pregunta sin tapujos cuando le tiende una de las tazas.

Finn niega con la cabeza, soltando aire por la nariz, sin tomarle en cuenta el comentario. Está acostumbrado ya a sus nulas capacidades sociales.

—Estoy esperando a que la cadena me cite en las oficinas. En realidad, no hemos firmado por un número concreto de programas, y no se emitirán hasta dentro de unas semanas. Así que dependemos de que les guste lo que van viendo antes de editarlo.

—¿Así que no sabes nunca si te van a citar o no?

—Algo así, supongo…

—¿Y por qué me da la sensación de que eso te está afectando?

—¿Afectando?

—No es muy normal que estés tan callado, o encontrarte asomado a la ventana con cara de cachorro abandonado.

—Bueno… No me gustaría perder el trabajo.

—Mientes —asegura el abuelo de forma tajante—. Eso nunca te ha importado.

Finn frunce el ceño, pensativo. ¿Tan evidente es? ¿Se habrá dado cuenta ella también? ¿Será capaz de disimular frente a ella? Entonces, otro pensamiento cruza su cabeza de repente. ¿Y si la cadena decide cancelar el programa? ¿Se acabará todo? ¿Irá en su busca?

—¡Cariño, estoy en casa! —grita Mitch desde la puerta del apartamento, y enseguida oyen sus pasos hasta la cocina.

—Qué poco original es el capullo de tu hermano... —susurra el abuelo.

—Oh, qué bien. Reunión familiar. ¿Qué celebramos?

—Nada. Huyo de aquí antes de deprimirme —dice, poniéndose en pie.

—¿Deprimirte? ¿Estás bien, abuelo? ¿Te has tomado la medicación?

—Por supuesto que no. Y suéltame, so pegajoso —se queja, apartando el brazo de su nieto de un manotazo—. Es ese de ahí, que parece que le ha poseído el espíritu de un cantautor depresivo.

Mitch mira a su hermano que, al escuchar las palabras de su abuelo, se tapa la cara con ambas manos mientras niega con la cabeza.

—¿Qué te pasa? —le pregunta Mitch, sentándose en la silla que ha dejado su abuelo, con una taza de café en la mano.

—Nada... —contesta, moviendo las manos y dejándolas caer sobre la mesa. Agarra la taza, rascando la porcelana con la uña, mientras fija la vista en el humo que sale de dentro.

—Joder. Sí que pareces una reencarnación de Leonard Cohen, macho... Anima esa cara. —Finn levanta la vista y mira a su hermano a los ojos. Traga saliva y se rasca la barba incipiente. Luego hunde los dedos en su pelo y, finalmente, consciente de su estado de nerviosismo, cruza los brazos sobre el pecho, escondiendo las manos en las axilas, como si quisiera retenerlas—. De acuerdo. ¿Qué cojones pasa?

—Emma. Ella es lo que pasa.

Mitch levanta las cejas, sorprendido, hasta que se le empieza a dibujar una sonrisa en los labios.

—Estás pillado por ella… —dice.

—No me hace ni puta gracia. Deja de sonreír. Te lo pido —le ruega, hasta que se da cuenta de que la actitud de Mitch no va a cambiar y, resignado, apoya los antebrazos sobre la mesa y hunde la cara en ellos. Cuando siente la mano de su hermano revolviéndole el pelo de forma cariñosa, resopla y se vuelve a incorporar—. Me está volviendo loco, Mitch… Se me ha metido aquí y… —Señala su frente con un par de dedos, justo antes de proseguir—. Necesito verla. Soy como un adicto… Y estoy cagado, ¿sabes? Por verla y por no verla. ¿Qué hago cuando esté con ella? ¿Cómo me comporto? Y, si la cadena decide cancelar el programa, ¿qué hago? ¿Soportaré no verla? ¿La busco y le abro mi corazón?

—Yo me lanzaría.

—¿Así sin más? ¿Ese es tu consejo? Pues vaya mierda de ayuda. ¿Y si me lanzo y me rechaza? ¿Cómo conseguiremos seguir con el programa?

Mitch se encoge de hombros.

—Pues ya se verá. Lo que no puedes hacer es vivir tu vida en condicional. No soy partidario de quedarte nunca con las ganas de nada. Los «y si» no son buenos. Te lo digo yo.

Finn se queda un buen rato pensando, con la cabeza replcta de esos condicionales. Ya no se limita a pensar si se atreve o no a dar ese paso. Tampoco se centra en si ella le rechaza o le corresponde. Va un paso más allá. Emma y él tienen maneras diferentes de vivir la vida. ¿Renunciarán a todo? ¿Será Emma esa ancla que lo retenga? ¿Estará dispuesta ella a vivir de un lado a otro?

—Podemos hacer unas puntadas aquí y realzar el escote.

—Pero no me gustaría perder encaje…

—Podemos extenderlo a los tirantes, e incluso a la espalda.

—¿Tú qué opinas? ¿Emma?

Sentada en una cómoda butaca, Emma mantiene la vista fija en su teléfono. Deja la copa de champán en la mesita contigua y, mordiéndose una uña, pasa una a una todas las fotos del último viaje. Ella también tomó algunas fotos a escondidas, donde el protagonista no era precisamente el paisaje, sino el cuerpo o la sonrisa de Finn.

—¡Emma!

Alertada por el grito de su hermana, levanta la cabeza y deja el teléfono a un lado.

—¿Decías?

—¡Menuda ayuda me estás dando!

—Perdona...

—Es una decisión trivial en mi vida.

—Tú lo has dicho, «en tu vida». ¿No deberías tomarla tú?

Lyn se la queda mirando fijamente, incrédula, parpadeando cada pocos segundos.

—Entonces, ¿para qué has venido?

—Porque prácticamente me has obligado.

A Lyn, ofendida, se le empiezan a llenar los ojos de lágrimas. La dependienta de la tienda se apresura a acercarle un paquete de pañuelos. Emma pone los ojos en blanco, pero decide ceder un poco en su postura y cambiar de actitud.

—Está bien, Lyn... Lo siento. Perdóname. A partir de ahora, te voy a prestar toda mi atención —dice, tratando a su hermana como si fuera una niña pequeña mimada, como siempre las ha tratado su madre.

Lyn, algo más tranquila, y después de secarse las lágrimas, le pide a la dependienta que las deje solas y se sienta en otra de las butacas.

—Has cambiado —le dice.

El comentario coge a Emma desprevenida. Es algo que ella ha notado. De repente, no se ha preocupado por salir a la calle en vaqueros y zapatillas, no le ha importado subirse a un atestado vagón de metro o incluso entablar conversación con un extraño. Se ha dado cuenta de ello, pero lo que no sabía es que era tan evidente para los demás.

—No… Es solo que… estoy cansada —se excusa.

Jamás se le ocurriría contarle a Lyn el motivo, o mejor dicho, el causante de su cambio. Ella sabe que Finn la ha cambiado, y está cómoda con ello. Asustada, sí, pero sorprendentemente feliz.

—No es cansancio… Desde que estás grabando ese programa, estás diferente —comenta mirándola de arriba abajo con una mueca de desaprobación dibujada en la cara y apoyada por sus gestos—. ¿Cuánto hace que no vas a la peluquería? ¿Y tu manicura? ¿Cómo puedes llevar así de descuidadas las uñas? —Lyn carraspea, mirando a un lado y a otro—. Entre tú y yo… ¿necesitas dinero? ¿Te pagan en ese trabajo tuyo? —Sin esperar respuesta, disimulando de nuevo, se acerca un poco más a ella y, susurrando, añade—: Y… perdona por ser tan directa, pero… has cogido unos kilos. Te voy a pasar un par de dietas ideales para perder cinco kilos en dos semanas.

▮▮ ▭ ▮▮

Tumbado en la cama, sosteniendo el teléfono entre sus manos, Finn mira todas las fotos de los últimos viajes, poniendo especial atención en las que sale Emma. Las llega incluso a ampliar para poder memorizar cada uno de sus rasgos y expresiones, la forma de sus labios al sonreír, la luz de sus ojos al observar algo. Si cierra los ojos, puede verla claramente, gesticulando al hablar, colocándose varios mechones de pelo detrás de las orejas, entornando los ojos cuando le presta atención…

Finn nota su entrepierna abultada y, contrariado consigo

mismo, lanza el teléfono lejos y corre hacia el baño, donde se encierra echando el pestillo. Abre el grifo del lavamanos y se moja la cara y el cuello con abundante agua. Se agarra al lavabo con fuerza. Sus nudillos se tiñen de color blanco mientras se mueve hacia delante y hacia atrás.

—Vamos, joder, vamos... Olvídala... Déjate de gilipolleces —se sermonea a sí mismo, justo antes de bajar la vista hacia su entrepierna—. Y tú, podrías poner de tu parte. Joder, contrólate un poco...

—¿Finn? —Oye la voz de su abuelo, al otro lado de la puerta—. ¿Estás con... una chica?

—Ojalá —se descubre susurrando Finn para sí mismo, justo antes de golpearse la cabeza con ambas manos—. No, no, no. ¡No, abuelo! Estaba... hablando solo.

Finn cierra los ojos con fuerza, esperando haber convencido a su abuelo. Afortunadamente, le escucha murmurar, alejándose pasillo abajo. Sintiéndose a salvo de nuevo, al amparo de la soledad del baño, se apoya de espaldas contra el lavamanos y se tapa la cara con ambas manos.

—Joder, joder, joder... —susurra, esta vez en voz baja para no llamar la atención de su abuelo—. Distracción. Necesito otra distracción. Piensa, Finn, piensa... —Da vueltas sobre sí mismo, algo atolondrado, incapaz de centrarse y pensar con claridad—. ¡Joder! ¡Mierda!

Sale de sopetón, cerrando con un portazo a su espalda. Su abuelo, cuyo ritmo al caminar no le ha permitido alejarse demasiado, le observa frunciendo el ceño.

—Voy a...

Se queda callado a media frase, incapaz de continuar.

—Vale —le corta su abuelo.

Y así, sin más, Finn se da la vuelta y empieza a caminar. Sale del apartamento y baja las escaleras del edificio hasta el rellano. Sale a la calle y camina sin rumbo con la única intención de mantenerse ocupado e intentar no pensar en ella.

—Meredith Oswald tiene un contacto en el ayuntamiento que podría interceder con el alcalde. ¿Te imaginas, querido? Si consiguiéramos que el alcalde acudiera a la gala y lo anunciáramos con antelación…

—Sería estupendo. Veo que tu día ha sido productivo.

Ella asiente sin despegar los labios, llevándose el tenedor a la boca.

—¿Y el tuyo?

—Fantástico. Hemos conseguido ahorrarle varios miles de dólares a la empresa que despidió a la mujer esa.

—¿La que estaba embarazada?

—Ajá. Hemos llegado a un acuerdo y evitado el juicio.

Su mujer posa una mano sobre su antebrazo en señal de apoyo y aprobación.

—¿Y tú, Evelyn? ¿Cómo ha ido la prueba del vestido?

—Bien. Al final, me van a hacer un arreglo en el escote.

—¡Pero, cariño…! Se verá menos el encaje…

—Les he pedido que lo alarguen hacia la espalda por los tirantes.

—Bien pensado, querida. ¿Te ha gustado el vestido de tu hermana, Emma?

Los tres pares de ojos se clavan en ella, pero Emma no se da cuenta y sigue con la mirada perdida, moviendo los guisantes de un lado a otro del plato con el tenedor.

—¿Emma? ¿Te encuentras bien? —insiste su padre.

—¿Hija?

Emma se da cuenta entonces de que es el centro de todas las miradas.

—Lleva así todo el día —comenta Lyn.

—¿Te encuentras mal? —le pregunta su madre, poniéndole una mano en la frente.

—Estoy bien —asegura Emma. Mira a los tres, que parecen no creerla y la observan con preocupación. Por eso decide confesar parte de verdad—. Es solo que estoy un poco nostálgica... —Su madre levanta las cejas y ella, tras agachar la cabeza y respirar profundamente, se decide a seguir con su confesión—: Estos últimos viajes para el nuevo programa han resultado ser especiales. Quizá no me estaba dando cuenta, y al principio no me atraía mucho la idea, pero he descubierto cosas... que me han hecho sentir cosas...

Emma se queda callada entonces, esperanzada de que esa explicación sea suficiente para ellos. Se humedece los labios y los mira recelosa para descubrirlos con el ceño fruncido.

—Cariño, ¿no te habrás hecho budista ni nada de eso? —le pregunta entonces su madre, escandalizada.

—¡¿Qué?! ¡No! ¡¿Por qué dices eso?!

—Porque estás muy mística.

Emma chasca la lengua y entonces se le ocurre que, quizá, enseñarles la foto que Finn le hizo con su teléfono frente a los templos de Angkor les ayudaría a entenderla.

—Mirad. A esto me refiero...

Los tres acercan las cabezas para verla. Su padre incluso se pone las gafas. Emma intenta adivinar su respuesta por las expresiones de sus caras, aunque ninguno parece estar entendiendo el mensaje.

—Qué bonito... —susurra su padre, para asombro de Emma. En la foto, el paisaje a su espalda sale muy difuminado porque no era lo que Finn pretendía captar.

—¿No te llevaste peine? —le pregunta entonces su madre.

—¿Y qué llevas puesto? Y vas toda sudada —interviene su hermana.

Emma a duras penas puede contener las lágrimas, así que les quita el teléfono de las manos, se pone en pie y sale corriendo de esa casa.

¿Qué les pasa? ¿Acaso no estaba claro en la foto? ¿Por qué

no ven lo que Finn vio? ¿Por qué parece que él haya visto en ella cosas que nadie más ve? ¿Por qué la gente que mejor la conoce no se da cuenta de nada?

Afortunadamente para ambos, la llamada de la cadena citándoles para la reunión llega al día siguiente. Esta vez, ninguno de los dos llega tarde. De hecho, Finn está ya en el vestíbulo diez minutos antes, caminando hacia los ascensores, cuando oye el repicar de unos tacones en el suelo de mármol. Al darse la vuelta, se le ilumina la expresión al comprobar que es Emma.

Ambos disimulan a la vez. Ella, frenando de golpe e intentando recomponerse, alisándose la camisa y peinándose el pelo con las manos. Él, intentando esconder la expresión de bobo que se le dibuja cada vez que la ve.

—¿Tanto me has echado de menos? —susurra él cuando ambos entran en el ascensor.

—¿Perdona? —le pregunta ella, levantando las cejas, aunque no demasiado ofendida en realidad.

—Como vienes corriendo a pesar de no llegar tarde…

—Tú también estás aquí ya, ¿no?

—Sí. Precisamente porque yo sí te he echado algo de menos.

Emma se queda inmóvil, con la boca abierta, sin saber qué decir. En su interior se libra una dura batalla entre lo que le dicta su corazón, animándola a confesarle que ella también tenía muchas ganas de verle, y la prudencia de su cabeza, que le pide que mantenga la distancia, que eso ha sido un comentario casual y, además, lo suyo es imposible.

Así, nerviosa, saca de su bolso el carmín y se da la vuelta para mirarse en la enorme pared de espejo del ascensor y hacer ver que se retoca el maquillaje. Por el rabillo del ojo ve el reflejo de Finn, que, apoyado en la pared contraria, con las manos en los bolsillos del vaquero, agacha la cabeza, puede que algo decepcionado.

Cuando las puertas del ascensor se abren, Finn sale como una exhalación, cabreado consigo por haber hecho caso de los consejos de su hermano.

«Lánzate, sin miedo. Insinúale algo...».

—Me cago en... So capullo —se maldice en voz baja—. Maldito el momento en el que le hice caso.

Emma camina tras él, consciente de su error. Puede que solo fuera un comentario casual, pero no habría estado de más un gesto de agradecimiento.

—Chicos, ¿cómo estáis? —Oyen la voz de Stu a su espalda, el cual corre hasta darles alcance. Finn ni siquiera se da la vuelta para mirarle, y sigue caminando con prisa hacia el despacho del señor Hanson. Emma, por su parte, le mira de reojo y hace un movimiento con la cabeza—. ¿Pasa algo?

Al ver que ninguno de los dos le contestan, se detiene en la puerta del despacho de Hanson, extrañado por el cambio de actitud de ambos. Juraría que se despidieron en el aeropuerto con pena, que habrían aceptado de buena gana subirse en otro avión para no tener que despedirse el uno del otro. Habría apostado incluso que se hubieran llamado para verse y ceder a esa tensión sexual para nada resuelta que hay entre ellos.

Cuando se decide a entrar, se coloca al lado de Finn, que parece como ausente, con la mirada perdida y el ceño fruncido.

—¿Cómo estáis, chicos? —les pregunta Hanson, sonriendo mientras mira a uno y a otro.

Al ver que no contestan, Stu se ve obligado a hacerlo.

—Genial. Tanzania estuvo espectacular. Conseguí varias tomas fabulosas, como supongo que ya habrá podido ver. Tengo varias ideas para el montaje final.

Hanson, extrañado aunque sin perder la sonrisa, sigue mirando a Finn y a Emma, aunque parece no darle más importancia y prosigue.

—Os ajustasteis al presupuesto de maravilla, así que, esta vez, dispondréis íntegramente de los cinco mil dólares. Comentaros que ya os hemos comprado los billetes de ida, que tenéis en este sobre —dice, tendiéndoselo. Ninguno de los dos hace el intento siquiera de cogerlo, así que Stu se apresura a hacerlo—, y hemos descontado de dicho presupuesto.

El señor Hanson les observa atentamente, entornando los ojos extrañado. Stu se encoge de hombros, dándole a entender que él está igual de sorprendido.

—¿No tenéis curiosidad por saber cuál será vuestro próximo destino?

—Sí, por supuesto —contesta de nuevo Stu.

—Pues es Hawái. El estado de Hawái está formado por cuatro islas grandes y dos algo más pequeñas. Es casi imposible recorrerlas todas en menos de quince días. Lo ideal sería un mes y así poder explorar cada isla con tiempo, pero solo disponéis de una semana, así que vosotros mismos.

Stu se muerde los labios, agarrando el sobre con fuerza mientras mira de reojo a Emma y a Finn, que permanecen callados y ausentes. En condiciones normales, Hawái habría resultado un destino perfecto para ambos, ya que combina la aventura que tanto le gusta a Finn y las playas de arena blanca y las tiendas que atraen a Emma.

—De acuerdo, ¿qué pasa? —pregunta finalmente Hanson—. ¿A qué vienen esas caras? ¿Ha pasado algo que deba saber?

El silencio que se crea cuando Hanson se calla se puede cortar con un cuchillo.

—Que yo sepa, no —se decide a contestar Stu—. De hecho, cuando aterrizamos, la cosa estaba muy tranquila y… cordial.

—¿Y entonces…?

—Pregúntele a él —se decide a contestar Emma, encogiéndose de hombros.

Finn la mira de repente, muy dolido. Al rato, niega con la cabeza y, chascando la lengua, empieza a caminar hacia la puerta del despacho con intención de marcharse.

—¿Acaso no es lo que querían? ¿No es esto lo que vende? —dice, dando un portazo a su espalda.

Aloha

Sentado al lado de Finn, en la parte trasera del taxi, Stu le observa de reojo. Finn parece distraído mirando por la ventana, sumido en sus pensamientos. Emma, por su parte, sentada al lado del conductor, no se ha dirigido a ellos en ningún momento, con la vista fija al frente. Se han estado esquivando desde que se encontraron en el JFK, para incomodidad de Stu, que no ha sabido qué hacer ni qué decir para llenar los largos silencios. Once horas sentado en un pequeño avión entre dos personas que se rehuyen a propósito puede resultar francamente agotador.

Cuando el taxista detiene el vehículo frente al hotel que Emma ha elegido, esta se apea rápidamente y Finn paga los diez dólares que ha costado el trayecto.

—¿Qué ha pasado? —se interesa Stu cuando Finn sale del taxi.

—Nada.

—¡Venga ya! Estáis peor que nunca. Al menos, cuando os conocisteis, os hablabais. Ahora, esto es algo incómodo.

—¿Dónde cojones se ha metido? —pregunta Finn, ignorando los comentarios de Stu.

—Dentro —contesta este, señalando hacia el interior del enorme edificio.

—¿Cuánto ha costado esto? —se pregunta Finn a sí

mismo, mirando alrededor mientras camina con decisión hasta el mostrador de recepción para encontrarse con Emma, que ya les espera con las llaves de las habitaciones en la mano.

—Décimo piso —les informa, tendiéndoles su llave—. Vosotros compartís habitación.

Sin más, empieza a caminar hacia los ascensores tirando de su enorme maleta.

—Pero ¿has tenido en cuenta el presupuesto? —le pregunta Stu, poniendo voz a la preocupación de Finn.

—Ciento treinta y seis dólares cada habitación.

—Y... ¿cuánto nos quedamos? —titubea.

—Lo que diga el señor. Tienen disponibilidad suficiente. Me aseguré de ello —dice, y entra en el ascensor donde, sin hacer siquiera el intento de esperarles, pulsa uno de los botones de la consola y las puertas comienzan a cerrarse lentamente. Tanto Emma como Finn se fulminan con la mirada hasta que se cierran del todo.

—¿Qué pasó entre que nos separamos en el aeropuerto al volver de Tanzania y encontrarnos de nuevo en el despacho de Hanson? —pregunta Stu.

—Pregúntaselo a ella —contesta Finn, imitando la frase que Emma pronunció hace unos días—. Voy a pedir que nos reserven las habitaciones para las tres noches y seguir así el itinerario que he preparado.

—Cuando hablamos de Hawái, lo primero que se nos viene a la cabeza son playas de arenas blancas, mar azul verdoso transparente, collares de flores, olas grandes y surf. Pero la verdad es que Hawái es mucho más que todo eso —recita Finn con una sonrisa bastante creíble en la cara.

Stu les graba mientras Finn y Emma caminan por las bulliciosas calle de Honolulu, capital de Hawái y primera parada de su viaje.

—El estado de Hawái está formado por cuatro islas grandes y dos más pequeñas —prosigue Emma, con una sonrisa aún más amplia que la de él—. Es imposible recorrerlas todas en menos de quince días, y nosotros solo tenemos una semana. Finn ha diseñado un itinerario bastante completo aunque agotador, ¿no es así?

—En realidad, las islas que se pueden visitar son seis, pero el archipiélago está formado por una grandísima cantidad de ellas. La mayoría, submarinas. Todas fueron formadas por al menos un volcán y están compuestas básicamente de lava volcánica solidificada —aclara Finn, mostrando todo su arsenal de información, al parecer, mucho más extenso que el de Emma—. La mayoría de la gente visita una o dos islas. Es muy raro que alguien visite tres, ya no digamos las cuatro más grandes. Pero ¿quién dijo miedo? Nosotros visitaremos Oahu, Kauai y Maui. Para viajar entre las islas lo haremos en avión. Hawaiian Airlines es la aerolínea más famosa pero, teniendo en cuenta el afán derrochador de Emma, nosotros nos conformaremos con aerolíneas más baratas que tienen aviones mucho más pequeños, algunos de ellos de hélices.

Emma, aunque intenta disimular, aprieta la mandíbula con fuerza ante el anuncio, que parece no hacerle demasiada gracia. De todos modos, se traga sus preocupaciones y se apresura a recitar su guion.

—Estamos en la primera de las islas que visitaremos: Oahu, la isla más desarrollada y conocida de Hawái, donde se sitúa la capital del estado: Honolulu. En ella podremos encontrar una mezcla de la cultura hawaiana con las modernidades actuales. Es la única donde hay museos de clase mundial, así como hoteles y resorts para todos los gustos.

—Superimportante eso, ¿eh? —interviene Finn, dejando a Emma con la palabra en la boca—. La isla también es conocida por el surf, que no dejaremos de practicar en la zona de North Shore. Además, intentaremos hacer un poco de turismo cultural, desplazándonos a Pearl Harbour. Aunque lo primero que tengo planeado es una pequeña excursión a Diamond Head, un inmenso cráter de un volcán inactivo desde donde se disfruta de una de las mejores vistas de la ciudad.

—Perfecto. A la primera —dice Stu, descolgando la cámara del hombro—. He leído que en la zona de Waikiki hay varios garitos que están bien. ¿Crees que esta noche podríamos ir a tomar unas copas y pegarnos unos bailes?

—Claro. Aunque mañana me gustaría salir pronto para North Shore, y tenemos poco menos de una hora de camino…

—Prometo comportarme —asegura Stu, de repente muy serio e intentando contener la carcajada, hasta que los dos empiezan a reír.

—¿Se puede saber qué ha sido eso? —les pregunta entonces Emma.

Solo entonces se percatan de que estaban caminando solos. Se dan la vuelta y la encuentran con los brazos cruzados sobre el pecho, realmente ofendida.

—¿El qué?

—No te hagas el tonto. Sabes bien a qué me refiero.

—Pues me temo que no.

—¿A qué viene todo ese rollo de las islas…? ¿Qué pretendías? ¿Dártelas de inteligente?

—No pretendo dármelas de nada. Cuando visito un sitio, me suelo documentar un poco porque me interesa. A mí. Personalmente. Pero, además, resulta que presentamos un programa de viajes y, lo creas o no, a la gente le interesan más estos datos que si las toallas de un hotel están lavadas con suavizante o si dispone de sauna en el gimnasio.

Emma le mira enfurecida, pero Finn le sostiene la mirada

con expresión altiva. Stu presencia el duelo temiéndose lo peor, hasta que ella estalla al final.

—Que te jodan —dice, dándose la vuelta.

—Eso espero conseguir esta noche, sí…

Emma, sin darse la vuelta, levanta la mano y le enseña el dedo corazón.

—Pero, entonces… ¡¿no vienes al cráter ese?! ¡Tengo pensado grabar algunos planos! —grita Stu, intentando convencerla.

—¡Pasadlo bien! —contesta ella, alzando la otra mano y enseñando el otro dedo.

—¿Ese va dirigido a mí? —pregunta el cámara, confundido.

—Eso parece.

—¿No la esperamos?

—Es mayorcita.

—En serio, ¿qué pasó?

—No me apetece hablar de ello. Ahora necesito una cerveza. O unas cuantas.

—Pero, entonces, reconoces que algo pasó.

Finn no responde a la pregunta de Stu y entra en uno de los garitos frente a las playas de Waikiki, del que salen música atronadora y luces láser. Stu también olvida pronto la pregunta, lo que tarda en entrar y frotarse con decenas de cuerpos esculturales, la mayoría con tan poca ropa como cuando van a la playa, de camino a la barra.

Piden un par de cervezas y, apoyando la espalda en la barra, otean un horizonte lleno de gente bailando y pasándoselo bien, contoneándose sin ningún reparo. Stu y Finn sonríen, contagiándose del espíritu festivo, moviendo las cabezas al compás de la música.

No tardan demasiado en tener compañía femenina, un par de chicas que, cogiéndoles de la mano, les arrastran hacia el centro del local. Una vez allí, Finn se deja hacer. La chica se acerca bailando. Alza los brazos, agarrando un vaso de tubo, y entonces le rodea el cuello, apretando los pechos contra su torso. Después, con mirada pícara, se da la vuelta y frota de forma deliberada su trasero contra la entrepierna de Finn. Este resopla mirando el techo, hasta que se encuentra con la mirada divertida de Stu, que parece estar pasándolo en grande con la otra chica. Este asiente con la cabeza mientras Finn vuelve a resoplar con fuerza, realmente excitado. Finalmente, se decide a dejar de ser un mero espectador y rodea la cintura de la chica con un brazo. Acerca su pecho a la espalda de ella y hunde la nariz en su cuello. Siente su respiración acelerada y la ve levantar la cabeza hacia el techo. Entonces, ella se gira y deja sus bocas a escasos centímetros la una de la otra. Sin ningún miramiento, baja la mano hasta la entrepierna de Finn y le agarra la erección. Él levanta las cejas y abre la boca, pero ella se apresura a sellarla, introduciendo la lengua y enroscándola de forma lasciva.

Además de la cordura, Finn pierde la noción del tiempo porque es incapaz de precisar cuánto ha pasado cuando vuelve a abrir los ojos y a darse cuenta de la realidad que le rodea. Es consciente de pocas cosas: la canción que suena no es la misma, Stu parece haber desaparecido en compañía de su amiga y Emma está a pocos metros de él.

Cuando ese último pensamiento se materializa en su cabeza con total claridad, Finn centra toda su atención en ella. De pie a un lado del local, con una vaso de tubo en una mano, removiendo el líquido con la pajita, parece estar pasándolo en grande en compañía de un tipo de piel bronceada y brazos excesivamente musculados. Ella ríe mientras él se la come con los ojos, acercándose en exceso, invadiendo su espacio personal. ¿Acaso Emma no se está dando cuenta de ello? ¿Por qué no pone algo de distancia?

De repente, él le agarra una de las manos con la intención de llevarla hacia la pista de baile, pero ella da un pequeño traspié. Cuando el tipo la sujeta por la cintura, ella parece excusarse y culpar al alcohol de su torpeza. Puede que tenga razón, ya que tiene las mejillas sonrojadas y los ojos vidriosos. Además, parece menos tensa de lo habitual, más... relajada. Y entonces, aunque todo sucede muy rápido, Finn parece verlo como a cámara lenta. El tipo se abalanza sobre ella, tan grande y desproporcionado, acorralándola e intimidándola. La intenta besar y ella se aparta, aunque sin dejar de sonreír, tomándoselo a broma. Él insiste con más fuerza, y esta vez ella no puede zafarse. Se remueve mientras el tipo le lame todo el cuello y se inclina sobre ella.

Finn se separa de la chica, que le mira extrañada. Él le hace un gesto de disculpa con la mano, aunque tampoco se toma mucho tiempo. Corre hacia ellos, apartando gente sin ningún cuidado. Cuando se planta al lado del mastodonte hormonado, le agarra del hombro e intenta apartarlo de Emma, pero apenas consigue moverlo unos centímetros. De todos modos, el gesto consigue llamar la atención del tipo, que le mira levantando una ceja, extrañado.

—¡Apártate de ella! —grita Finn.

—¿Perdona?

—¿No ves que está bebida? ¡Déjala en paz!

—¿Y tú quién cojones eres? —pregunta el tipo.

—¡No estoy bebida, Finn! —grita Emma, arrastrando las palabras y confirmando que su estado, a corta distancia, es bastante peor de lo que parecía de lejos—. ¡Y puedo hacer lo que quiera! ¡¿Acaso tú no te estabas frotando con la tía esa?!

—Pero yo estoy en plena posesión de mis facultades mentales. Tú no.

—¿Qué? Pero... —balbucea Emma.

—¿Quién es este? —le pregunta el tipo—. ¿Tu novio?

—¡No! —grita ella.

—¡Sí! —dice él a su vez, dejando al tipo con una clara confusión.

—¡Además, ¿a ti qué más te da si estoy borracha o no?! ¡¿Qué pasa si me quiero acostar con Joe?!

—John —interviene el tipo.

—John —repite ella—. ¡¿Te digo yo algo por querer acostarte con el esperpento ese de allí que, por cierto, parece que se ha cansado de ti y se larga?!

—¡¿Qué?! —Finn se gira hacia la chica para ver que, efectivamente, se marcha contrariada—. Yo no pretendía acostarme con ella.

—Pues para no querer, te estabas frotando de lo lindo.

—¡¿Y a ti qué más te da que yo me frote con alguien?!

Los dos se miran fijamente, respirando con dificultad por la boca, con el pecho subiendo y bajando a mucha velocidad.

—Mirad… No sé qué mierda de rollo os traéis entre manos, pero mejor os dejo que lo solucionéis solos —dice el tipo, mostrando las palmas de las manos y, sobre todo, mucho más sentido común del que Finn le presuponía.

—¡No, espera! —empieza a decir Emma, a la que Finn detiene agarrándola por la cintura.

—Emma… —susurra él, acercándose para contenerla.

Ella le mira a los ojos, y luego a los labios, que Finn se humedece. La distancia entre ellos es corta, casi tanto como en innumerables ocasiones en Tanzania. Pero, entonces, Emma hace una mueca extraña y se dobla para vomitar en el suelo del local.

—¿Cómo estás? —le pregunta Stu, estirándose en la toalla colocada al lado de la de ella.

—He tenido días mejores, para qué negarlo —contesta Emma prácticamente sin moverse.

—¿Sabes cuál es el mejor remedio para la resaca? —Stu espera un tiempo prudencial pero, al ver que ella no contesta, prosigue—: Cerveza. Te he traído una.

Emma contiene una arcada que le sobreviene.

—Aparta eso de mi vista. Dásela mejor a Finn.

—Cuando se canse de coger olas, seguro que estará ya caliente. —Emma abre los ojos, protegidos por las enormes gafas de sol, y se incorpora todo lo rápido que el dolor de cabeza le deja. Otea el horizonte, intentando distinguir a Finn entre todos los tipos subidos en una tabla—. Es ese de allí.

Al darse cuenta de que Stu no deja de mirarla, se da la vuelta y se estira boca abajo sobre la toalla.

—Me da igual —dice, comportándose como una adolescente cabreada.

—Ya veo, ya... ¿Qué ha pasado? Pensaba que... estabais bien. Muy bien, en realidad. Pero mucho, mucho. Ya sabes...

Ante las insinuaciones, Emma se vuelve a incorporar y, cabreada, se encara con Stu.

—No. No lo sé. Pero tú sí pareces saberlo. A ver, dime.

—No sé... Creía que... —balbucea Stu, realmente aterrado, gesticulando para hacer tiempo y encontrar las palabras adecuadas que no desaten la ira de la fiera—. A lo mejor estaba equivocado, pero me parecía ver buena sintonía entre los dos. Cierta química. Intuí cierto... brillo en sus ojos cuando te miraba, y tú parecías sentirte muy a gusto con él. Hablaste más con él en una semana que conmigo en meses, como si él te inspirara cierta tranquilidad. Como si con él te vieras capaz de abrirte en canal y mostrarte tal cual eres, sin esa fachada que estoy convencido que montas a tu alrededor para que nadie te conozca realmente.

Emma se queda muda, apretando los labios con fuerza, molesta por el hecho de que alguien haya sido capaz de darse cuenta de todo, porque, realmente, se sentía tal cual ha descrito Stu.

—Pues te equivocas —se limita a contestar, tumbándose de nuevo y escondiendo la cara entre los brazos.

—Kapolei debe su nombre al volcán Pu'u o Kapolei. Es la segunda ciudad más importante de Oahu, después de Honolulu. Construida en antiguos terrenos preparados para la plantación de piñas y caña de azúcar, es una ciudad activa y próspera que está creciendo con rapidez. Pero nosotros no hemos venido a ver la ciudad. Estamos aquí para hacer esnórquel y ver delfines —dice Finn, mostrando a cámara su mejor sonrisa y el equipo de buceo que ha alquilado.

—Perfecto. Toma buena. A partir de aquí, grabaré con la cámara acuática. La calidad no será la misma, pero me da igual. Luego lo editaré.

El patrón de la embarcación que han alquilado detiene el motor y les muestra los puntos en los que se pueden meter para poder ver el mayor número de peces, tortugas gigantes y, con suerte, algún delfín.

—Emma, ¿seguro que no te animas? —le pregunta Stu, que sigue con la ardua tarea autoimpuesta de ser el eje conector entre ella y Finn, que siguen sin intercambiar palabra.

—Seguro.

Finn resopla, sonriendo de medio lado y negando con la cabeza. El gesto parece molestar a Emma, la cual se levanta de un salto y coge un par de gafas de buceo y un tubo de la caja. Se las pone como puede, demostrando su inexperiencia al ponérselas del revés.

—¿Contento? —le pregunta ella, poniendo los brazos en jarras.

—Mucho… —contesta él, lanzándose al agua de cabeza.

Nada más sumergirse, se ve rodeado por centenares de peces de colores distintos, que le esquivan siguiendo una improvisada coreografía hipnótica. También hay un par de enormes tortugas que parecen moverse con pausa, dando largas y potentes brazadas con sus aletas. Stu también está cerca, grabando con la pequeña cámara acuática. Entonces se lanza Emma y, en cuanto se sumerge, empieza a patalear y a hacer aspavientos con los brazos, espantando a todos los peces y arruinando la toma. Finn se apiada y nada hasta ella.

—Espera. Tranquila.

—¡Me entra agua!

—Claro. Te las has puesto al revés.

—¿Y por qué no me has avisado?

—Porque estabas ridícula y soy así de capullo —afirma, mientras le quita las gafas y escupe en los cristales para limpiarlos.

—Pero ¿qué narices...? ¡Qué asco!

—Así no se te empañarán —asegura con firmeza, colocándole las gafas de nuevo y sumergiéndose pocos segundos después.

—¿Has visto eso? Ha escupido en mis gafas —se queja Emma, dirigiéndose a Stu, que ha asistido a toda la escena con una sonrisa dibujada en los labios—. ¿Esa es la química que tú veías?

—Sí —contesta este, sumergiéndose también.

En cuanto ella lo hace, ve cómo Finn, moviendo pies y manos con tranquilidad, se ve rodeado por infinidad de peces y una enorme tortuga que se deja acariciar por él. Finn parece sentirse muy cómodo y relajado, como si no fuera la primera vez que lo hace, mientras Emma es testigo de todo con cierta envidia.

—A tan solo dieciséis minutos en coche de Honolulu, se encuentra Pearl Harbour, un lugar que no puedes dejar de visitar —empieza a decir Finn.

—Y ahora vamos con un poco de historia… —interviene Emma, con expresión simpática—. El ataque a Pearl Harbor fue una ofensiva militar efectuada por la Armada Imperial Japonesa contra la base naval de los Estados Unidos en Pearl Harbor en la mañana del domingo siete de diciembre de 1941. El ataque comenzó a las siete y cuarenta y ocho de la mañana y fue llevado a cabo por cazas de combate, bombarderos y torpederos. Perdimos ciento ochenta y ocho aeronaves, murieron casi dos mil quinientas personas y resultaron heridas otras mil más. El ataque conmocionó profundamente al pueblo estadounidense y llevó directamente a los Estados Unidos a entrar en la Segunda Guerra Mundial.

—Resultaron dañados los ocho acorazados estadounidenses atracados en el puerto, y cuatro de ellos se hundieron. De estos ocho, dos fueron reflotados y cuatro reparados, por lo que seis pudieron volver a entrar en servicio más tarde, durante la guerra. ¿Y por qué os cuento esto? Porque vamos a ver uno de los dos acorazados que siguen ahí abajo: el USS Arizona. Y para ello no tendremos siquiera que meternos en el agua. El monumento al barco hundido, situado justo encima de este, tiene un suelo acristalado a través del cual se puede ver. La entrada es gratis, con lo que suelen volar, pero… —Finn enseña a cámara los tres tiques, justo antes de que Stu detenga la grabación.

—Perfecto. Me encanta. Juntos, sois perfectos —dice sin pensar, incapaz de disimular su entusiasmo.

Y la verdad es que, al verse obligados a aparentar cordialidad frente a la cámara, la mañana transcurre muy tranquila, paseando entre los aviones, los misiles, los torpedos y demás material expuesto.

—Un día me comentaste que tu abuelo fue militar…

¿verdad? —le pregunta Stu a Finn, mientras pasean por el interior del USS Bowfin Submarine, un submarino de la época de la Segunda Guerra Mundial.

—Sí, sirvió en Vietnam durante más de diez años. —Finn observa todos los botones sin atreverse a tocar nada, con las manos metidas en los bolsillos—. Creo que allí murió en vida. La guerra se lo llevó, porque el hombre que volvió era una caricatura del joven que se alistó. Lo que vio y vivió allí forjó su carácter para siempre, y condicionó el resto de su vida. Ya nada volvió a ser igual.

Escuchándole, Emma se ve obligada a tragar su emoción y enjugarse las lágrimas con disimulo. Quizá sea culpa de todo lo que les rodea, pruebas reales de una de tantas guerras, quizá la expresión contraída de Finn y su tono de voz solemne y serio, tan distinto al de siempre, pero ella necesita poner tierra de por medio y pensar ya en el siguiente destino: la isla de Kauai.

—Kauai es la más antigua de las cuatro islas grandes que forman el archipiélago de Hawái. Es especial porque, aparte de su vegetación exuberante, es la menos desarrollada, la más natural.

Finn y Emma caminan frente a la cámara por los exteriores del hotel que ella ha elegido, esta vez uno más modesto y barato.

—El vuelo interno, de solo media hora, nos ha costado ochenta dólares por cabeza. El hotel, ciento diecinueve dólares cada uno y el coche de alquiler, cuarenta — dice Emma.

—Nuestra idea es quedarnos solo un par de días, aunque, a pesar de ser pequeña, hay suficientes cosas como para tirarse una semana entera. Visitaremos playas de aguas cristalinas, de asombrosos atardeceres, intentaremos no ser atacados por los gallos salvajes que pululan por toda la isla, veremos cascadas de varios metros de altura, haremos *trekking* por las montañas que sirvieron de decorado en *Jurassic Park* e incluso navegaremos para intentar ver ballenas.

—Y todo ello, sin salirnos del presupuesto. Prometido —concluye Emma, guiñando un ojo a la cámara. Cuando ve que Stu detiene la grabación, se vuelve hacia Finn—. ¿Ese *trekking*...? ¿De cuántos kilómetros estamos hablando?

—Dieciocho kilómetros —contesta Finn. Cuando ve que Emma palidece, a pesar de estar disfrutando, tomándole el pelo, le aclara—: Pero nosotros haremos poco más de cuatro —le informa, para alivio de ella—. Igualmente, intenta ponerte algo más cómodo que esos pantalones de cuero negro.

Finn se aleja, dirigiéndose al jeep que han alquilado, donde deja la mochila que portaba al hombro. Ella se queda inmóvil, observándole con una sonrisa en la cara.

«Así que te has fijado en mis pantalones de cuero...», piensa satisfecha.

Emma no recuerda demasiado de la otra noche. Stu le dijo que Finn le contó que la «rescató» de un tipo que intentó propasarse a pesar de que ella no estaba en plenitud de sus facultades. Pero sí recuerda unas pocas cosas: los bíceps del tipo en cuestión, lo segura que se sintió con Finn, y que llevaba puestos sus preciosos pantalones pitillo de cuero negro.

* * *

—El recorrido desde Kee y Hanakapiai Beach tiene una longitud de seis kilómetros y medio, pero nosotros lo vamos a alargar un poco para llegar a las cataratas Hanakapiai Falls —dice Finn caminando con la mochila a hombros. Entonces, mira de reojo a Emma, que le sigue de cerca a buen ritmo—. Veo que me has hecho caso.

—¿Eh? Ah, sí —dice, mirándose mientras extiende los

brazos—. Tuve que ir a comprarlos... y, ya de paso, vi esta preciosa camiseta a juego. El dependiente me dijo que era ideal para largas caminatas porque está hecha de lana de merino y nailon. Es muy transpirable y ligera.

Finn sonríe escuchándola. Nunca la habría imaginado vestida con ese tipo de ropa, pero la verdad es que está preciosa igual... Y ella parece sentirse bastante satisfecha.

—¿De qué te ríes?

—De nada. Te va a venir perfecta cuando nos mojemos.

—No me pienso bañar con ella puesta en la playa —comenta Emma.

—En esa playa no está permitido el baño.

—¿Por qué?

—Por el fuerte oleaje y las corrientes —comenta sin más, a pesar de la expresión de decepción de Emma, que se imaginaba tomando el sol bajo un platanero—. Me refería a cuando te mojes al cruzar el río.

—¿Río?

—Sí. El que tenemos que cruzar para llegar a la playa Hanakapiai y luego a las cataratas, en las que sí nos podremos bañar.

Emma se queda callada, no porque esté conforme, sino porque ha decidido guardar las fuerzas para caminar por los cada vez más empinados caminos. Finn la ayuda en algunos puntos algo más complicados, tendiéndole una mano para ayudarla a subir.

A pesar del cansancio, del sudor, de llevar el pelo completamente mojado y pegado a la cara, de tener los pies destrozados, los tres están disfrutando del recorrido, contemplando alucinados el paisaje exuberante, una explosión verde con un clima peculiar. Igual hace calor como de repente les cae una tromba de agua que les empapa la ropa.

—¿Quieres parar a descansar? —le pregunta Finn a Emma en un punto del recorrido.

—No —responde, secándose el sudor de la frente con un brazo, justo antes de poner los brazos en jarras y alzar la vista para mirar alrededor.

—Esto es acojonante, Finn —interviene Stu, realmente maravillado.

—Lo es… —añade Emma, sonriendo de oreja a oreja y contagiando a Finn, que agacha la cabeza con timidez.

Si algo tiene que reconocer Finn es que el hotel que ha escogido Emma es realmente acogedor y tranquilo. Lejos de ser un resort enorme con cientos de huéspedes y actividad frenética las veinticuatro horas del día, en este se respira un ambiente tranquilo, con una ambientación que ayuda a sentirse en paz. Iluminado por unas pocas antorchas, Finn está en el porche que da a la pequeña piscina. Aparte de él, hay otra pareja conversando en voz baja. Cerca de ellos, un grupo ameniza la velada, cantando canciones típicas hawaianas acompañados de un par de ukeleles.

Estirado en una especie de diván hecho de bambú y hojas de platanera, observa el cielo estrellado con una cerveza en la mano, repasando los acontecimientos de un día que ha resultado ser agotador aunque realmente maravilloso. El paisaje era sobrecogedor y, a pesar del esfuerzo, todo mereció la pena cuando llegaron a las cataratas y se pudieron dar un baño. La humedad del lugar y las lluvias intermitentes hicieron aparecer el arcoíris, así que la estampa resultó maravillosa.

Pero lo más bonito del día había sido, sin duda, ella. Le demostró ser más dura de lo que él imaginaba, dándolo todo en una de las travesías de *trekking* más duras, y luego le regaló una de las visiones más impresionantes que podía soñar cuando llegaron a la cascada. No pudo resistir el impulso de hacerle unas pocas fotos, haciendo ver que retrataba el paisaje. Una en especial le robaba el aliento: de pie en un saliente de las rocas, colocada detrás de la caída de agua, con el arcoíris enmarcándolo todo.

—¿Aceptas compañía? —Su voz le devuelve al presente, obligándole a incorporarse de golpe. Emma sonríe al verle tan apurado—. Lo siento. No pretendía asustarte. ¿Y Stu?

—Estaba agotado y ha subido a la habitación —contesta Finn, intentando recomponerse. Después de recordarla en bikini, de soñar despierto con su sonrisa, tenerla delante de nuevo es realmente complicado de gestionar.

—Es un flojo... —comenta ella riendo, justo antes de pedirle al camarero una cerveza y quedarse embobada escuchando al grupo que canta, regalándole a Finn una visión de perfil que le está dejando atontado. De hecho, cuando ella vuelve a girar la cabeza en su dirección, le descubre con la boca abierta—. ¿Estás bien? Pareces... distraído.

—No... Bueno...

—Parecías muy concentrado, mirando las estrellas —añade ella, señalando el cielo—. Realmente, se ven preciosas. Y mucho más claras que en Nueva York. De pequeña, mis padres nos llevaban de vacaciones a Los Hamptons, y recuerdo que me encantaba estirarme en una tumbona a observarlas.

Los dos se quedan entonces callados, observando las estrellas con sus respectivas bebidas en las manos, con la música de los ukeleles de fondo.

—Eso es Orión. ¿Lo ves?

Emma se incorpora e intenta seguir la dirección que marca el dedo de Finn, aunque sin éxito. Así que, ni corta ni perezosa, se levanta de su asiento y se estira al lado de Finn, en la misma hamaca.

—Échate a un lado... —le pide cuando ya está estirada junto a él—. Vale... Ahora... El cinturón de Orión, ¿no? Me suena de varias películas.

—Así es. Si te fijas bien, Orión tiene forma de cazador.

¿Sabías que la estrella de su hombro se llama Betelgeuse, y que es una supergigante roja que le dio su nombre a la película *Beetlejuice,* la de Tim Burton?

—No me digas que también entiendes de estrellas…

—No demasiado, no te creas. Algunos datos útiles, como que si unes los puntos del extremo del cazo de la Osa Mayor puedes encontrar fácilmente la Estrella Polar, que nos marca el Norte, por si algún día necesito orientarme. Y algunas historias bonitas, de esas que cuentas para llamar la atención de alguna chica.

—¿Como cuál?

Finn gira la cabeza y se encuentra con la mirada curiosa de Emma a escasos centímetros.

—Como la de Casiopea. La esposa del rey etíope Cefeo estaba convencida de que tanta era su belleza que no tenía nada que envidiar a la de las ninfas del mar, las Nereidas. Poseidón, rey de los mares, se enfadó y envió a Ceto, una bestia marina, a castigarla y a sembrar la destrucción en toda Etiopía. La reina, asustada, entregó a su hija para sacrificarla. Y así fue como una desnuda Andrómeda acabó encadenada. Pero Perseo, que regresaba de acabar con Medusa, oyó los lamentos de Andrómeda y acabó perdidamente enamorado. Perseo, que era un tipo muy listo, usó la cabeza de la Medusa para convertir a Ceto en un coral, y así pudo salvar a Andrómeda y después casarse con ella. Poseidón, todavía enfadado, decidió castigar a Casiopea, y la proyectó a los cielos atada a una silla en una posición en la cual la cabeza de la reina siempre queda boca abajo, a medida que la constelación gira en el cielo.

Cuando él se calla y la mira, Emma sigue completamente perdida en su perfil. En cómo se arruga su frente al hablar, en su nariz recta, en el azul claro de sus ojos, en sus finos labios y su mentón prominente, en su pronunciada nuez, que sube y baja cuando él traga saliva.

—Parece que ha funcionado —se atreve a decir entonces, despertándola de su ensoñación.

—¿Eh?

—Que parece que he logrado llamar tu atención.

—No es mérito tuyo, sino de la mitología.

—Puede que sí... o puede que me haya inventado toda la historia, en cuyo caso, el mérito sería completamente mío.

Finn sonríe de medio lado, expresión que le da cierto aire pícaro que logra desarmar a Emma. Ella se abraza el cuerpo con ambos brazos y levanta la vista para mirar alrededor. El grupo sigue tocando al fondo, las antorchas iluminando el pequeño jardín, el agua de la piscina reflejando la luz de la luna... Todo es perfecto, incluso él. Pero Finn no es lo que ella busca. Finn es un espíritu libre que no encajaría en su mundo. Sus padres nunca le aceptarían, y seguro que ella tampoco es lo que él busca. En realidad, duda de que Finn esté buscando algo, ya que nunca nadie será capaz de retenerle en un mismo sitio durante mucho tiempo.

—No me lo he inventado —confiesa finalmente—, así que no es mérito mío.

Sus ojos se encuentran durante unos segundos, pero ninguno de los dos es capaz de aguantarse la mirada durante más de cinco segundos.

—Mejor me voy a acostar ya...

Sonrojada, Emma se levanta, colocándose unos mechones de pelo detrás de las orejas, intentando decidir cuál es la despedida correcta para este momento. Al final, levanta la palma de la mano, como una niña pequeña, y rápidamente se da la vuelta para alejarse hacia el interior del hotel.

*   *   *

—El vuelo hasta Maui nos ha costado doscientos dólares por cabeza, y hemos tardado unos cincuenta minutos en llegar. Tenemos intención de alquilar un coche, como hemos hecho en las dos islas anteriores, que nos costará otros cincuenta dólares por día. Pero tenemos un problema: he comprado ya los billetes de vuelta a Nueva York, que nos han costado quinientos cincuenta dólares cada uno... y solo teníamos un saldo disponible de mil sesenta y cuatro dólares... Así que estamos en negativo, importe que nos restarán en nuestro próximo destino.

—Me da igual. Me niego a compartir habitación y dormir en una litera —interviene Emma.

—Pero solo cuesta cien dólares...

—¿Y te parece poco para una litera de muelles, un cajón a modo de armario y un baño compartido en mitad de un pasillo por el que deben pasar todos los huéspedes y que no deben limpiar más de tres veces al día?

—Bueno... también podemos dormir en casa de alguien. Existen páginas web de gente que alquila su sofá para dormir. Podríamos... —Al ver la cara de Emma, Finn se calla de golpe—. ¿Y qué propones, entonces?

—Buscar un alojamiento decente. Con nuestra cama, en una habitación para nosotros, con nuestro baño privado...

—Pero eso costará más dinero y lo pasarás mal en nuestro próximo destino.

—Estoy dispuesta a arriesgarme, pero necesito lavarme el pelo y dormir entre sábanas limpias. Así que... —Emma vuelve a centrar la atención en la pantalla de su teléfono, por la que desliza el dedo en busca del hotel que cumpla sus exigencias a un precio no demasiado exorbitado—. Listo. Un apartamento con dos habitaciones por doscientos cuatro dólares.

—Somos tres —interviene Stu, aún detrás del visor de la cámara.

—Tienen sofá. ¿Sabéis qué? Os lo alquilo a alguno de los dos por cien dólares la noche.

—Muy graciosa... —dice Finn, justo antes de volver a centrarse en la cámara—. Pues eso, que ya tenemos alojamiento por doscientos dólares la noche. A ese gasto, tendremos que sumarle el precio de las entradas al parque nacional Haleakala. Mi intención es despertarnos temprano para ver amanecer desde el borde del cráter, y para eso hemos tenido que reservar sitio para poder estacionar el jeep.

—¿Pagar para poder aparcar el coche? A eso sí le llamo yo derrochar —interviene Emma.

—Solo ha costado un dólar y medio.

—Me da igual. Me parece una tomadura de pelo.

—¿Un dólar y medio a cambio de la posibilidad de ver amanecer a mi lado? Me parece hasta barato —le responde Finn, justo antes de subirse al coche para dirigirse al apartamento. A Stu se le escapa una pequeña carcajada, justo antes de seguir a Finn. Emma, por su parte, intenta luchar contra sí misma para calmar sus nervios y enfriar la temperatura de sus mejillas.

—El cráter del Haleakala se eleva sobre la isla de Maui y se puede ver casi desde cualquier punto. Este volcán inactivo, a tres mil cincuenta y cinco metros sobre el nivel del mar, es el escenario de una asombrosa variedad de paisajes. Haleakala significa «casa del sol» en hawaiano, y cuenta la leyenda que el semidiós Maui, de pie sobre la cima del volcán, lazó el sol mientras hacía su viaje por el cielo. Así, hizo más lento su descenso para alargar el día. —Emma le escucha atentamente, con la boca abierta, embriagada por la calidez y la seguridad de su voz—. Ver amanecer o atardecer desde el borde del cráter es una visita obligada. Pero no es la única razón para visitar el Haleakala National Park cuando viajes a Maui. Los impresionantes paisajes abarcan más de doce mil hectáreas y varían desde desiertos rojos parecidos a Marte y jardines de roca cerca de la cima hasta exuberantes cataratas y arroyos en la región costera. Hay numerosas rutas de senderismo donde poder perderse. Existen más especies en peligro de extinción que en cualquier otro parque, como el nené, el ave oficial del estado. Nuestro objetivo se encuentra a quince minutos al sur de Hana, en la parte baja de las laderas del Haleakala, y son las piscinas y cascadas de Oheo Gulch.

Finn conduce sin mirar a cámara, haciendo suaves aspavientos con una mano mientras habla, sin soltar el volante con la otra. A su lado, Emma se permite mirar alrededor, admirando el paisaje, imaginando que es un decorado perfecto para las palabras de Finn.

—Desde hace un tiempo, las siete piscinas están cerradas de forma indefinida, debido a unos desprendimientos graves. Así que no vamos a poder bañarnos. Pero todo lo que las rodea tiene tanta belleza que sería un pecado perdérselas.

—Guau… —susurra Emma mientras se acerca al enorme y extraño árbol que se presenta frente a ellos—. ¿Qué…? Es la primera vez que veo uno…

—Es un bayano —contesta Finn, acercándose a ella, que acaricia sus raíces aéreas y camina entre ellas, como si estuviera jugando al escondite—. Y eso son sus raíces. Puedes trepar fácilmente por ellas, e incluso por alguno de sus enormes troncos.

—Es… raro y… precioso a la vez.

—Yo creo que son tremendamente honestos. —Emma, agarrada a una de las ramas, le escucha con atención—. Fíjate… No esconden nada, ni siquiera sus raíces. Todos los demás de su especie se limitan a enseñar su parte más bonita y fuerte, pero eso a él le da igual. Sabe que sus raíces pueden no ser perfectas y bellas, pero te las muestra para que tú juegues entre ellas.

Agarrados a las raíces, se miran uno al otro, sonriendo. Finn empieza a caminar en zigzag entre ellas, y Emma empieza a hacer lo mismo, aunque pensativa.

—¿Sabes? Este árbol me recuerda a ti —se decide a hablar finalmente—. No escondes nada, te muestras tal y como eres. No es difícil conocerte a fondo.

—En cambio, es algo que no se puede decir de ti. Te guardas algo. Siempre. Incluso en aquellos momentos en los que creo que lo he conseguido, de repente pareces darte cuenta de que la coraza se está haciendo pedazos, y la recompones en décimas de segundo. —Emma empieza a difuminar la sonrisa de sus labios. Es consciente de que todo lo que ha dicho Finn es verdad, pero lo que realmente le molesta es que se haya dado cuenta en unas pocas semanas—. Como está sucediendo ahora mismo.

Sentados al borde del cráter, acompañados por tan solo una decena de personas más que están sentadas a lo lejos, los tres observan cómo el sol se va escondiendo por entre las montañas, y el cielo se va oscureciendo, tiñendo las nubes de azul oscuro.

Los tres se mantienen en un escrupuloso silencio que ninguno necesita llenar. Se limitan a mirar, con una sonrisa boba en la cara, sintiéndose completos.

A Finn siempre le ha gustado sentarse a ver atardecer. Ser testigo del último adiós del sol, que se marcha exhausto, y la entrada de la luna, que llega con fuerzas renovadas. Es plenamente consciente de que la felicidad reside en saber disfrutar de pequeños momentos como este. Tiende a hacer un balance, a preguntarse si ha aprovechado bien el día, si ha vivido lo suficiente, si ha hecho lo que le ha apetecido o, por el contrario, se ha dejado arrastrar por la corriente de la rutina y la monotonía.

Emma, por el contrario, nunca se había tomado la molestia de sentarse a observar ningún amanecer o atardecer. Por la mañana, porque solo cuando salía de marcha estaba despierta tan temprano. Al atardecer, porque su intensa vida no le permitía detenerse un segundo. Pero algo cambió hace unas semanas, cuando Finn la arrastró hasta las ruinas del templo de Angkor. De repente, se descubrió agradeciendo esa oportunidad que le había brindado la vida, valorando sus actos, conectando consigo misma. Algo tan místico e impropio de ella, que en ese momento incluso valoró la posibilidad de que Finn le hubiera echado algo de droga en el agua. Pero se sintió tan bien, que lo repitió cuando ya estaba en Nueva York. Así, muchas tardes, sentada en el mármol de la minúscula cocina de su apartamento, con una copa de vino tinto en las manos, miraba por la ventana con una sonrisa en los labios.

—¿En qué pensáis? —susurra Stu, muy bajito.

Sin girarse, absorto en el espectáculo frente a él, con los brazos apoyados en las rodillas, Finn contesta:

—Me repito que, pase lo que pase, el sol siempre se pondrá y volverá a salir al día siguiente. Incluso cuando yo ya no esté, o cuando falte alguien importante para mí. Así que eso me anima a darlo todo cada día. A exprimir al máximo la vida. A no quedarme con las ganas de nada. Tener eso en mente me ayuda a disfrutar de estos pequeños instantes: centrarme en lo que de verdad me importa.

Finn se queda entonces callado, y Emma siente que es su turno. Se abraza las piernas encogidas, apoyando el mentón en las rodillas, hecha un ovillo.

—Yo no… Antes no… Nunca me había detenido a… —Emma chasca la lengua, contrariada por no saber encontrar las palabras adecuadas, como si con ello estuviera rompiendo ese momento tan mágico—. Es una sensación extraña. Siento miedo, pero a la vez me siento en paz. Me da miedo que algo tan obvio, me haga sentirme así. O sea... el sol sale y se pone cada día, ¿por qué entonces consigue hacerme sentir tantas cosas? Pero entonces me doy cuenta de que todo lo que me hace sentir me mantiene cuerda, me... llena por dentro.

—¿Estás bien? Estás muy callada. —Emma se encoge en su asiento del avión. Asiente con la cabeza, con una sonrisa somnolienta en la cara—. ¿Cansada?

—Puede que un poco, pero estoy bien.

—Vale. Puedes dormir, si quieres...

—No... No es para tanto. ¿Cuánto nos hemos pasado del presupuesto?

—Eh... Cuatrocientos cincuenta y tres dólares.

—Lo siento.

—No. No... No es culpa tuya.

—Finn, sí lo es.

—Bueno, puede que un poco, pero no pasa nada. Es un presupuesto bastante ajustado y...

—¿Alguna vez te habías gastado cinco mil dólares viajando? —le pregunta Emma, cortándole.

Finn la mira con los ojos muy abiertos, parpadeando cada pocos segundos.

—No —confiesa finalmente—. Pero también viajaba solo y... quizá no me preocupaba nunca por si el alojamiento tenía baño privado, o si cumplían las normas de sanidad, o...

—Finn —le interrumpe entonces ella, sonriendo—. Gracias. Gracias por ponerte mil y una excusas para intentar justificarme.

—Podremos con ello, ¿de acuerdo? Son solo cuatrocien-

tos cincuenta y tres dólares. —Emma asiente con la cabeza—. Además, los sofás para dormir se alquilan en todo el
mundo, ya salen baratos.

Finn ríe mientras Emma le da un suave manotazo en el
brazo, justo antes de encoger las piernas en el asiento. Finn
sube el reposabrazos y extiende el brazo, invitándola a acu-
rrucarse en su costado. Y así, se quedan ambos dormidos, con
una sonrisa satisfecha en la cara y el sol poniéndose más allá
de la ventanilla del avión.

Algo ha cambiado

—¿Y bien…?

Finn levanta la cabeza por fin y mira a su hermano.

—¿Y bien…? —repite.

—¿No tienes nada que contarme?

—Pues… no mucho, la verdad.

—Finn, colega. Tengo algunos años más que tú, te he estado criando prácticamente toda la vida, conozco cada expresión de tu rostro, sé lo que estás pensando en todo momento… Pero, si quieres mentirme, además de mentirte a ti mismo, adelante. —Mitch se da la vuelta y abre el armario de las medicinas de su abuelo para organizárselas en el pastillero—. Este hombre es un desastre. ¡Abuelo! ¡Abuelo! ¡¿Vienes un momento, por favor?!

—¡¿Qué quieres?! —se le escucha gritar desde el salón.

—¡Ven un momento!

—¡¿Qué?!

—¡Que vengas!

—¡No te oigo!

—¡Pues baja el volumen de la puñetera tele! —le recrimina, acercándose hasta el salón a grandes zancadas, donde le encuentra repantingado en su butaca, viendo la televisión—. Y luego dirás que no estás sordo…

—Y no lo estoy. La pongo así de alta para no tener que escucharos.

—Lo que tú digas. ¿Me acompañas?

—¿Dónde has dejado tus modales?

Exasperado, Mitch respira profundamente para intentar calmarse, cerrando incluso los ojos.

—¿Me acompañas, por favor, abuelo?

Mitch le observa mientras su abuelo se incorpora lentamente y camina a su ritmo, atento por si pierde la verticalidad, mordiéndose la lengua para no repetirle que use el andador, el segundo que tiene, después del extravío intencionado que sufrió el primero, y que parece estar corriendo la misma suerte que el primero, ya que está cogiendo polvo en un rincón de la cocina.

—¿Por qué vas tan lento? —le reprocha entonces el abuelo, poniendo a prueba la paciencia de su nieto.

—Vamos a ver… ¿por qué hay pastillas en el pastillero? —le pregunta una vez han llegado a la cocina.

El abuelo mira el pastillero, luego a Mitch y, con gesto severo, contesta:

—Porque es su sitio, ¿no?

—Abuelo… —Mitch se agarra el puente de la nariz con dos dedos, justo antes de continuar hablando—. Sé que es su sitio. Yo te lo compré para facilitarte las cosas. El problema es que hoy no debería haber ninguna, y yo lo iba a rellenar… Pero sí hay. ¿Lo ves? ¿Qué quiere decir eso?

El abuelo, reacio, mira dentro del pastillero y luego, torciendo el gesto, hace ver como que la cosa no va con él y empieza a darse la vuelta. Mitch, más rápido y ágil, se planta frente a él, cortándole la huida.

—Puede que me dejara de tomar alguna.

—¿Puede? Está bien… —resopla, armándose de paciencia de nuevo—. Volvamos a recordarlo. ¿Ves estos agujeros? Pues hay uno por cada día de la semana. Así que mañana lunes, coges todas las pastillas del primer hueco y te las tomas con un vaso de agua.

—¿Ves este puño? —le corta su abuelo, con el brazo entre ambos—. Pues, como sigas tratándome como a un idiota, lo voy a estampar en tu cara.

—Me declaré y me dio calabazas —suelta de repente Finn, que sigue sentado sobre el mármol de la encimera de la cocina. Su hermano y su abuelo se quedan callados de golpe y le miran con los ojos muy abiertos, inmóviles, sin saber bien qué decir o hacer—. Decid algo, joder...

—Es que... No tengo ni la menor idea de lo que dices —confiesa su abuelo.

—La chica esa, la del trabajo, Emma... —empieza a decir Finn. Mira a su abuelo, que parece que sigue sin entender nada, mientras que su hermano continúa en estado de shock, así que se ve obligado a continuar—. Estoy... algo colgado por ella y... Mitch me recomendó que me atreviera a dar un paso. Pero ella se incomodó y pasó de mí.

—¿Y se puede saber por qué cojones haces caso a tu hermano? ¿Qué te hace pensar que sea un maestro de las artes amatorias? ¿Quizá su extensa lista de conquistas? ¿Las decenas de mujeres que se apostan a su puerta, esperándole? Este hace meses que no moja el churro, te lo digo yo.

Mitch parece que ahora sí ha perdido la paciencia, y se gira indignado hacia su abuelo.

—¡Vamos a ver! ¡¿Y tú qué sabes de mi vida amorosa?! ¡Que tú no las hayas conocido, no quiere decir que no las haya tenido! ¡No se me ocurriría en la vida traerlas a tu casa, para que las espantes! Y para tu información, mojo el churro tan a menudo como me apetece.

—¿Hola? Sigo aquí... ¿Podemos centrarnos un poco en mi problema y solucionáis el vuestro más tarde?

—Sí, perdona —se disculpa Mitch, mirando de reojo a su abuelo, que permanece impávido, con los brazos cruzados sobre el pecho—. Entonces, ¿le dijiste que estás enamorado de ella y...?

—No estoy enamorado de ella —le corta rápidamente, algo ofendido.

—Bueno, ya me entiendes. ¿Qué le dijiste y qué te dijo ella?

—En realidad, no recuerdo bien cómo fue. Estaba muy nervioso y… Joder, en realidad, no sé realmente si fue una declaración en toda regla, pero ella hizo como que no me había oído, y me dio la espalda.

—Pues eso es. A lo mejor tu declaración no fue todo lo clara que podía ser.

—Mitch, créeme, se me nota. Seguro. Aún me pregunto qué piensa cuando me pilla mirándola embobado. O cómo no se ha dado cuenta de que me alejo de ella en el agua para que no vea que voy empalmado cuando se me presenta con un bikini minúsculo.

—Habla con ella de nuevo. Esta vez, en serio. Llévala a cenar y, cuando estés sentado frente a ella, le confiesas lo que sientes.

—Ni caso —le interrumpe su abuelo, dándole incluso un empujón para apartarlo de su camino—. Hazte el duro. Pasa de ella. Así no sufrirás y te evitarás hacer el ridículo de nuevo. Y, si por alguna casualidad remota estuviera algo interesada en ti, tu actitud llamará tanto su atención, que acabará viniendo a ti.

Finn mira fijamente a su abuelo, asintiendo con la cabeza, valorando seriamente hacerle caso.

—¿En serio? —le pregunta entonces Mitch—. ¿De verdad vas a hacer más caso a este viejo carcamal que a mí?

—A este viejo carcamal le faltan dedos de las manos para contar las conquistas del mes pasado.

—¡Anda ya, por favor! ¡No te inventes cuentos! Ni que hubiera una cola de viudas en tu puerta, esperándote…

—No todas son viudas, no… Alguna sigue casada.

Mitch le mira con incredulidad, levantando el labio superior, sin dar crédito a las palabras de su abuelo. Este, en cambio, le mira con cierto aire de superioridad dibujado en la cara. Ambos parecen estar lidiando su propia batalla, así que Finn, cansado y convencido de que no va a obtener ninguna ayuda por su parte, se baja de un salto de la encimera y empieza a caminar hacia la salida.

Emma se ha levantado sin ganas de nada. Ha remoloneado en la cama durante casi una hora, arropada con la colcha blanca y mullida, dejando que los primeros rayos del sol se colaran en su habitación. Después de darse una ducha, no le ha apetecido maquillarse y se ha recogido el pelo en una cola de caballo algo rudimentaria, por la que escapaban demasiados mechones de pelo. Se ha vestido con un pantalón de pijama y la camiseta que ha encontrado en el armario y se ha estirado en el sofá con el mando de la televisión en la mano, cambiando de canal cada pocos segundos, sin prestar atención a ningún programa.

Ha estado en ese estado de letargo hasta que su móvil ha empezado a sonar y, cual felino intentando atrapar a su presa, ha saltado del sofá y se ha abalanzado sobre el teléfono. El entusiasmo repentino le ha durado lo que ha tardado en ver el nombre de Kat en la pantalla.

—¿Qué? —responde sin nada de entusiasmo y mucha decepción.

—Qué simpática, por favor… No esperaba un saludo tan entusiasta por tu parte. ¿A qué debo este honor? —ironiza Kat, que vuelve a la carga enseguida—. Doy por hecho que no has follado, ¿verdad?

Emma resopla al otro lado de la línea, sin ganas de entrar al trapo.

—¿Qué quieres, Kat? —le pregunta finalmente.

—Hombre, no sé… Déjame pensar… No creas que hay muchas opciones, ¿eh? Quizá… ¿saludarte? ¿Saber de ti? ¿Que me cuentes cómo te ha ido por Hawái? ¿Saber cómo está mi querido Stu? ¿Interesarme por tus progresos en tus relaciones laborales?

—No estoy de humor, Kat.

—¿Entiendo entonces que la respuesta a la mayoría de mis inquietudes es «de puta pena»?

—Más o menos —contesta Emma, con la voz tomada por la emoción y las lágrimas acechando en sus ojos—. Mierda…

—¿Qué pasa? Emma, me estoy preocupando de verdad.

—No pasa nada —vuelve a decir, aunque esta vez las lágrimas y los sollozos no la dejan hablar con claridad.

—Voy para allá. Dame dos minutos. No. Mejor cinco, que tengo que anular un par de reuniones.

—¡No! No hace falta, de veras… Tranquila.

—Tus lágrimas me tranquilizan un huevo, sí, señora.

Emma chasca la lengua mientras se seca las mejillas con la palma de la mano e intenta recobrar la compostura.

—Estoy cansada, eso es todo.

—Emma.

—Kat.

Esta parece rendirse y se deja caer en la silla de su escritorio, estirando las piernas por debajo y recostando la espalda.

—Estoy realmente preocupada, Emma —vuelve a decir Kat, y esta vez su tono de voz es muy serio, quizá por primera vez desde que se conocen.

—Y yo estoy realmente confundida, Kat —confiesa—. No sé qué siente por mí. No sé qué siento yo por él. No sé si debo renunciar al trabajo. No sé si quiero quedarme en Nueva York o hacer ya la maleta para nuestro próximo destino. Una parte de mí quiere correr hacia él y otra huir. Quiero descubrir el mundo a su lado, y a la vez gritarle que deje de sacarme de mi zona de confort. Una parte de mí me dice que hice bien ignorando su insinuación, mientras que otra sabe que me voy a arrepentir toda la vida...

Kat se incorpora de golpe y hace verdaderos esfuerzos por no gritar. No quiere romper este momento de confesión, aunque en realidad desearía coger un taxi y correr al lado de su amiga para darle una buena colleja. En su lugar, camina arriba y abajo de su despacho, haciendo aspavientos con los brazos. Sus compañeros de trabajo la ven a través de las enormes cristaleras, pero pocos se sorprenden, ya que la conocen perfectamente y muchos la temen. Posiblemente, su fama se extienda más allá de su despacho y de sus oficinas, y llegue hasta los tribunales y juzgados. Es implacable, no tiene reparos en demostrar su estado de ánimo y está loca de remate: una combinación algo arriesgada para una abogada de prestigio.

Cuando Emma se queda callada, Kat carraspea para aclararse la voz y, aunque ha desconectado más o menos cuando su amiga le ha insinuado que Finn se le había declarado, intenta aparentar cordura y serenidad.

—Verás, Emma... —empieza a decir, con un tono de voz más propio de un anuncio de colonia francesa que de ella. Respira hondo varias veces, mordiéndose los labios, hasta que la ira de apodera finalmente de ella—. ¡¿Tú estás tonta o qué te pasa?! ¡¿Se te declaró y pasaste de él?! ¡¿En serio?!

—En realidad, no sé si fue una declaración de intenciones... —titubea Emma, casi con miedo.

—A ver, dime qué te dijo y yo juzgaré.

—No lo recuerdo bien.

—¡Ja! No me hagas reír. Te conozco lo suficiente como para saber que habrás estado rememorando la frase en tu cabeza cada vez que vuestras miradas se cruzaban.

Emma se maldice por ser un libro abierto para su amiga, aunque acaba por confesar, con la boca pequeña:

—Me dijo algo así como que me había echado de menos.

—Kat se queda callada, esperando que haya algo más. Emma intenta llenar el incómodo silencio—. Pero eso no quiere decir nada. Se pueden echar muchas cosas de menos, y eso no quiere decir que...

—Emma, se echan de menos aquellas cosas que quieres o te gustan. No se echa de menos el olor del metro en hora punta, ni las visitas al dentista, ni las hombreras.

—Lo sé —claudica finalmente Emma.

Su amiga, al escuchar su tono de voz decaído, parece apiadarse de ella.

—De acuerdo. Veamos... No diste ese paso, ¿por qué no lo haces ahora?

—Porque no funcionará.

—¿Y eso lo sabes por...?

—Porque somos muy diferentes. Porque queremos cosas distintas. Porque él no busca más que un rollo, y yo no sé si quiero sufrir de esa manera, porque sé que me colgaré de él y un día el programa acabará y dejaremos de vernos, y querré que me llame, y no lo hará porque preferirá seguir viajando.

—Interesante...

—¿Eso es todo lo que se te ocurre decir? ¿Qué hay de interesante en todo eso?

—En tu mierda de discurso, nada. Lo que es interesante es toda la sarta de suposiciones a las que intentas aferrarte para convencerte a ti misma. No te imaginaba tan cobarde, la verdad.

—No son excusas. Tenemos intereses muy diferentes. Nuestros caminos van por separado, y dudo mucho que se junten en algún momento. Peleamos constantemente. Una relación debería ser un refugio, no un campo de batalla. El mundo es ya de por sí bastante duro como para complicarlo más.

—¿Dónde narices has leído esa mierda de frase inspiradora? ¿En una galleta de la suerte? ¡Espabila! ¡Llámale!

—No puedo.

—¿Por qué?

—Porque me rechazará y me hará daño.

—Cariño, los únicos con derecho a hacerte daño son tus tacones, no los hombres. Así que no le permitas hacértelo. —A Emma se le escapa una sonrisa—. Escucha… Tengo una reunión en cinco minutos, pero no voy a ir a no ser que me prometas que vas a hacer algo coherente.

—Ahora no sé realmente si quieres que te diga que lo haré o que no.

—Me has pillado —confiesa Kat, provocando las risas de ambas y consiguiendo relajar el tono de la conversación—. ¿Qué vas a hacer hoy?

—Pues tengo una apasionante comida con mis padres y mi hermana para probar el menú de su boda.

—¡Comida gratis!

—Tendré que aguantar las miradas reprobatorias de mis padres, las constantes charlas sobre el rumbo errático que está tomando mi vida y, por si fuera poco, las burlas de mi hermana al pretender sentarme en la mesa de los solteros, junto a mis primas de Wisconsin y el tío Wert…

—Pues dile que irás acompañada.

—¿Y qué hago? ¿Pongo un anuncio en el periódico para buscar candidato?

—O se lo pides a Finn.

Finn acaba vagabundeando sin rumbo por las calles, perdido en sus pensamientos, cabreado, buscando unas respuestas a las decenas de preguntas que asaltan su cabeza desde hace varias semanas. Al final, cansado, aburrido y mucho más confundido si cabe, decide volver a casa de su abuelo, pasando antes por el supermercado para comprar algo para cenar.

Cuando ya lleva metido en la cocina una media hora, con los espárragos cortados y salteándose en la sartén junto con las setas, y los filetes reposando sobre la parrilla, su abuelo entra en la cocina y se queda parado al ver todo el desaguisado.

—¿Nos han entrado a robar?

—No. —Ríe Finn, algo aturullado por tener que estar pendiente de muchas cosas a la vez.

—Entonces, ¿estás...?

—Cocinando —contesta con una sonrisa satisfecha en la cara.

—Eh... Te iba a preguntar si estabas bien, pero... vale... —añade su abuelo, no demasiado convencido, acercándose para mirar el contenido de las sartenes, cazos y la parrilla, sin poder contener una mueca de asco.

—No pongas esa cara. Es verdura. Y es sana. Y la necesitas.

—No me la pienso comer. Y no me has contestado. ¿Estás bien? ¿A qué viene todo esto?

—Bueno, tenemos que comer, y estaba algo harto de tus sopas de sobre.

—Hablo en serio.

—Y yo.

El abuelo le mira frunciendo el ceño, signo inequívoco de que empieza a perder la paciencia. Su nieto lo sabe, y decide confesarle la verdad. O, al menos, empezar a sincerarse, aunque sin saber si todo lo que dirá tendrá algún sentido para su abuelo, ya que no lo tiene ni para él mismo.

—Necesitaba mantenerme ocupado —empieza a decir—, para no pensar demasiado. Pensar en... ella. Porque, a pesar de que hice caso a Mitch y me... medio... declaré, y ella me rechazó o, en realidad, me ignoró, a pesar de todo eso, no puedo dejar de pensar en ella. Y eso no me está haciendo ningún bien, porque rompe todos mis esquemas. Todos mis planes.

—Pensé que eras un tipo sin planes. Creí que tú nunca planeabas nada en tu vida.

—¡Lo sé! ¡A eso me refiero! —grita de repente, realmente enfurecido, dejando ir las pinzas de la carne y frotándose la cara con las manos—. Yo no... yo no quiero hacer planes, no quiero preocuparme por nadie a todas horas. No quiero pasar el resto de mis días cocinando filetes. Necesito sentirme libre, y ella me ata a... ¡a ella! Ella necesita dormir entre sábanas blancas de raso. Y comer en esos restaurantes con tantos cubiertos a ambos lados del plato. Es de ese tipo de mujeres que quiere un *flashmob* en su boda y una casa en la Toscana. Y yo...

Finn abre los brazos para demostrar... algo. En realidad, ni él mismo sabe qué quiere demostrar. Así que al final, derrotado, los deja caer a ambos lados del cuerpo.

Su abuelo le mira muy serio, con una expresión indescifrable. La de siempre, de hecho. Impertérrito, sin demostrar su opinión, ni mucho menos sus sentimientos. Finn cree que es algo que forjó durante sus años en el frente para poder sobrevivir y volver a casa más o menos ileso.

—Se te va a quemar la carne —dice finalmente, señalando la parrilla con su dedo huesudo. Finn, convencido de que esa será la única respuesta que obtendrá por parte de su abuelo, coge de nuevo las pinzas y le da la vuelta a los filetes.

Pocos minutos después, Finn sirve un filete en cada plato, así como unos cuantos espárragos y setas, vertiendo un poco de salsa de queso en un lado. Pone los platos sobre la mesa y saca un par de cervezas del congelador, todo bajo la mirada atónita de su abuelo, que le observa con la boca abierta. Al rato, él también se sienta en una de las sillas, coge los cubiertos y empieza a dar cuenta de su filete, masticando con ganas.

—¿Qué es un *flashmob*? —le pregunta, rompiendo el silencio que se había formado entre ellos.

Finn levanta la vista y le observa durante un rato. No deja de sorprenderle. Su abuelo parece retener solo la información que le interesa, obviando, por regla general, la parte más importante del discurso.

—Es… como una acción organizada… como si mucha gente se pusiera a hacer algo a la vez, en público. Y normalmente cantan y bailan a la vez.

—¿Como un ballet?

—Algo así, supongo. —Ríe Finn.

—¿Y estás seguro de que ella quiere eso en su boda? ¿Te lo ha dicho?

—Bueno… no exactamente. Pero es de esas personas. Parece ser del tipo de mujeres a las que les gusta que las sorprendas con ese tipo de cosas.

—Ajá… Bueno… Supongo que hay gente para todo.

—Pero yo no… No sé…

El abuelo levanta la vista y le observa durante unos segundos, masticando con lentitud, pensándose mucho qué decir. Pero entonces, después de fruncir el ceño, vuelve a centrar su atención en el plato que hay frente a él. Finn y su hermano están acostumbrados a eso, a la falta de empatía de su abuelo. Puede parecer que no se preocupa por ellos, aunque él siempre les ha enseñado a valerse por sí mismos, a solucionar sus propios problemas. Así que, aunque al principio, cuando eran pequeños, se sintieran algo decepcionados, con el tiempo han comprendido que él es así y no lo van a cambiar.

—A veces crees que no estás hecho para algo, pero luego, resulta que no se te da tan mal como pensabas —le sorprende diciendo entonces, sin levantar la vista de la comida, como si temiera que se la fueran a quitar—. Con eso me refiero a que, a lo mejor, un cambio no sea tan traumático.

—¿Te refieres a…? ¿Crees que sería capaz de…? —Finn no encuentra las palabras para describirlo, ya que es una idea que le produce un escalofrío—. No podría. No me veo con una casa, niños y un trabajo de ocho horas encerrado en una oficina.

—Los extremos nunca son buenos. Me refiero a que, si tú cedes un poco y ella otro poco, quizá os encontréis en un punto intermedio que os resulte cómodo a los dos. —Finn se encoge de hombros, no demasiado convencido—. Igualmente, te digo que para no querer esto, se te da bastante bien —comenta de forma desenfadada, después de comerse cerca de medio bistec y la mitad de verduras. Finn levanta la vista y le mira frunciendo el ceño para descubrir a su abuelo señalando el bistec con el tenedor, moviendo los carrillos con avidez.

—Gracias, supongo…

—Ummm… No sé… No me acaba de convencer…

—Es lo que se estila ahora. Poner varias opciones, varias estaciones de comida repartidas por toda la sala y con varios camareros para servir. Así, se puede contentar a todos los invitados. La gente suele pedir una estación de carnes, otra de mariscos, una de sushi, incluso un rincón vegano y otra de postres.

Lyn escucha la explicación de Stacey, la organizadora de bodas que han contratado, con una enorme sonrisa en la cara. Es evidente que esa es la idea que más se aproxima a sus gustos, aunque los rostros de sus padres no parecen tan convencidos.

—Podemos satisfacer cualquier petición gastronómica —prosigue Stacey, pero la madre de Lyn y Emma la corta.

—Pero… ¿y las mesas? —pregunta, mirando el plano de la sala que les han facilitado.

—No hay mesas —responde la chica con una enorme sonrisa en la cara, que se le borra en cuanto ve el espanto reflejado en la expresión de la mujer—. Es lo que se lleva ahora. Es más informal y moderno.

—Sí, mamá… —añade Lyn en un tono susurrante y casi temeroso.

—¡¿Comer de pie es moderno?! —grita su madre, realmente fuera de sí—. ¡George, di algo!

—Bueno —interviene este rápidamente—, la verdad es que no lo veo demasiado cómodo.

—¡¿Tú crees?! ¡¿Cómo pretendéis que la gente coma?! ¡¿Haciendo malabares?! ¡¿Cómo se puede comer si agarras el plato con una mano y la copa con la otra?! ¡¿Tú lo ves normal, Evelyn?! ¡¿En serio?! —Lyn abre la boca para contestar, encogiéndose de hombros con timidez, pero su madre sigue hablando—: ¡No voy a permitir que quedemos mal frente a nuestros amigos! ¡¿Cómo vamos a quedar delante de los socios de tu padre?! ¡¿Cómo quieres mantener a trescientas personas de pie durante todo el convite?!

Lyn abre los ojos como platos al escuchar el número de invitados, muy superior al que ella había imaginado, pero no se atreve a contradecir a su madre. En vez de eso, decide buscar aliados a su causa y mira a su hermana.

—No es tan malo… Habrá algunas sillas también, ¿no? —pregunta, mirando a Stacey, que asiente con reticencia—. Será igual de… elegante. Es lo que se lleva ahora, ¿a que sí, Em?

Cuando se da la vuelta para mirarla, Lyn descubre a su hermana con la vista perdida más allá de la ventana, tocando la tela de las largas cortinas con una mano.

—Emma… Emma… —repite una y otra vez—. ¡Emma!

—¿Eh? —Emma se da la vuelta y, al verse observada por cuatro pares de ojos, se apresura a forzar una sonrisa cordial—. ¿Decíais?

—Querida, ¿estás bien? —le pregunta su padre.

—Estoy bien, papá.

—Últimamente está siempre ausente —interviene entonces Lyn—. Como si estuviera pensando en otras cosas.

—Solo estoy cansada. ¿Qué decíais?

—Tu hermana pretende obligar a los invitados a estar de

pie durante todo el convite. ¡Imagínate! Trescientos invitados deambulando por la sala cargando con la comida en las manos. ¿Te imaginas a la tía Gertrude, con su maltrecha cadera, cargando con su andador y un plato de comida? ¡Menuda locura!

—Si es lo que ella quiere... —susurra Emma.

—¿Perdona? —exclama su madre, consternada.

—Que es Lyn la que se casa y... —Emma es consciente de la palidez del rostro de su madre, pero una extraña fuerza la obliga a seguir dando su opinión sincera, a pesar de que sabe que no es lo que ella quiere—. Ella es la que debería elegirlo todo. La boda debería ser a su gusto. ¿Quiere que la gente esté de pie? Que así sea.

—¡¿Trescientas personas?! ¡George! ¡¿Soy la única que lo ve una locura?!

—Y en cuanto a eso... ¿En serio quieres invitar a tanta gente, Lyn? ¿Quieres realmente que toda esa gente esté a tu lado el día más feliz de tu vida? ¿Conoces a toda esa gente?

—Bueno, yo... —balbucea Lyn.

—¡Por supuesto que va a invitar a toda esa gente! ¡De hecho, tienen las invitaciones desde hace meses! ¡Son compromisos de tu padre y míos! —interviene su madre.

—Quizá ese sea el problema. Que son vuestros compromisos, vuestros deseos. No los de Lyn y Richard.

Caroline se lleva una mano al pecho y abre la boca y los ojos como platos.

—George... —susurra, buscando su brazo para apoyarse en él.

Emma pone los ojos en blanco y abre los brazos, desesperada. Esa es la actitud de su madre: exigir y hacer que todos opinen como ella. Y, si alguien se atreve a contradecirla, monta el pollo y, si aun así no consigue su propósito, hace ver que le da una lipotimia. Hacerse la mártir es su especialidad.

—Está bien. Lo que tú digas. Lyn, haz caso a todo lo que

diga mamá y será superfeliz el día de tu boda. Ella. Tú, lo dudo. —Y entonces, les da la espalda y se encuentra con Stacey, que asiste a toda la escena intentando disimular su apuro, apretando la carpeta con toda la información contra el pecho—. Stacey, es todo precioso, en serio. Pero, por tu bien, haz lo que ellos te digan.

Y, sin más, empieza a caminar hacia la salida.

—¡¿Adónde crees que vas, jovencita?! —le pregunta su padre con tono severo, seguro que satisfaciendo una exigencia de su mujer.

Sabe que no es el sitio ni el momento para rebelarse, pero ahora siente cómo le hierve la sangre, y no puede parar.

—¡No tengo ni idea! —grita, dándose la vuelta. De acuerdo, quizá esa no sea la respuesta que más imponga, pero es un comienzo—. ¡A casa! ¡O... me da igual! ¡Pero lejos de aquí! ¡De vosotros! ¡De vuestro... perverso intento de manejarnos a vuestro antojo!

—Pero... vendrás a la boda, ¿no? —le pregunta entonces Lyn, con los ojos llorosos. Durante unos segundos, Emma se arrepiente de haber estallado en un momento tan importante para su hermana, pero se le pasa en cuanto esta sigue hablando—: Porque ya tenemos las mesas organizadas y sería un follón...

Su madre asiente con la cabeza, satisfecha, mientras se acerca a su hija mayor, a la que agarra por el brazo para lanzar un claro mensaje.

—¡¿Pero tú no querías que toda esta mierda fuera de pie?!

—Pero he pensado que mamá tiene razón y...

—Cómo no —resopla Emma, negando con la cabeza. Siente mucha lástima por Lyn, pero también por sí misma. ¿Por qué no dio ese paso antes? ¿Por qué siempre ha sentido como una especie de vergüenza por no dedicarse a la abogacía, como sus padres tenían planeado que hiciera? Y entonces, como si se tratara de una revelación, un pensamiento cruza su mente—. No os preocupéis, que vendré a la boda. Pero acompañada, así que me temo que tendrás que hacer algunos cambios en las mesas. Lo siento.

—¿Acompañada? ¿En serio? ¿Por quién? —empieza a preguntar su hermana, pero Emma la deja con la palabra en la boca y huye de la sala siendo plenamente consciente de que su ataque de valentía le va a acarrear más de un problema.

Paris, mon amour

Finn se levanta de muy buen humor, con gran energía y una sonrisa enorme en la cara. Incluso él ha estado al menos cinco minutos eligiendo su vestuario y luego peinándose con esmero frente al espejo del baño.

—¿Vas a hacer un *flashmob*? —le pregunta su abuelo cuando sale por la puerta de casa.

—¿Qué? —Finn le mira sorprendido, hasta que descubre la sonrisa socarrona de su abuelo y entiende sus intenciones.

Emma, por su parte, se despierta antes de que suene el despertador y corre a la cocina. Se prepara un café y se encarama a la ventana para ver salir el sol.

—Hola… —susurra al empezar a ver el sol, con una sonrisa en los labios.

Con la taza entre las manos, se sorprende al descubrirse de buen humor incluso sabiendo que la relación con sus padres puede haber cambiado para siempre. Las últimas semanas le han servido para darse cuenta de que la vida no es siempre de color de rosa, hay subidas y bajadas, contratiempos que en muchas ocasiones están lejos de su control, y que depende de uno mismo cómo afrontarlo. Ella necesitaba desligarse del yugo imaginario que sus padres le habían puesto para controlarla, rebelarse, y estaba claro que a ellos no les iba a gustar. Por eso sonríe, porque ha hecho lo que debe y se siente liberada.

Por eso ambos corren hacia la reunión con una enorme sonrisa. Ya nos les importa el destino, sino disfrutar del camino y, sobre todo, de la compañía.

Es entonces cuando los ojos de Finn y Emma se encuentran. Se sonríen con algo de timidez, él sin separar los labios, nervioso, ella incapaz de contener su entusiasmo, mostrando la dentadura.

—¡Eh! ¿Cómo estás? —le pregunta Stu, chocando su mano y acercándose para darle un abrazo.

—Bien. ¿Y tú? ¿Has estado con tu hija?

—Sí. A tope con ella.

—Me alegro mucho.

—¿Qué tal tu abuelo?

—Insoportable, como siempre. Pero está más cuerdo que yo, así que… —comenta, encogiéndose de hombros.

Es entonces cuando los ojos de Finn y Emma se encuentran. Se sonríen con algo de timidez, él sin separar los labios, nervioso, ella incapaz de contener su entusiasmo, mostrando la dentadura.

—¿Cómo estás? —le pregunta él—. ¿Qué tal te ha ido estos días?

—Estupendamente —miente ella.

Y nada más hacerlo, se pregunta por qué lo hace. Nada ha sido estupendo estos días. Ha pasado la mayor parte del día encerrada en casa, no se ha molestado siquiera en maquillarse o peinarse, se ha peleado con sus padres y, sobre todo, le ha echado muchísimo de menos. Entonces se da cuenta de por qué le ha mentido: porque nunca le reconocerá todo eso.

—Me alegro —contesta él.

Y, como ella, nada más decirlo, se pregunta por qué. Finn esperaba que ella le hubiera echado de menos, que esos siete días separados le hubieran resultado tan fríos como a él.

—¿Y a ti?

—Fantásticamente también.

«¿Fantástico? Serás capullo…».

Finn no puede disimular el cabreo, y se da la vuelta para que Emma no se dé cuenta. Afortunadamente para él, el señor Hanson entra en su despacho.

—¡Aquí estáis! —les saluda, acercándose a ellos para abrazarlos, agarrándolos por el cuello con no demasiado cuidado. Por su reacción, parece que las imágenes del programa que ha estado viendo deben de estar gustándole mucho—. Siento el retraso. ¿Cómo estáis?

—Bien.

—Estupendo.

Vuelven a mentir ambos. Hanson, al ver sus expresiones, que distan mucho de corroborar sus palabras, les observa enarcando una ceja, algo confundido. De todos modos, no le da más importancia y se apresura a coger un sobre que reposa en su escritorio.

—Pues siento comunicaros que os toca volver a trabajar —les dice, tendiéndole el sobre a Emma, que empieza a abrirlo—. Os tengo que recordar que esta vez disponéis de cuatrocientos cincuenta y tres dólares menos.

Emma palidece cuando saca los billetes del sobre. Finn la observa con preocupación, e incluso da un par de pasos hacia ella.

—¿Francia? —susurra ella—. ¿En serio?

—Sí. ¿Algún problema? —pregunta Hanson.

—Es que... Es solo que... Siempre soñé con visitar París y...

—Pues entonces, estás de enhorabuena.

A Emma se le empiezan a humedecer los ojos. Es consciente de que no es motivo suficiente para ponerse así, pero después de esos días tan convulsos, que por fin cumpla uno de sus sueños, y además acompañada de Finn, le está resultando complicado de gestionar.

—Francia es muy grande, y vuestro presupuesto, algo escaso. Como es habitual, os hemos comprado los billetes de ida a París, y vosotros os lo montáis a vuestro antojo. Hemos cambiado los dólares a euros, así que, restando el importe de los billetes de avión, contaréis con tres mil doscientos cincuenta y ocho euros.

—Alquilar el coche nos ha costado trescientos euros, gasolina aparte —dice Finn mientras conduce. Emma está sentada en el lugar del copiloto, con la mirada perdida en el paisaje que discurre por su ventanilla. Stu, cámara al hombro, está sentado en los asientos traseros, grabando—. Esta vez vamos sin ningún plan estipulado. Vamos a pasar dos o tres días de ruta por la Bretaña y Normandía antes de volver a París y centrar allí el grueso de nuestro viaje. Nuestra primera parada será el Mont Saint-Michel. La larga historia del Mont Saint Michel comenzó cuando un obispo mandó construir un santuario en honor al arcángel Miguel. Rápidamente, se convirtió en un lugar de peregrinación y allá por el siglo x, los monjes benedictinos se instalaron en la abadía mientras que a sus pies se desarrollaba un pequeño pueblo. Durante la Guerra de los Cien Años, se protegió la abadía con un conjunto de construcciones militares que le permitió resistir, lo que convirtió al Mont Saint-Michel en todo un símbolo de la nación. Durante la Revolución Francesa se reconvirtió en prisión, hasta que fue declarado Monumento Histórico. A principios del siglo xx, los monjes volvieron a instalarse en la abadía y, desde 1979, el monumento se encuentra incluido en la lista de Patrimonio de la Humanidad por la UNESCO.

—Pero qué listo es mi niño, coño —bromea entonces Stu, desatando las risas de ambos.

Emma, en cambio, sigue sumida en su mundo. Taciturna desde que se encontraron en el aeropuerto de Nueva York, ni Finn ni Stu se han atrevido a insistir en el motivo de su estado. Un simple «nada» después de la primera pregunta fue lo que recibieron, y su intuición les dice que es todo lo que recibirán.

—Te va a encantar ese sitio —le dice Finn—. Parece un escenario de un cuento. Además, el lugar cambia dependiendo de la hora en la que lo visites. Y, debido al enclave donde está situado, dependiendo de cómo esté la marea, el agua puede estar situada a unos quince kilómetros de distancia cuando la marea está baja, o puede llegar a rodear todo el monte. Hay una pasarela que hace que se pueda acceder al pueblo durante todo el año, excepto cuando hay mareas excepcionalmente altas y el monte se convierte en una isla. He comprobado la web del sitio, donde se indican las mareas, y estamos de suerte. Tendremos que estar un par de horas antes, para poder verlo bien, y podemos elegir verlo desde el Mont, las murallas, la terraza oeste o la pasarela. ¿Tú qué opinas, Em? Lo vemos desde el monte, ¿no?

—Vale —se limita a responder ella, con apatía y sin siquiera mirarle.

Finn frunce el ceño, realmente preocupado. Intenta recordar si pasó algo entre ellos que pudiera explicar ese cambio de actitud. Parecían haber encontrado un equilibrio perfecto, y que ambos empezaban a estar a gusto el uno con el otro sin molestarse en fingir lo contrario, pero Emma parece ser algo volátil y errática, así que Finn, resignado, centra su atención en la autopista.

—Hemos encontrado un hotel en La Caserne, a solo dos kilómetros de la abadía de Mont Saint-Michel. Las habitaciones son amplias, hay aparcamiento gratuito y tienen un restaurante que es famoso en la zona y sirve deliciosos mariscos y especialidades regionales —recita Emma sin inmutarse y, desgraciadamente, sin una pizca de ilusión en su tono de voz.

—Emma ha hecho un gran trabajo, porque es un hotel de cuatro estrellas y solo nos ha costado cien euros por habitación —añade Finn, intentando animarla.

Cuando la cámara la vuelve a enfocar, Emma fuerza una sonrisa tan tétrica que Stu decide que quitará esa toma cuando edite el vídeo.

—¿Quieres que… salgamos a pasear? —le pregunta Finn, recibiendo un leve movimiento de hombros como respuesta.

Al principio, Stu les sigue para grabar algunas tomas al atardecer. La luz del sol, que se esconde detrás de la abadía, le regala una toma preciosa, con ellos dos caminando codo con codo, relajados y despreocupados. Pero, poco después, decide dejarles un poco de intimidad.

—Chicos, yo me voy a retirar al hotel —dice—. Estoy cansado del viaje y tengo *jet lag*.

—¿No vas a cenar? —le pregunta Finn.

—Compraré un sándwich de camino y me lo subiré a la habitación.

—De acuerdo. Mañana será más tranquilo. Y el trayecto hasta nuestro próximo destino es de poco más de tres horas, así que estaremos más descansados. Nosotros tampoco creo que tardemos mucho en retirarnos —dice, mirando de reojo a Emma que, apoyando los antebrazos en la barandilla de la pasarela que lleva hasta la abadía, mantiene la vista perdida en el mar, que se mece con suavidad.

Aprovechando que ella no los mira, Stu, mediante gestos, le pregunta a Finn si sabe qué le pasa. Este se encoge de hombros, apretando los labios. Stu pone los ojos en blanco y se lleva un dedo en la sien mientras mueve los labios:

—Está pirada —susurra—. Te lo digo yo, que la conozco algo mejor que tú.

Finn gira la cabeza y la observa detenidamente. No se

considera un gurú de las relaciones ni del comportamiento humano, pero algo le dice que Emma se guarda algo en su interior. Aunque al principio le pareció una tía fría, distante y superficial, algunos momentos, se ha mostrado como alguien completamente diferente. Y le ha gustado. Mucho, además.

—No te conviene —insiste Stu—. Hazme caso...

Cuando se quedan solos, Finn se acerca a la barandilla y se coloca al lado de ella, admirando también el paisaje. Llega incluso a cerrar los ojos para deleitarse con el ruido de las olas, mezcladas con el murmullo de la gente. Al abrirlos, gira la cabeza hacia Emma y la descubre limpiándose una lágrima que rodaba por su mejilla. Sin saber qué hacer, se incorpora y se acerca a ella, aunque sin tocarla. No sabe si abrazarla o darle espacio, si el causante de esas lágrimas es él o no tiene nada que ver, si necesita hablar de ello o prefiere que no le pregunten... Así que se limita a quedarse cerca.

Emma se abraza el cuerpo con ambos brazos cuando la recorre un escalofrío. Al girarse para protegerse de la suave brisa, descubre el pecho de Finn a escasos centímetros. Levanta la vista para encontrarse con sus ojos, en los que ve una mezcla de preocupación y comprensión, incluso de confianza. Tiene las manos metidas en los bolsillos de los vaqueros y parece estar esperándola. Emma siente que él la está invitando a tomarse su tiempo, sin esperar nada a cambio. Finn la conoce ya lo suficiente como para saber que algo le pasa, pero no le ha exigido ni insistido en que se lo contase, gesto que ella agradece.

Con un nudo en la garganta y las lágrimas aún pugnando por salir, cierra los ojos con fuerza. Resopla y se inclina hacia delante, hasta que su frente se apoya en el pecho de Finn. Este baja la cabeza, dejando su nariz a escasos centímetros del pelo de ella. Inspira con fuerza, dejándose invadir por su olor. Finn siente que se ahoga en ese olor, abrumado, pero no quiere hacer nada que rompa ese momento. Por eso se queda totalmente inmóvil, esperando quedarse así toda la noche.

—A tres horas en coche nos encontramos con esta maravilla. —Finn, vestido con un impermeable, abre los brazos para mostrar el maravilloso paisaje mientras el fuerte viento mece su pelo y la capucha de la chaqueta con violencia—. A la izquierda de la playa se encuentra el Falaise d'Aval o El ojo de la aguja, un arco natural, formado por la erosión del mar, que mide más de setenta metros. A la derecha se encuentra otro acantilado, el Falaise d'Amont, en cuya cima se encuentra la pequeña iglesia Notre-Dame de la Garde.

Emma, sentada cerca de ellos, sigue apagada y taciturna, así que Finn y Stu han respetado su silencio y han tratado de ponerle las cosas fáciles. Después de pasar un día tranquilo paseando por la abadía del Mont Saint-Michel y alrededores, tomaron rumbo hasta Étretat, su siguiente parada del viaje. Finn se encargó incluso de reservar el nuevo alojamiento que cumpliera con los gustos de ella, aunque sin excederse en el presupuesto. Encontró una casa de ciento cincuenta años con un interior reformado y moderno, con tres habitaciones, una amplia cocina y una terraza en el último piso desde la que se podía contemplar la playa y el famoso acantilado.

Stu la enfoca con la cámara, captando una imagen relajante, digna de un programa de meditación. Cuando detiene la grabación, minutos después, mientras Finn explora los alrededores con las manos en los bolsillos, Stu se sienta al lado de Emma.

—Es precioso, ¿verdad?

—Sí…

—Finn dice que esta noche cenaremos en un restaurante cerca del apartamento donde sirven un plato típico de aquí:

mejillones con diferentes salsas. Y de postre, crepes. Me voy a comer como diez.

Stu saca la lengua, como un crío pequeño. Emma no puede evitar sonreír con ternura.

—Oye, no quiero ser pesado, pero es evidente que algo te pasa. Si estuvieras bien, habrías puesto una mueca de asco y te habrías metido con mi peso.

—A lo mejor, cuando estoy bien, soy un poco cretina. —Stu la mira con una ceja levantada. Abre y cierra la boca varias veces, buscando las palabras adecuadas—. No puedes negar que no siempre te caigo bien.

—Bueno, a veces eres un poco cabrona —confiesa casi susurrando—. Pero ahora, incluso lo echo de menos.

Emma esboza una sonrisa sin despegar los labios y apoya su cabeza en el hombro de él.

—Gracias —le dice.

—¿Por llamarte «cabrona»? De nada. —Emma vuelve a reír con ganas—. Sabes que estamos aquí para lo que necesites, ¿verdad? Estamos algo preocupados, y somos hombres, así que no se nos da demasiado bien entenderos. Nos vendrían bien unas pistas... Finn cree que estás algo enfadada con él, pero no sabe qué ha hecho para que lo estés, y tampoco se atreve a preguntarte.

Emma mira entonces a Finn, el cual está bastante alejado de ellos, admirando el imponente horizonte. El viento sopla con violencia, pero él permanece inmóvil, imperturbable.

—Da la sensación de que nada puede con él, de que, por mucho tumulto que haya alrededor, él permanecerá inamovible. Finn es un lugar seguro al que agarrarse cuando todo parece irse a pique.

Stu la observa detenidamente mientras ella sigue estancada en la silueta de Finn en el horizonte.

—Pues yo creo que no le importaría que te aferraras a él si lo necesitas en algún momento.

Finn está estirado en su cama, con la vista fija en el techo, incapaz de pegar ojo. Emma le tiene completamente descolocado. Hay momentos en los que cree que está enfadada con él, pero entonces se acerca a él. Otros en los que cree que son amigos, pero ella se aleja de repente. Él sabe lo que siente por Emma. Es consciente de todo lo que ella despierta en él. Lo que no tiene claro es lo que ella siente.

—Los hombres se enamoran por los ojos y, las mujeres, por el oído —le dijo su abuelo en una ocasión—. Los hombres nos fijamos en que tenga un buen culo y un par de tetas enormes. Pero las mujeres no solo se fijan en el físico, sino que se decantan por la inteligencia y el bolsillo. Ellas buscan sentirse valoradas y amadas, comprendidas. Los hombres, en cambio, buscan sentirse útiles. ¿Mi consejo? Asiente como si la entendieras aunque no tengas ni puñetera idea de lo que le pasa. Así le serás útil.

Y es lo que ha hecho durante todo ese viaje: hacerle saber que estaba cerca, pero sin atosigarla. Sonreírle cuando ella le miraba, como si supiera qué se le pasaba por la cabeza. Por eso se quedó plantado, con las manos metidas en los bolsillos, cuando ella se apretó contra su pecho, cuando sabe Dios que la habría abrazado y no la habría soltado hasta el día siguiente.

Cansado de dar vueltas en la cama, se deshace del edredón de malas formas con los pies y se pone en pie. Sale de la habitación y sube las escaleras hacia el piso superior. Entra en la cocina y va a servirse un vaso de agua cuando ve luz en la terraza. Se acerca sigilosamente y descubre a Emma sentada en una de las sillas, con las rodillas flexionadas y los pies sobre el asiento, la mirada perdida en el mar, donde el reflejo de la luna forma una línea infinita sobre el agua. Sostiene una copa de vino vacía en una mano, así que Finn vuelve a abrir la nevera y cambia la botella de agua por un par de cervezas. Abre la puerta corredera con cautela para no asustarla.

—¿Aceptas compañía? —le pregunta cuando ella gira la cabeza y le ve.

—Claro —sonríe ella, afable—. ¿Tú tampoco podías dormir?

—Parece que no.

—Necesitas gastar más energía, ¿no? Me temo que este viaje está siendo demasiado tranquilo para tu gusto, ¿verdad?

—No te creas...

—No hace falta que disimules. En otras circunstancias, te habrías tirado en parapente desde el acantilado o habrías hecho surf aprovechando el oleaje. Y algo me dice que te estás reprimiendo de hacer todo eso por mi culpa.

Finn la mira y sonríe, dándole la razón en parte. Nada más poner un pie fuera, el viento le eriza la piel, así que levanta un dedo para excusarse un momento y, cuando vuelve a salir, lo hace con una sudadera con la capucha puesta y la manta del sofá en la mano.

—Gracias —dice ella cuando él le pone la manta por encima de los hombros.

—También me he fijado en que te has quedado sin vino, y he sacado un par de cervezas.

—No suelo tomar, pero gracias.

—¿No te gusta la cerveza?

—Me encanta. Pero no me suele sentar muy bien. Pero ¿qué narices? Un día es un día —dice, agarrando la botella—. No me has negado que te esté jodiendo el viaje.

—No me lo estás jodiendo. Es cierto que yo me habría movido algo más, pero siempre hay tiempo para todo. Además, tampoco me habría tirado en parapente y contemplar estas vistas, así de relajado... y contigo, tampoco está tan mal.

Emma se sonroja, aunque sabe que la escasa luz se ha

convertido en una gran aliada y le ayuda a disimular. Es consciente también de que debería devolverle el cumplido, confesarle que ella se siente muy a gusto en su compañía, que todas las noches se acuesta pensando en él y se despierta deseando volver a verle. Pero, en lugar de eso, da un largo trago a la cerveza.

—¿Qué te apetece que hagamos en París? —le pregunta él.

Ella sonríe y se encoge en la silla. Levanta la vista al cielo y Finn sabe que está recreando en su cabeza todo lo que siempre ha deseado hacer en París.

—En realidad, no tengo nada pensado en especial —le responde.

—No te creo —interviene Finn, algo molesto porque no le haya sido sincera—. Dijiste que siempre fue tu sueño. Seguro que has imaginado decenas de sitios que visitar, tiendas que recorrer, un barrio concreto en el que hospedarte, cafeterías en las que sentarte a comer un cruasán…

—Bueno, un poco quizá… Pero tampoco es que tengamos mucho presupuesto. Así que, en otra ocasión será.

Finn abre mucho los ojos.

—¿Tan caro es tu sueño? No pretenderás hospedarte en el palacio de Versalles…

—No. —Ríe Emma, agachando la cabeza. Finn la mira expectante, así que ella, con algo de timidez, empieza a contarle parte de sus sueños—. Siempre imaginé que me hospedaría en un pequeño hotel de una calle empedrada en la que oliera a pan. Y que mi habitación tendría un pequeño balcón de hierro forjado, con una pequeña mesa y una silla a juego. Y que, al salir, vería la Torre Eiffel iluminada, y a lo lejos escucharía el sonido de un violín. Y que sería otoño, y pasearía por el paseo al lado de Sena, contemplando los puestos de libros de segunda mano o a los pintores sentados en una vieja silla inmortalizar la ciudad, escuchando las hojas romperse bajo mis pies. —Emma no se atreve a levantar la cabeza, pero siente los ojos de Finn clavados en ella. A pesar de ello, puede que producto de la cerveza, que ya le ha hecho efecto, es incapaz de callarse y sigue confesándole—: Y, por la noche, bailaría en la cubierta de un pequeño barco que recorre el Sena. Pero no uno de esos enormes barcos llenos de turistas, sino uno pequeño, de madera. Y llevaría un vestido precioso, largo y con vuelo...

Cuando Emma lleva un par de minutos en silencio, Finn traga saliva y consigue volver a la realidad. Mientras la escuchaba, se imaginaba una película en blanco y negro en la que ella, preciosa pero con cierto aire de tristeza, era la protagonista.

—Pues para no haberlo pensado especialmente, lo tienes todo bastante planeado... —acaba diciendo.

—Bueno, son tonterías de adolescente, en realidad. Llevo soñando con París desde que leí un libro en el instituto y... bueno, hasta hoy. Pero no me hagas demasiado caso, así que estoy abierta a todo tipo de sugerencias. ¿Qué te apetece hacer a ti? ¿Rappel en la Torre Eiffel? ¿Piragüismo en el Sena?

Finn mueve las cejas arriba y abajo mientras apura la cerveza, aunque su cabeza ya empieza a maquinar. Emma sigue sonriendo. Esa noche parece estar bastante más animada que días atrás.

—Me gusta verte así de sonriente —se atreve a confesarle él, casi conteniendo el aliento.

—Es la cerveza.

Emma se arrepiente enseguida de sus palabras. Cada vez que Finn trata de ser amable y le abre su corazón, a ella le entra el miedo y recula despavorida. Como si temiera confesarle que ella también siente algo, aunque aún no sepa clasificarlo ni plantearse si existe un futuro juntos.

Así que, al ver que a él se le ha oscurecido la expresión y se ha puesto en pie para volverse dentro, ella cierra los ojos con fuerza y, desoyendo las advertencias de su cabeza y las miradas reprobatorias de sus padres, a los que no deja de imaginar en su cabeza, suelta de golpe:

—Eres tú.

Finn se queda inmóvil, aún dándole la espalda. Cuando se da la vuelta, lentamente, la mira con el ceño fruncido. La ha oído perfectamente, pero, después de todos los desplantes, necesita una confirmación en firme.

—¿Qué? —pregunta.

—Que… no es la cerveza. Que eres tú. Que… tú me haces sonreír. —Finn se deja caer de nuevo en la silla, con los brazos caídos. Ella sigue sin levantar la mirada—. Si cierro los ojos e intento recordar un momento en el que he sido feliz, en el que me he sentido completamente en calma, me acuerdo de tus brazos rodeándome, de tus ojos atentos y curiosos fijándose en mí, de tu sonrisa reconfortándome, de tus palabras animándome, creyendo realmente en mí.

Entonces Emma levanta la cabeza y mira a Finn. Este, completamente inmóvil, intenta digerir sus palabras, con el corazón latiéndole a mil revoluciones, retumbando en sus oídos.

Y, sin perder más tiempo, se inclina hacia delante y, posando la palma de la mano en su mejilla, con los dedos acariciando su nuca, aprieta los labios contra los de ella. El beso no es como él imaginó, lento y romántico, sino que es precipitado y rudo, como si ambos fueran conscientes de que han perdido demasiado tiempo interpretando un papel. Así, se les escapan varios jadeos que rompen el silencio de la noche mientras ella se mueve hasta sentarse en el regazo de él.

—Joder… —susurra Finn, embriagado.

El pelo de Emma cae en cascada a ambos lados de su cara, cubriendo la cara de Finn. Sus labios húmedos son como una droga que él necesita saborear, incluso morder. Emma se mueve de forma sugerente encima de él, buscando su propio placer al frotarse contra su ya abultada erección mientras que sus manos recorren el pecho de Finn en sentido descendente, dirigiéndose peligrosamente a un punto en el que no habrá marcha atrás.

Solo entonces Finn recupera la cordura y se da cuenta de que Emma no está actuando de forma consciente. El alcohol le hace hacer cosas de las que puede que luego se arrepienta, y así no es como él quiere que sea. Así que, asustado, y puede que sin valorar demasiado las consecuencias de sus actos, se pone en pie mientras tira hacia atrás la silla. Emma cae al suelo de culo, abierta de piernas y con el pelo enmarañado. Finn la mira asustado aunque sin saber qué decir.

—¡¿Se puede saber qué cojones te pasa?! —grita entonces ella, entre cabreada y avergonzada.

—Yo... No...

—¡¿Tú no qué?!

—Así no... —balbucea él.

—¡¿Qué?! ¡¿Eres gilipollas o qué te pasa?!

—No quiero que sea así, Em...

En ese momento, Stu, seguramente alertado por los gritos, asoma la cabeza a través de la puerta de la terraza.

—Eh... ¿Estáis bien? —les pregunta.

Ninguno de los dos le mira, ni mucho menos se molesta en contestarle. En lugar de eso, Emma se apresura a levantarse del suelo, aunque su estado de embriaguez no le permite hacerlo con demasiado estilo, y le lleva unos segundos lograr la verticalidad.

—¡¿Así cómo?! —insiste Emma—. ¡Pensaba que los dos queríamos lo mismo!

—No estás en condiciones, Emma. Estás...

—¡Cachonda! ¡Estoy cachonda! —dice ella.

Stu abre los ojos como platos. Durante unos segundos se plantea volver a dejarles solos pero, teniendo en cuenta que ninguno de los dos parece estar reparando en su presencia y que el tema se está poniendo interesante, esconde un poco la cabeza y, como si se tratara de una película, sigue con atención los acontecimientos.

—No… Me refería a… ebria.

—¡Te lo dije! ¡Que la cerveza me sentaba mal! ¡Y, aun así, insististe! ¡Tú buscaste esta situación!

—Espera, espera, espera… No voy a permitir que insinúes ese tipo de cosas.

—¡Dejaste que me emborrachara para poder besarme!

Stu abre la boca y ahoga un grito. En ese momento, desearía tener algo a mano para picar.

—¡Tú también me besaste a mí! ¡Y te restregaste contra mi entrepierna!

Emma, totalmente fuera de sí, aprieta los puños con fuerza, justo antes de quedarse sin argumentos y decidir dar por zanjada la conversación.

—¡Que te jodan, capullo! —grita, justo antes de empezar a caminar hacia el interior.

Stu se aparta a un lado para dejarla pasar, quedándose inmóvil e incluso aguantando la respiración cuando ella pasa por delante.

—¡Además, que sepas que yo no necesito emborracharte para conseguir que me beses! —grita Finn, entrando en la cocina tras ella.

Stu tiene que reprimir las ganas de gritar y dar saltos de alegría ante la magnitud de la primicia. En lugar de eso, se muerde el labio inferior y estruja el pantalón de su pijama de franela.

—¡Oh, sí! ¡Ya te digo yo! —le replica Emma, aunque parece que el alcohol también está haciendo mella en su capacidad oratoria—. ¡Ya no hará falta que me emborraches porque ni borracha me volveré a acercar a ti!

Y dicho esto, la ven bajar las escaleras y escuchan cómo intenta cerrar la puerta del dormitorio de un portazo, aunque tiene que repetirlo en un par de ocasiones cuando esta se atranca. Después de eso, la oyen golpear algún mueble más, hasta que la casa entera se sume en un tenso silencio.

Solo entonces, Finn repara en la presencia de Stu, que levanta la palma de una mano para saludarle con timidez. Finn chasca la lengua, negando a la vez con la cabeza.

—¿Os habéis besado? —le pregunta Stu, moviendo los labios aunque sin emitir ningún sonido.

No hace falta. Finn le ha entendido a la perfección, aunque tampoco le contesta. En vez de eso, le da la espalda y se pierde escaleras abajo. Stu se queda solo y aún en shock después de la escena que ha presenciado, con una sonrisa pícara que se le borra de los labios en cuanto se da cuenta de que aún les quedan unos cuantos días juntos, y prometen ser, como poco, interesantes.

Emma se levanta con un dolor de cabeza brutal, del que no puede deshacerse ni con un cóctel de pastillas. Se planta las gafas de sol, se acurruca dentro de su abrigo de piel de oveja y se estira en el sofá del apartamento hasta que llega la hora de irse.

Finn, en cambio, se despierta muy activo y con un hambre voraz. Baja a la calle para buscar el desayuno y cafés para todos.

—He comprado el desayuno. ¿Tienes hambre? —le informa a Emma al volver, cuando pasa al lado del sofá en el que ella yace semiinconsciente.

—Que te jodan —recibe como respuesta, junto con un gruñido.

Stu está en la terraza a pesar del día desapacible que hace, fumándose un cigarrillo. Se sobresalta al oír la puerta abrirse, y se queda inmóvil hasta que descubre que es Finn.

—Joder, qué susto… Pensaba que era el ogro. —Finn sonríe sin despegar los labios, soltando las bolsas del desayuno sobre la mesa y colocando un vaso de humeante café delante de su compañero—. No soporta que fume.

—Pues, mira, no podría estar más de acuerdo.

—No sé si sentirme halagado por ser el único motivo en lo que parecéis estar de acuerdo. —Stu espera que su comentario le dé pie a Finn a explicarle con más detalle lo que sucedió por la noche pero, al ver que no es así, no se da por vencido e insiste—: Anoche… ¿qué?

Finn, apoyando los codos en las rodillas y agarrando el vaso de café con ambas manos, gira la cabeza hacia el interior del apartamento y se queda un rato pensativo.

—Yo no quería que fuera así la cosa.

—Pero… ¿quién dio el paso? ¿Quién…? Ya sabes…

—Yo la besé. Pero ella me dio pie a ello. Ella… Yo… Bueno, le he lanzado varias indirectas que ella ha ignorado. Hasta anoche. Y entonces no me pude aguantar y… Pero entonces me di cuenta de que estaba bebida y de que hoy podía arrepentirse de todo. O incluso si no lo hacía, no soy de ese tipo de tíos. Yo quiero que, cuando esté conmigo, sea plenamente consciente de ello. Y me aparté, pero no medí las fuerzas, y ella cayó al suelo.

Stu no puede contener la carcajada, a pesar de los gestos de advertencia de Finn, instándole a contenerse un poco.

—Te juro que cuando la vi en el suelo… ¡Ay, la leche!

—No era mi intención…

—Y su cara de cabreo… No me extraña que hoy esté de mal humor. Entre la humillación, la resaca y el calentón que se llevó a la cama… —Stu sigue mofándose de la situación, intentando animar así a Finn, hasta que se da cuenta de que este está realmente afectado. Entonces se calla y, tras dar un largo trago a su café, decide cambiar el tono de la conversación—: En el fondo, ella sabe que hiciste lo correcto.

—No estoy tan seguro de ello.

—Yo no creo que ella se hubiera arrepentido de nada al despertarse, al contrario. Pero estaba bebida y… Te entiendo. Dale tiempo, Finn. Lo acabará entendiendo. Mira, te voy a contar una historia… Chico y chica se conocen en el primer curso de instituto. Son amigos desde el primer día, ese en el que, en clase de gimnasia, jugando al balón prisionero, ella le da un balonazo en la cara, haciéndole sangrar por la nariz. Pasan los cursos, se suceden los bailes del instituto en los que nunca son pareja, pero no se pierden de vista. Llegan a la universidad, y el destino quiere que sus colegios mayores estén a solo cinco minutos a pie. Todos sus amigos piensan que están hechos el uno para el otro y, cuando ellos se atreven a dar un paso más en su relación, todo cambia. Nunca han estado tan distantes y a la vez tan juntos. Se van a vivir juntos, se casan, incluso tienen una hija, pero ya nada es igual. Ella es la más valiente, la que se da cuenta de que, juntos, no funciona, y le deja. Pide el divorcio. Y él no lo entiende porque no puede creer que se acabe, están destinados a estar juntos. Todo el mundo lo sabe. ¿Qué ha cambiado para llegar a esa situación? Y le hace la vida imposible. Cabreado como está, sin medir las consecuencias. Pero, entonces, un día se da cuenta de que ella tenía razón, que había hecho lo correcto.

—¿Y ahora? —le pregunta Finn.

—Ahora vuelven a ser tan amigos como antes, con el mismo vínculo que antes y con una niña en común que les unirá para siempre. Y él está en un pueblecito de Francia, sermoneando a alguien que cree haber cometido un error irreparable.

Finn sonríe, hundiendo los dedos en su pelo y recostando el cuerpo en la silla. Fija la vista en el horizonte plagado de gaviotas, que alzan el vuelo.

—Yo sí quería besarla, ¿sabes? —vuelve a hablar.

—Lo sé. Y ella quería que la besaras. De hecho, creo que

ambos lo queréis desde el primer momento en el que os visteis.

—Y quiero volver a hacerlo.

—¿Y qué te lo impide?

—Me parece que ahora no soy su persona favorita en el mundo.

—Pero seguro que lo que siente no se ha esfumado. ¿Por qué no volver a intentarlo? ¿Preferís quedaros con la duda? ¿Cómo funciona eso? Ella te gusta. Tú le gustas. Pero os empeñáis en hacer ver que no os soportáis. No vaya a ser que seáis felices juntos, ¿no?

Entonces se oye un sollozo y ambos giran la cabeza hacia la puerta de la terraza. Emma está junto a ella, aunque no saben cuánto lleva ahí. Cuando se siente observada, intenta volver a recomponerse.

—Dejad de holgazanear y cotillear como adolescentes y larguémonos de este pueblucho de mala muerte —dice, dándose la vuelta—. Ah, y no me hace falta simularlo. No le soporto.

🧳 🧳 🧳

—Bienvenidos a París —dice Emma a la cámara, dibujando la mejor de sus sonrisas. Están en los Champs de Mars, uno de los paseos más bonitos de toda la ciudad, con la Torre Eiffel de fondo—. Capital de Francia, es una importante ciudad europea y centro mundial del arte, la moda, la gastronomía y la cultura. Su paisaje urbano del siglo XIX está cruzado por amplios bulevares y el río Sena. Aparte de estos hitos, así como la Torre Eiffel y la catedral gótica de Notre Dame del siglo XII, la ciudad es famosa por su cultura del café y las tiendas de diseñadores de moda a lo largo de la calle Rue du Faubourg Saint-Honoré, de imprescindible visita.

—Pero, como solo disponemos de tres días, no vamos a perder ni un segundo en ir de tiendas —la corta Finn, helando la sonrisa de Emma—. En realidad, sí vamos a pisar un centro comercial, las Galerías Lafayette, donde subiremos a su mirador para obtener una de las mejores vistas de París. ¡Y gratis! El resto de días, he planificado una ruta bastante extensa para el poco tiempo que tenemos, así que nos calzaremos las zapatillas de deporte para recorrer la ciudad.

Emma pone los ojos en blanco, gesto que no pasa desapercibido ni para la cámara ni para Finn.

—¿Algo que añadir?

—No. Simplemente... Nada —resopla, bastante desanimada.

—Os mostraremos cinco sitios en los que comer por menos de diez euros, os recomendaremos tours gratuitos que podéis contratar, os informaremos de las diferentes opciones de abonos de transporte de la ciudad...

Mientras Finn habla, Emma empieza a deambular por el paseo. Con las manos metidas en los bolsillos de su abrigo, los vaqueros entallados y las botas a la altura de las rodillas, parece una modelo en el escenario perfecto. Stu la sigue con la cámara, consciente de la preciosa toma que va a quedar.

—Estamos en los Champs de Mars, un buen lugar para descansar o preparar un pícnic con un poquito de vino y queso, esperando que llegue la mejor hora para subir a la Torre Eiffel. En lo alto del emblema de la ciudad, sobrevolando los tejados, es donde terminaremos nuestro primer día en la ciudad. Como no las habíamos comprado con anterioridad, nos hemos tenido que gastar cincuenta euros en cada entrada, aunque existen opciones más económicas.

Encerrados en el rudimentario ascensor que asciende por uno de los pilares hasta alcanzar el primer nivel, el ambiente se puede cortar con un cuchillo. Este debería ser uno de los momentos mágicos del viaje, y en cambio parece que lo visitan por obligación, incapaces de disfrutar de ello.

—Como para que haya una avería y se pare el ascensor ahora —comenta Stu, a la vista de la situación.

No intercambian ni una palabra en ninguna de las paradas, tampoco se molestan en dar ninguna explicación a cámara, así que Stu se dedica a grabar planos desde todas las caras de la torre, grabando cómo el atardecer oscurece toda la ciudad.

Al llegar al último piso, Emma parece algo asustada al acercarse al borde de la plataforma, aunque la curiosidad y las ganas de admirar el paisaje la hacen atreverse a asomarse. Las miles de bombillas led que decoran la torre ya se han encendido.

—¿Sabías que la instalación de estas luces la hicieron veinte alpinistas cada noche durante tres meses? —Emma se sobresalta al oír su voz tan cerca, y se agarra a lo primero que encuentra, que es el antebrazo de Finn. Cuando se da cuenta, aparta la mano, pero él se acerca hasta que su hombro toca el de ella, dándole de nuevo la seguridad que ella necesita—. ¿Y que las veinte mil luces que la iluminan pesan ocho toneladas?

Emma no le mira, pero tampoco se aparta de él. ¿Puede ser que Stu tenga razón y Emma ya se haya dado cuenta de que, en el fondo, él hizo lo correcto? Envalentonado por este pensamiento optimista, se atreve a seguir limando asperezas.

—¿Y que tiene la tasa de suicidios más alta de París? Cerca de cuatrocientas personas eligieron este lugar para poner fin a su vida. Por eso cubrieron los miradores con mallas —Emma levanta las cejas mientras en sus labios se dibuja una expresión de pánico mezclada con algo de grima—. Si lo piensas fríamente, es un marco precioso para dar el broche de oro, ¿no? —Al ver que ha conseguido llamar su atención, Finn sonríe agachando la cabeza y prosigue—: A ver si este dato te gusta más... Es el sitio de París con más pedidas de mano. Se calcula que, prácticamente una vez al día, alguien hinca la rodilla en el metal o en el suelo acristalado para declarar su amor.

—¿Cada día? ¿En serio?

Finn asiente con firmeza con la cabeza.

—Me lo ha dicho uno de los guardas, que lleva más de cuarenta años trabajando aquí. ¿Tanto te cuesta creerlo? Creía que eras una romántica empedernida…

—Pero también me he llevado alguna que otra decepción —asevera Emma, justo antes de darse la vuelta y dejarle solo y helado.

El hotel donde están hospedados no es nada del otro mundo. Frío y moderno, con suelos de cemento y paredes pintadas de color gris. En la planta baja, al lado de la recepción, hay un pequeño bar de pocas pretensiones, oscuro y algo sucio, en el que Finn ha decidido refugiarse para combatir su insomnio.

—¿Te quedas muchos días? —le pregunta una voz femenina con marcado acento francés.

—No demasiados —contesta Finn al levantar la vista y descubrir que es la camarera, plantada frente a él, al otro lado de la barra.

—¿Americano? —Él asiente con la cabeza—. ¿Por trabajo o por placer?

Valora su respuesta durante unos segundos. Antes, tenía muy clara la respuesta: ambas cosas, porque, aunque fuera un trabajo, lo disfrutaba al máximo. Pero ¿ahora? Emma conseguía despertar tantas cosas en él… quizá demasiadas. Conseguía cabrearle como nunca nadie había logrado, pero a la vez despertaba un sentimiento protector inédito en él. Tan pronto estaba discutiendo con la Emma fría y esnob, tan diferente a él, como se descubría escuchando los sueños de la Emma más cercana, vulnerable y romántica.

—Si te lo tienes que pensar tanto, diría que por trabajo —vuelve a hablar la chica—. Sophie.

—Finn —contesta él, estrechando la mano que ella le tiende.

—¿Quién es la chica que te acompaña, entonces? ¿Tu jefa? Pensé que era tu novia, pero si no viajas por placer…

Finn sonríe, soltando aire por la boca. Mira a Sophie, que le dedica una mirada pícara mientras juega con el *piercing* de su lengua y le hace un repaso exhaustivo, mostrando claramente sus intenciones.

—Pues la verdad es que no —se descubre confesando Finn, cerrándose así la puerta, seguramente a conciencia, a cualquier opción de sexo con la desinhibida camarera—. Ella es, o me gustaría que fuera, mi ancla.

Y entonces se da cuenta realmente de lo que acaba de decir. ¿Es Emma esa persona por la que estaría dispuesto a quedarse quieto, a dejar de dar vueltas y asentarse?

Henchido de un optimismo renovado, y de repente muy seguro de los siguientes pasos que tiene que dar, da unos golpes en la barra con los nudillos y se baja del taburete, despidiéndose de la chica francesa que, sin pretenderlo, le ha abierto los ojos.

Cuando Emma llega a la pequeña recepción del hotel con casi media hora de retraso con respecto a la hora a la que habían quedado, se sorprende de no ver a Finn allí. Stu, acostumbrado a los retrasos de ella, no parece percatarse de su presencia y sigue con el teléfono pegado en la oreja.

—¿Dónde está Finn? —le pregunta ella cuando parece colgar.

—Eso me gustaría saber a mí. Llevo un rato llamándole, pero me salta siempre el buzón de voz.

—¿Le has buscado en su habitación?

—¡Anda! ¡Pero qué lista eres! ¡No se me había ocurrido! —exagera Stu con mucho sarcasmo.

—Córtate un poco, so capullo. Que no soy yo la que te ha dejado tirado.

—Está bien… —Resopla Stu, agarrándose el puente de la nariz con dos dedos—. ¿Qué propones?

—Vayamos a desayunar y así hacemos algo de tiempo mientras le esperamos.

Stu se encoge de hombros, pero parece estar de acuerdo con ella.

Cuando están a punto de salir por la puerta del hotel para dirigirse a la cafetería más cercana, un chico vestido con el uniforme del hotel se les acerca y empieza a hablarles en un más que correcto inglés.

—Disculpen… Me temo que tenemos un problema. Hubo una confusión en el momento de reservarles las habitaciones.

—¿Problema? ¿De qué tipo? —pregunta Stu, mientras Emma se queda perpleja, con la boca abierta.

—Me temo que su reserva era solo para una noche y deben abandonar las habitaciones hoy mismo porque estamos completos.

—¡¿Perdone?! ¡Eso no puede ser! —interviene Emma, encendida.

—Parece ser que su compañero no hizo la reserva correctamente. Debió de confundirse de días…

—¡Menudo inútil! ¡No sabe hacer nada bien!

—Me temo que deben abandonar el hotel inmediatamente…

—¡¿Y se puede saber por qué tienen tanta prisa?!

—Lo siento mucho, señorita, pero los huéspedes que tienen reservadas sus habitaciones pueden llegar en cualquier momento, y debe pasar el servicio de limpieza antes. —Emma siente que la posee una rabia desmedida, y tiene que hacer verdaderos esfuerzos para no ponerse a llorar y montar una escena—. Para compensarles, me he tomado la libertad de llamar a un amigo mío, que es recepcionista en un hotel más pequeño y algo más alejado del centro, y les ha conseguido unas habitaciones para los días que necesitan. Esta es la dirección. Si lo desean, puedo llamar a un taxi para que los lleve.

—Pero… no sabemos dónde está nuestro compañero —balbucea Stu.

—No se preocupe. Nosotros nos encargaremos de recoger su equipaje y hacerlo llegar al nuevo alojamiento. —Stu y Emma aún están procesando toda la información cuando el chico insiste—: ¿Les parece bien? Siento las prisas, pero necesito las habitaciones…

💼 🧳 💼

Sentada en la parte trasera del taxi, Emma mantiene la vista perdida en el paisaje que discurre a través de la ventanilla. Nunca imaginó que su primera vez en París, la ciudad con la que siempre había soñado, resultara tan decepcionante. Y no es que la ciudad no le esté gustando, es que no tiene ánimo como para disfrutar de ella.

Nunca debió besarle. Nunca debió atreverse a romper esa barrera porque sabía que, en el fondo, él tampoco estaba dispuesto a hacerlo. Sabía que las indirectas no iban en serio, que, si ella se lanzaba, él se echaría atrás. Finn no quiere ataduras, no quiere una relación estable.

—Sigue sin cogerlo —comenta Stu, sentado en el asiento del copiloto.

—Anoche bajó al bar del hotel. Seguro que pilló una cogorza y acabó en la cama de alguna —comenta Emma, incapaz de disimular el desánimo en su tono de voz.

Con las lágrimas llenando sus ojos, Emma sorbe por la

nariz, incapaz de contener la emoción por más tiempo. Stu y el conductor la miran por el espejo interior del coche, hacen una mueca de circunstancias y se mantienen al margen.

Cuando el taxi se detiene, Stu paga la carrera y Emma se toma su tiempo para bajar. El conductor se apresura a sacar las maletas del maletero y, haciendo gala de mucha caballerosidad, abre la puerta a Emma. En cuanto lo hace, un olor característico invade el vehículo. Emma lo percibe enseguida. Saca un pie y mira la calzada, aún de antiguos adoquines. Cuando por fin sale del vehículo, mira alrededor con calma, grabando en su memoria todos los detalles y comparándolos con los de su sueño.

El taxista intuye la sonrisa de ella, e imita el gesto, justo antes de decir:

—Bienvenida a París, señorita.

Realmente abrumada, mueve los labios para darle las gracias, aunque el sonido no consigue salir de su boca. Camina lentamente hacia la acerca, mirando alrededor, observando los edificios antiguos a ambos lados de la estrecha calle, la panadería de la que seguramente proviene ese olor a mantequilla, la pequeña librería con la puerta pintada de verde manzana, las bicicletas atadas a las farolas... Incluso el cielo, de un azul claro precioso, plagado de nubes blancas que parecen algodón.

—Debe de ser aquí —dice entonces Stu, devolviéndola a la realidad.

Frente a ellos se alza la fachada de un pequeño hotel. Cuando levantan la vista, ven pequeños balcones de hierro forjado y maceteros colgando de ellos.

Emma sigue a Stu al interior del establecimiento, caminando lentamente mientras arrastra sus maletas. La recepción es toda de madera, y huele a ella. Y a café recién hecho. Y a lavanda. Se acerca a uno de los jarrones para impregnarse del olor.

—Ya estaban avisados de que veníamos… Toma, la llave de tu habitación —le dice Stu—. Ellos se encargarán de subirnos las maletas en un rato. Y también las de Finn cuando se las traigan. Le voy a enviar un mensaje explicándole lo que ha pasado e informándole de la dirección del hotel. ¿Vas subiendo y ahora te alcanzo?

Emma asiente con la cabeza, de repente mucho más animada e impaciente por ver su nueva habitación. Sube en un ascensor antiguo, de esos en los que hay una puerta interior que tienes que cerrar, y cuyas plantas se señalizan con una flecha que se va moviendo. Cuando llega a la tercera planta, el ascensor se detiene y abre sus puertas. Ella camina sigilosa a través del pasillo de madera, que cruje bajo sus pies. Comprueba de nuevo el número en la placa de su llave: 7, y camina hasta ese número de puerta, justo al final. Al entrar, se descubre conteniendo el aliento. Hace un barrido visual desde la puerta, sin atreverse a traspasarla aún. Al fondo, las puertas que dan a un pequeño balcón están abiertas de par en par, dejando que entren todos los olores de la calle, dejando que la brisa meza las cortinas de gasa blanca. Emma se descalza para poder sentir la suave moqueta bajo sus pies, y se sienta en la mullida cama, totalmente abrumada.

—¿Está todo bien? —le pregunta Stu, asomado a la puerta. Ella gira la cabeza para mirarle, asintiendo con la cabeza. De todos modos, al ver las lágrimas rodando por sus mejillas, decide asegurarse—: ¿Segura?

—Sí. —Ríe, sin poder dejar de llorar. Se las intenta secar pero es un trabajo en vano—. Es solo que… esto es mi sueño, ¿sabes? En realidad, es casi mejor.

—Me… alegro… —contesta él, algo confundido con su drástico cambio de humor—. Oye… ¿quieres que bajemos a dar un paseo aunque no esté Finn? Podemos grabar algunas tomas.

—Claro —contesta ella, y él da un par de golpecitos en el

marco de la puerta y corre hacia su habitación para coger la mochila con la cámara.

—Próximo al museo del Louvre se encuentra uno de los jardines más bonitos de París: el Jardin des Tuileries, con preciosos paseos repletos de esculturas y fuentes.

Emma pasea tranquilamente, deteniéndose a observar los detalles de las esculturas, sentándose en algún banco, e incluso interactuando con algún artista local. Es la primera vez desde que la conoce que Stu la ve tan cómoda y relajada, tan natural frente a la cámara.

—Desde aquí desembocamos en la Place de la Concorde y su famoso obelisco de Luxor, uno de los tesoros que se trajeron desde Egipto. Diría que fue Napoleón, pero de esos datos mejor se ocupa Finn, así que no me hagáis mucho caso. Su fuente también es muy fotogénica, así que sacad varias instantáneas para llenar vuestro Instagram.

En ese momento, una fuerte racha de viento le revuelve el pelo y empuja varias hojas caídas de los árboles. Ella se da la vuelta sonriente, y Stu consigue captar toda la escena, maravillado por su belleza.

—Aquí nace la arteria más importante de París: la Avenida des Champs-Élysées, que recorreremos en dirección al Arc de Triomphe, por sus más de dos kilómetros de longitud llenitos de tiendas exclusivas. El sueño de cualquier amante de las compras.

—Estoy agotada... —dice Emma, dejándose caer en una de las zonas de césped cercanas al Sena—. ¿Te importa si me quito las botas?

—Solo si tú me dejas comprarme uno de esos dulces rellenos de crema y cubiertos de toneladas de azúcar.

—Steward, eso es una bomba de relojería para el cuerpo —le sermonea con cierto aire burlón, masajeándose los dedos de los pies.

—No te me pongas quisquillosa, pija redomada, que agarro la cámara y te hago un primer plano así de poco glamurosa…

En otros tiempos, Emma se habría molestado por el comentario. Ahora, ríe con ganas, justo después de sacarle la lengua y enseñarle el dedo corazón.

Justo en ese instante, suena el teléfono de Emma, y se apresura a sacarlo del bolso. Al ver el nombre de Finn en la pantalla, descuelga rápidamente.

—¡Finn! ¿Estás bien? ¿Se puede saber dónde estás?

Su tono de voz ha cambiado. Ya no está enfadada con él, más bien preocupada. Y, si él le dice que ayer se acostó con una cualquiera y que sigue de resaca, tampoco se enfadará. El día está siendo tan perfecto que no quiere empañarlo con cabreos y broncas innecesarias.

—Estoy bien, estoy bien. Escucha… siento haberme perdido, pero necesito que vayas a un sitio…

Emma escucha las indicaciones con el ceño fruncido, mirando alrededor para intentar orientarse. Entonces vuelve Stu que, al verla hablar por teléfono, se imagina que es Finn y se le ilumina el rostro.

—¿Es Finn? —le pregunta susurrando.

Ella asiente para contestar, justo antes de volver a hablar:

—De acuerdo. En un rato llegamos.

—¿Qué le ha pasado? —le pregunta Stu.

—No me lo ha dicho. Pero no parecía estar resacoso, ni enfermo… Me ha pedido que vayamos a un sitio.

—¿Adónde?

—A un embarcadero no demasiado alejado de aquí —

contesta, mirando alrededor hasta averiguar la dirección por la que tienen que ir—. Creo que por ahí...

Intrigados, se ponen en marcha cuando las campanas de una iglesia cercana repican marcando las cinco de la tarde. El embarcadero que Finn le ha indicado resulta ser una pasarela de madera modesta y poco iluminada, muy distinta a los embarcaderos de los barcos turísticos. Al final de esta hay amarrada una barcaza de madera bastante... rústica, siendo muy optimistas.

—*Mademoiselle* Emma, supongo... —la saluda un tipo que se apea de ella con agilidad.

Ella se acerca con recelo, extendiendo una mano para saludarle.

—Sí...

—El señor Finn me pidió que les ayudara a ponerse cómodos.

—¿Dónde? ¿Aquí? —pregunta Emma, señalando la barcaza a la espalda de él, que asiente con una sonrisa en los labios. Stu, por su parte, parece confiar ciegamente en Finn, ya que está exultante y deseoso de subir.

—Si me acompañan...

Cuando lo hacen, entran a un pequeño cubículo donde se encuentra el timón de la embarcación. A mano derecha hay una puerta que da a una especie de terraza exterior, aunque está algo oscuro como para poder fijarse bien en los detalles. A mano izquierda, cerca del timón, unas escaleras descienden hacia lo que parecen los camarotes, aunque también se aprecian unos fogones.

—Abajo —les indica el tipo, con un gesto de la mano.

—¿Abajo?

—Sí. Para cambiarse.

—¿Cambiarme?

—Sí. Usted —contesta con una sonrisa señalando a Emma, justo antes de colocarse frente al timón y empezar a trastear algunos botones del cuadro de mandos del barco.

—¿Y yo no? —pregunta Stu, algo confundido y, por qué no decirlo, molesto.

—No tengo instrucciones de ello —contesta al tiempo que pone en marcha el motor de la embarcación.

—Perdone, pero falta nuestro compañero.

—Sí —vuelve a decir el patrón, dándoles la espalda enseguida.

Emma mira entonces hacia las escaleras que descienden, valorando si bajarlas o no. Luego mira a Stu, buscando su opinión, pero este tampoco entiende nada y se limita a encogerse de hombros. Al final, presa de una curiosidad enorme, empieza a bajar los escalones lentamente. Abajo hay una pequeña habitación con un baño aún más claustrofóbico. Pero entonces algo llama su atención. Colgado de una percha enganchada en una puerta, ve un precioso vestido largo de color negro. Se acerca para tocar la tela, suave y ligera, y maravillarse con el brillo que desprende cuando le da la luz. Las mangas son largas y tiene un precioso cuello barco. Al lado, en el suelo, hay un par de zapatos de tacón negros, a juego con el vestido. Maravillada, lo descuelga y se lo pone por encima. Mira alrededor, aún indecisa, hasta que se da cuenta de que no tiene nada que perder, y se mete en el baño para cambiarse.

Ya con el vestido y los zapatos puestos, se mira en el pequeño espejo y luego sale a la habitación. Mira por el hueco de la escalera y entonces empieza a subir. Se oye el motor del barco, así como el suave murmullo de las olas chocando con el mismo. Pero lo que más sorprende a Emma es la música que parece sonar en la terraza.

El tipo detrás del timón inclina levemente la cabeza al verla y luego mira hacia el exterior. Cuando Emma hace lo propio, se da cuenta de que la terraza está ahora iluminada por unas cuantas bombillas. La curiosidad la lleva hacia allí.

—¿Qué...? —susurra ya en la terraza, girando sobre sí

misma, mirando alrededor, hasta que ve una mesa preparada para dos comensales, con todo el servicio puesto y un candelabro con una vela dentro.

Y a Finn al lado. Vestido de traje. Con camisa. Y corbata. Con zapatos. Bien afeitado. Y peinado.

—¿Qué...? —repite ella.

Finn saca las manos de los bolsillos del pantalón y extiende ambos brazos.

—Sorpresa —susurra, acercándose a ella lentamente. Le toma la mano y ella se deja hacer—. ¿Me he acercado? —Emma frunce el ceño—. A tu sueño, me refiero.

Emma abre la boca y se la tapa con la mano, lo que le da a Finn una respuesta a su pregunta y entonces sonríe satisfecho.

—¿Cuándo has...?

—Anoche se me ocurrió y he pasado el día preparándolo todo. Siento haber desaparecido, pero espero que no me hayas echado de menos.

—Estás...

—Me siento raro. Lo sé.

—¡No! O sea, sí, estás raro, pero espectacular a la vez.

—Gracias, supongo. Raro y espectacular. Interesante mezcla.

—Y entonces, lo del hotel, ¿también...? —Finn asiente—. Eres increíble... Es tal cual lo soñé. En realidad, mejor.

—Fue fácil encontrarlo. Tu descripción era tan detallada...

—Pero, no tenemos presupuesto y...

—Esto corre de mi cuenta.

—¿Qué? No puedo...

—Sí puedes. Lo hago por mí, en realidad. Porque me he vuelto algo adicto a tu sonrisa, y últimamente no la veo mucho... Y supongo que será por mi culpa, aunque soy algo obtuso y, si te soy sincero, no sé realmente qué he hecho. Sin contar lo de anoche, claro está, aunque eso es otro tema que ya trataremos en otro momento. A lo que iba… que puede que sea culpa mía, o no. Me da igual, en realidad. Pero necesito verte sonreír de nuevo. Así que… Aunque te advierto que el vestido es de alquiler, y deberíamos devolverlo más o menos intacto. No me llegaba para mucho más.

Finn se calla entonces, conteniendo el aliento, a la espera de la reacción de ella. Emma sigue alucinada, mirándolo todo como una niña al despertarse el día de Navidad. Cuando sus ojos se encuentran, ella parece a punto de echarse a llorar, pero, en lugar de eso, se abalanza sobre él y le abraza con fuerza. Rodea el cuello de Finn con ambos brazos, mientras la abraza por la cintura. Los latidos de sus corazones empiezan a acompasarse, así como sus respiraciones.

Emma se separa unos centímetros para poder mirarle a los ojos.

—Quiero besarte. De hecho, voy a hacerlo. Y espero que esta vez no me tires al suelo.

—Depende. ¿Estás borracha?

Ella le da un manotazo, simulando estar ofendida, aunque no puede evitar sonreír.

—Eres idiota, ¿lo sabías?

—Lo discutiremos en la cena.

—¿También me vas a dar de cenar?

—Ajá.

Y entonces, ella aprieta los labios contra los de él y se besan sin prisa, bajo la luz de la luna, con la Torre Eiffel iluminada al fondo, acompañados de decenas de bombillas que iluminan la cubierta del barco, escuchando el sonido del agua… tal y como ella había soñado desde pequeña.

—¿Está todo bien?

—Mejor —contesta Emma usando una palabra que ha repetido varias veces esta noche—. ¿Cómo... has montado todo esto? —le pregunta, señalando la mesa donde hay platos con queso y tostadas, además de una *fondue*, y pan recién hecho.

—No fue tan difícil. Me habría gustado montar algo más sofisticado, pero me temo que mi presupuesto no da para mucho más...

—¿Qué dices? Esto es perfecto.

—Espero que se parezca bastante a como lo habías imaginado.

—No sabes cuánto. Es todo perfecto. Pero no tenías por qué hacerlo.

—Te sorprenderías de lo que soy capaz de hacer por verte sonreír. —Finn agacha la cabeza, jugueteando con un trozo de pan—. Y creo que... No sé... Creo que lo siento desde nuestro primer viaje juntos. —Emma le observa exultante, mordiéndose el labio inferior, muy emocionada—. Y, cuando vuelvo a casa, creo que te echo de menos. Un poco... Bueno, no, En realidad, mucho. Mi hermano y mi abuelo se mofan de mí por ello. Dicen que me estoy volviendo un blando.

Emma sonríe, colocándose un mechón de pelo detrás de la oreja. Finn la observa embelesado, ladeando incluso la cabeza. Cuando se da cuenta de su ensimismamiento, niega rápidamente con la cabeza.

—Y creo que tienen razón —concluye. Decidido a abrir su corazón de par en par y a no guardarse nada en la recámara, sigue hablando—: Así que, espero que todo este... suicidio consciente sirva para demostrarte mis intenciones.

—¿Suicidio consciente? —Ríe Emma—. Creía que mis besos, el de esta noche y el que me provocó un moratón en el trasero, te habían dejado claros mis sentimientos.

—Puede. Pero tus cambios de humor, y no me malinterpretes, me tienen algo descolocado. Cada vez que nos despedimos pienso que estamos bien, pero luego nos reencontramos, y es como si hubiéramos retrocedido a la casilla inicial.

Emma se toma su tiempo, respirando de forma larga y pausada. Mira al cielo mientras pasan por debajo de uno de los puentes, y luego gira la cabeza hacia atrás mientras se alejan. Cuando vuelve a mirar a Finn, este sigue esperando, paciente.

—Es… complicado —empieza a decir, dubitativa—. Volver a casa nunca es fácil. A veces, tengo la sensación de que quiero escapar y que por eso hago esto.

—¿De quién? ¿O de qué?

—De mi vida. De una vida que no estoy segura de que me guste. Mis padres siempre me han organizado la vida —dice, abriendo los brazos—. Creen que debería haber estudiado Derecho y que tendría que estar trabajando en el bufete de mi padre, como mi hermana. Y, cada vez que nos vemos, no paran de recordarme el error que he cometido. Siempre he tenido la vida resuelta, como si nunca me hubiera tenido que preocupar de nada. El problema es que me lo han dado todo hecho, y no siempre es lo que yo quería. Nunca he tenido oportunidad de elegir. De pequeña, yo no quería hacer ballet, pero, simplemente, no tuve opción. Mis amigas del colegio eran estúpidas, pero algunas eran hijas de amigos de mis padres, así que tampoco me atreví a decírselo. En verano me enviaban a un internado en Suiza, lleno de niños pijos remilgados, cuando lo que yo quería era ir a la casa del lago de los padres de mi amiga Kat, a la que ellos, por supuesto, no soportan. Incluso ahora, no están de acuerdo en que haga… esto. Creen que esto no es un trabajo de verdad, y están esperando a que me dé cuenta de ello y vuelva con el rabo entre las piernas a pedirles ayuda.

—Bueno, en el fondo, creo que tienen razón. Esto no es un trabajo. Para mí, un trabajo es algo que te supone un esfuerzo, una obligación, y a mí no me cuesta nada hacerlo. Mira a tu alrededor… Te están pagando por esto. ¿No es increíble?

—Lo sé. Y soy consciente de la suerte que tengo. Y no puedo entender que ellos no lo vean. Me encantaría compartir mis éxitos con ellos, pero cada vez que les intento hablar de esto, es como si me menospreciaran. No me toman en serio. Tengo la sensación de que, para ellos, nunca hago nada bien. Me siento juzgada cada vez que nos vemos, como si siempre que abro la boca tuviera que pasar una prueba. Y es agotador. —Emma levanta la vista y se encuentra con los ojos comprensivos de Finn. La está escuchando atentamente, apretando los labios y asintiendo con la cabeza. Y entonces se acuerda de la historia de él, y se siente muy avergonzada por estar quejándose de sus padres, cuando él no ha tenido la oportunidad casi de conocerlos—. Joder… Lo siento, Finn. Qué vergüenza… Debes de pensar que soy una mimada idiota…

—¡No! ¿Por qué dices eso?

—Porque estoy aquí quejándome de mis padres y tú…

Emma rehuye la mirada de Finn para que no la vea llorar. Consciente de ello, Finn acerca la silla a la de ella y pasa un brazo por encima de sus hombros, atrayéndola hacia él y arropándola con cariño.

—Vamos, no digas eso. Tú no tienes la culpa de que mis padres murieran. Y, aunque siempre he sentido su falta, he sido feliz. A veces, hay cosas que escapan a nuestro control. Todos tenemos un destino escrito, y es imposible eludirlo. Pero lo que sí podemos hacer es elegir nuestro camino hasta él. Puedes elegir compadecerte de tu mala suerte, o levantar la cabeza y seguir adelante. No digo que no te permitas ni un momento para llorar, pero que tus lágrimas no empañen todas las oportunidades que se te puedan presentar.

A Emma se le escapa un largo suspiro. Acurruca la cabeza en el hombro de Finn, y entonces él le deja todo el tiempo que necesite para reflexionar. A veces, escucharse a uno mismo es una opción curativa.

Es noche cerrada ya. A su alrededor, solo se escucha el ruido del agua chocando con el casco del barco, el tráfico de coches y alguna melodía lejana. A lo lejos, se ve el haz de luz de la punta de la Torre Eiffel, girando en círculos.

—¿Te acuerdas de ellos? —le pregunta Emma, al cabo de un buen rato.

—No. He visto fotos suyas, pero, si cierro los ojos, soy incapaz de recordar cualquier situación vivida con ellos. Así que, en realidad, no puedo echarles de menos. Mi abuelo, a su manera, y mi hermano llenaron ese hueco.

—Me encantaría conocerlos —dice, sonriendo.

—Espero que no salgas huyendo —contesta Finn, agachando la vista para mirarla a los ojos. Emma se acurruca contra él de nuevo, agarrándose de su camisa.

—Emma, no quiero que escapes de tu vida. Quiero que viajes para que la vida no se te escape. Y quiero que lo hagas conmigo. Una vida conmigo.

—Gracias, Jacques —dice Finn, tendiéndole la mano.

—Espero que todo haya salido bien —contesta este, mirando de reojo a Emma y a las manos entrelazadas de ambos.

—Parece que sí —contesta Finn con picardía.

—¡Dios mío! ¡¿Dónde está Stu?! —grita entonces Emma, llevándose una mano al pecho y mirando alrededor, entrando en pánico—. ¡Estaba aquí! ¡Llegamos juntos!

—Tranquila —ríe Finn—, que no se ha caído por la borda. Sabía mis planes y decidió cogerse la noche libre. Pero le gustará saber que te has acordado de él. Tarde, pero la intención es lo que cuenta.

—*Mademoiselle…* —Jacques se despide de ella inclinando la cabeza, con una sonrisa en los labios.

—*Merci, Jacques, ça a été super* —Finn la mira sorprendido, así que ella se apresura a aclarar—: Mis padres también me obligaron a ir a clases de francés.

Caminan cogidos de la mano hasta llegar al paseo que discurre al lado del Sena. Sonrientes, se miran con timidez, emocionados, mirando sus dedos entrelazados, como si aún no se pudieran creer del todo que eso esté pasando realmente. Se cruzan con varias parejas como ellos, con las que intercambian miradas de complicidad.

Al llegar al carrusel que está a los pies de la Torre Eiffel, ella tira de él hacia allí. Finn compra un par de *tickets* y, cuando se da la vuelta, ya no la ve. El tipo que le pide los tickets al subirse señala con el dedo hacia ella, sonriendo, acostumbrado a ver subirse a miles de parejas de enamorados. Cuando el carrusel empieza a dar vueltas, Finn aún está intentando encontrar a Emma. Las luces amarillas y la cantidad de espejos, así como los caballos que suben y bajan, se lo están poniendo difícil, pero entonces oye su risa y la ve esconderse. Desoyendo las amenazas del tipo del carrusel, corre hasta darle alcance, agarrándola por la cintura. Cuando ella se da la vuelta, de puntillas, sus rostros quedan a escasos centímetros de distancia. Y, como si de una película romántica se tratase, como si fueran los protagonistas de una historia de amor lacrimógena, se besan hasta conseguir perder el sentido.

Y se siguen besando mientras un taxi los lleva hasta su hotel. Sentados en la parte posterior, tienen que hacer un esfuerzo enorme para no arrancarse la ropa. Sus manos recorren sus cuerpos, palpando con ansia.

Y luego, en el ascensor, donde les cuesta atinar a cerrar las puertas. La cabina se sacude cuando ella le empotra contra una de las paredes, y ambos se quedan quietos aunque sin separar sus labios, rezando para no quedarse atrapados.

Van de un lado a otro del pasillo, abrazados y con los ojos cerrados, golpeándose con los pequeños muebles rústicos, llegando a tirar un jarrón que no se rompe de mila-gro.

Ya dentro de la habitación de Emma, iluminada tenue-mente por la luz de luna, pues había dejado las cortinas des-corridas a propósito, para no perderse las maravillosas vistas, Finn trata de encontrar la cremallera del vestido para qui-társelo de una vez por todas. Las prisas les convierten en personas torpes y descuidadas, carentes por completo de la paciencia necesaria. Así, vuelan por los aires un par de bo-tones de la camisa de él, y aprietan los dientes haciendo una mueca cuando oyen desgarrarse la tela del vestido.

—¡Finn! —exclama ella, consciente de que eso puede ser un problema a la hora de devolverlo a la tienda donde lo ha alquilado.

—Lo sé. Lo siento —dice él, mirándola con la misma cara de apuro—. No. En realidad, no lo siento nada.

—Pero tendrás que devolver la ropa… ¿Qué te van a de-cir? Te van a cobrar un suplemento.

—Emma.

—Vale. Ya me callo.

Vestidos tan solo con la ropa interior, Finn coge en vo-landas a Emma, y camina con ella a cuestas hasta recostarla con delicadeza sobre el colchón. El pelo se desparrama sobre la colcha al tiempo que ella extiende los brazos. Finn la mira mordiéndose el labio inferior, totalmente abrumado por su belleza. Ella, impaciente, extiende los brazos hacia arriba, pi-diéndole que se acerque de nuevo.

—Eres preciosa… —susurra Finn mientras dibuja un ca-mino de besos del cuello a su ombligo.

—Tú tampoco estás… ¡joder! —grita ella cuando él le da un fuerte tirón al tanga, deshaciéndose de él con la misma poca delicadeza.

—También pagaré por eso.

Emma ríe a carcajadas hasta que siente la lengua de él en

su pubis, acariciándola, saboreándola, haciendo estallar miles de cohetes en su vientre. Le agarra del pelo y tira de él, jadeando y gritando.

—Discreta, lo que se dice discreta, no eres —susurra él.

Cuando Emma abre los ojos, le descubre sobre ella, hablándole a escasos centímetros de su boca. Está tan excitada, ocupada gestionando el cúmulo de sensaciones que estallan dentro de ella, que no se ha dado cuenta de que él se ha movido y tampoco de cuando se ha puesto el preservativo. Mientras la penetra, Finn no deja de mirarla, atento a cualquier reacción.

—¿Bien? —le pregunta cuando llega hasta el fondo y Emma ahoga un grito. Incapaz de hablar, asiente con la cabeza—. ¿Segura? Estás muy callada… Podemos parar si…

Emma le agarra del pelo con fuerza y le mira con una expresión llena de ira.

—Ni se te ocurra.

Finn abre los ojos cuando le entran ganas de hacer pis. Nada más hacerlo, al ver la claridad que entra a través de la ventana del balcón, aún con las cortinas descorridas, se apresura a mirar la hora en su teléfono móvil.

—¿Las doce del mediodía? ¿Ya? —susurra para sí mismo.

Aún con el teléfono en la mano, se gira para mirar a Emma, que, con la boca abierta y el pelo enmarañado, ronca ligeramente a su lado. Incapaz de contener la risa, decide grabar el sonido de sus ronquidos y enviárselos en forma de mensaje. Cuando ella se remueve y parece a punto de abrir los ojos, él se apresura a dejar el teléfono encima de la mesita de noche.

—¿Qué haces despierto tan temprano? —le pregunta ella, remoloneando y acurrucándose contra él.

—No es tan temprano. Son las doce del mediodía. Y me estoy meando. Y ahora que sé la hora que es, me está entrando hambre.

—No… No te vayas, por favor… —le pide ella, poniendo cara de pena.

—No me querrás tanto cuando me mee encima. Y eso ocurrirá si no me sueltas en tres…

—No serías capaz.

—Dos…

—No puedes ser tan guarro…

—Uno…

—Vale, vale, vale. Ve. Abandóname. —Finn, totalmente desnudo, camina hacia el baño. Emma le sigue con la mirada, mordiéndose el labio inferior con lascivia—. ¿Y bien…? ¿Qué planes tenemos hoy?

—¿La verdad? Algo que no me apetece nada hacer.

—¿Y qué te apetece? —Finn asoma la cabeza por la puerta del baño, moviendo las cejas arriba y abajo—. Hablo en serio.

—Y yo.

—¿Y qué hacemos con Stu?

—No sé si me hace gracia que te acuerdes tanto de él. Creo que prefería cuando no le soportabas.

—¡Siempre le he soportado! Más o menos… —añade, sacándole la lengua—. Además, supongo que, si no grabamos nada hoy, el programa quedará algo corto, ¿no?

—Bueno, pues podemos ir a buscar a Stu, comer algo y entonces decidimos, ¿no? ¿Te parece bien? —le pregunta, una vez ha tirado de la cadena. Emma se ha tapado con la colcha hasta los ojos y asiente con la cabeza—. Pues voy a mi habitación a vestirme y a buscar a Stu.

Y no le cuesta demasiado hacerlo, en realidad, porque, nada más salir al pasillo, cerrando la puerta a su espalda, se lo encuentra de frente. Stu le mira de arriba abajo, y luego mira la puerta a su espalda. Cuando ata cabos, se le empieza a dibujar una sonrisa enorme.

—Veo que se te dio bien la noche...

Finn asiente, igual de sonriente, justo antes de añadir:

—Parece que a ti también.

Le señala una sospechosa marca en el cuello.

—Nada mal —contesta, tocándoselo con los dedos—. Pero creo que ya no estoy hecho para esto.

Finn le mira enarcando una ceja, incrédulo, así que Stu empieza a explicarse.

—Esto de salir por patas de una cama ajena, me da mucha pereza. Me gustaría seguir durmiendo acompañado, pero sin tener que huir luego, no tener que inventarme falsas promesas. Me apetece tener una relación... En fin, es igual. ¿Qué vais a hacer?

—Pues... iba a cambiarme y a buscarte para ir a comer y decidir.

—¿En serio? Qué detalle por tu parte.

—En realidad, fue idea de Em. Yo prefería encerrarme en la habitación con ella y no salir de la cama en todo el día.

—Eso es más inverosímil... pero acepto el plan. Te jodes.

—¡Oh, venga ya! Me estoy arrepintiendo de haber venido con vosotros. ¿Queréis dejar de besaros y tocaros y... de todo?

—¿Celoso?

—Mucho, pero también me siento un poco solo. Al final, voy a acabar hablando con este cruasán. ¿Y bien? ¿Qué hacemos? No cogemos el vuelo de vuelta hasta mañana por la mañana, así que tenemos una larga tarde por delante que no pienso desperdiciar viendo cómo os metéis mano.

—Bueno, según mi *planning* de viaje —empieza a decir

Finn, sacando su libreta llena de apuntes desordenados que solo tienen sentido para él—, hoy tocaba visitar el Palacio de Versalles y luego Montmartre, el barrio bohemio. No nos va a dar tiempo a mucho más, así que…

—No me apetece visitar nada relacionado con palacios, salones enormes, candelabros de época ni alfombras fabricadas con miles de hilos. Así que yo voto por el barrio bohemio.

Finn y Stu la miran con la boca abierta, realmente sorprendidos.

—No sé qué espíritu te ha poseído, pero me cae bien —dice Stu.

Finn, por su parte, la sigue mirando intrigado.

—¿Segura? —le pregunta.

—Al cien por cien. Mi hermana está preparando su boda y estoy hasta el gorro de colores de servilletas, candelabros dorados, arreglos florales que ni un jardín botánico y tiaras… Creo que el Palacio de Versalles será menos ostentoso que lo que tienen pensado mis padres.

Ambos ríen mientras Emma mira fijamente a Finn. Quizá debería confesarle que, en un arrebato de locura, dijo que llevaría acompañante, y que le encantaría que fuera él. Es una locura, ¿verdad? Demasiado pronto, ¿no? No hace ni veinticuatro horas que empezaron a intimar y, de hecho, aún no sabe qué son el uno para el otro. ¿Cómo se lo presentaría a sus padres?

«Mamá, papá, él es Finn, mi… mi… ¿compañero de trabajo? ¿Mi rollo? ¿Mi amigo? ¿Mi… novio?».

—¿Cuándo se casa? —pregunta Finn, devolviéndola a la realidad.

—En un par de semanas.

—Qué bien.

—No, qué bien no. Será un horror. Un horror al que, por cierto, estás invitado.

Y así suelta la bomba, enrojeciendo por segundos, con los latidos del corazón retumbando en sus oídos y un sudor frío ¡recorriéndole la espalda.

Finn se queda perplejo, con las cejas levantadas y los ojos muy abiertos. Abre la boca en varias ocasiones, aunque la cierra al poco rato, incapaz de decidir qué decir.

Stu deja su cruasán a medio camino de su boca, totalmente inmóvil, excepto los ojos, que viajan de Finn a Emma sin descanso.

—No es que lo tuviera pensado... O sea, no fue premeditado. No quería invitarte a ti concretamente. Es solo que me estaba peleando con mis padres y mi hermana y, en un arrebato de ira inconsciente, dije que iría acompañada a la boda. Todos pensaban que no, ¿sabéis? Y lo solté, sin pensar. Pero no dije que iría contigo, sino que llevaría a alguien. Cierto es que pensé en ti cuando lo dije, pero no tenía intención de nada. Pero ahora he pensado que, no sé, que quizá, después de lo de anoche y eso, sí tendría más sentido que fueras tú. Porque imagínate que se lo pido a otro después de lo que ha pasado. Pues puede que te enfadaras un poco. Y con razón. O a lo mejor te habría dado igual, pero no quiero líos. ¿Sabes qué? Mejor olvídalo. Borra de tu mente lo que he dicho, porque me estoy escuchando y me estoy asustando a mí misma. Lo siento.

—Iré —dice Finn, de sopetón.

Stu gira la cabeza de inmediato hacia él, abriendo la boca y ahogando un grito de sorpresa. Emma, por su parte, le mira con la cara roja como un tomate y los ojos llorosos.

—¿En serio? —le pregunta, reacia a creérselo.

—Sí. No puede estar tan mal...

—Será peor, no te quiero engañar. Pero valoro muchísimo tu valentía. Y te lo compensaré. Lo prometo.

—Eso espero —contesta él, sonriendo con picardía mientras Emma se muere de la vergüenza.

—Qué pena no haber traído la cámara… —susurra Stu, al que ambos fulminan con la mirada—. No me miréis así. Os olvidáis demasiado a menudo de que estoy aquí, y eso debería aprovecharlo.

🧳 🧳 🧳

—Entonces, ¿no te han dicho nada?

—He puesto cara de bueno. Cuando se quieran dar cuenta de los botones que le faltan a mi camisa y del desgarrón en la cremallera de tu vestido, estaremos de vuelta en Nueva York.

—De acuerdo, chicos —les interrumpe Stu—. Cuando queráis.

—Como nos queda poco tiempo en París…

—No sé de quién será culpa… —susurra Stu. Emma le lanza una miga de la *baguette* que se está comiendo mientras que Finn sonríe de medio lado, justo antes de seguir hablando.

—Vamos a hacer una visita relámpago al barrio de Montmartre, el barrio más bohemio y quizá uno de los más de moda de París. Lo mejor es perderse entre sus calles y observar cada detalle de la vida parisina, aunque vamos a trazar un pequeño itinerario que pasará por la basílica del Sacré Coeur, el Museo de Montmartre y la posada de Au Lapin Agile, donde se reunían los bohemios de la época. También son de visita obligada la Place du Tertre, lugar de encuentro de artistas callejeros, y la Rue des Trois Fères, una de las calles con más espíritu de este barrio.

—También se puede visitar el cementerio de Montmartre, donde reposan los restos de varios artistas famosos como Émile Zola, Léon Foucault, Edgar Degas o François Truffaut. Correcto, la gente glamurosa como Molière, Marcel Proust, Oscar Wilde o Jim Morrison están en otro cementerio, pero este tiene un encanto especial, tan lleno de árboles…Y, como colofón, pasaremos por delante del famoso Moulin Rouge.

Stu y su cámara son testigos de risas y confidencias, de miradas que dicen tanto que no les hace falta hablar. De vez en cuando hay algún acercamiento físico, aunque intentan evitarlo. De todos modos, los telespectadores podrán palparlo, no les hará falta una confirmación visual para saber que algo ha cambiado entre ellos.

La Place du Tertre es un hervidero de vida. Hay varios puestos de objetos de segunda mano, algún carro de comida, varios pintores y un joven violinista que toca con los ojos cerrados, meciendo su cuerpo de forma hipnótica, como si las notas le empujaran suavemente. Emma se queda embelesada mirándolo mientras Finn la observa a ella. Stu capta la cara de él, con los ojos llenos de un brillo que no le había visto antes.

Unos metros más allá, un anciano encorvado sobre su viejo caballete dibuja paisajes parisinos en pequeños trozos de papel.

—¿Qué son? —pregunta Finn.

—Parecen marcapáginas. Son preciosos…

Finn la mira durante unos segundos, hasta que, al rato, se acerca al anciano y le empieza a hablar mediante señas. El hombre mira a Emma, que observa la escena, confundida, y luego asiente con una sonrisa afable dibujada en los labios.

—¿Qué le has dicho?

—Ya lo verás.

—Pero…

El anciano, de nuevo encorvado sobre su caballete, desliza delicados trazos de pintura sobre el papel, cambiando de color cada cierto tiempo, mirándole de reojo, hasta que se pone derecho y señala a Finn con un dedo huesudo. Este le hace caso de inmediato y sonríe satisfecho cuando le tiende el trozo de papel pintado. Le paga con un billete de cinco euros y camina hasta Emma con una sonrisa enorme.

—Toma.

Emma extiende las palmas de las manos y Finn posa el trozo de papel grueso, parece que reciclado, sobre ellas. Emma entonces se da cuenta de lo que ha dibujado. Son ellos dos, en la cubierta del barco, abrazados bajo la luz de la luna y acompañados por la Torre Eiffel iluminada.

—Es… precioso… —susurra ella, alzando la cabeza para mirarle.

—Me temo que no inmortalizamos aquel momento, así que le he puesto remedio.

—Somos tú y yo…

—Sí… Tú y yo.

Emma se acerca y alza la cabeza para mirarle. Finn agacha la mirada y le rodea la cintura con un brazo. Entonces ambos se acuerdan de Stu y le miran. Este les saluda con una mano, parapetado detrás de la cámara. Resignados aunque sonrientes, se separan y empiezan a caminar de nuevo.

Finn tira de ella, agarrándola de la mano.

—¿Adónde vamos? —le pregunta Emma.

—Ahora lo verás. Está por aquí cerca, creo.

Recorren la pequeña Place des Abbesses, rodeando el carrusel infantil hasta llegar al jardín Square Jehan Rictus. Allí, en un lateral algo escondido, se erige el Muro de los Te Quiero. Hay varios turistas y curiosos alrededor, ya que es una de las visitas obligadas del barrio, aunque no salga en todas las guías. Consiguen plantarse delante. Emma lo observa de arriba abajo, con curiosidad.

—En un mundo marcado por la violencia, y dominado por el individualismo, los muros, al igual que las fronteras, sirven generalmente para dividir, separar a los pueblos y protegerse de los otros. El Muro de los te Amo es, sin embargo, un nexo, un lugar de reconciliación, un espejo cuya imagen es el amor y la paz —recita Finn de memoria—. Lo leí el otro día y me pareció maravilloso.

—*Je t'aime...* —empieza a leer Emma—. *Ti amo... Té you besk...*

—*Ninakupenda* —dice Finn, acercándose a ella y mirándola a los ojos—. Es suajili. Lo aprendí cuando estuvimos en Tanzania.

—Podríamos aprender a decirlo en el idioma de los países que visitemos juntos.

—Me parece una idea genial.

—Todos los «te quiero» del mundo... —susurra Emma, mirando el muro—. Parece el título de un libro o una canción.

—Te quiero en todos los idiomas... —añade Finn.

—Eso parece una bonita declaración de amor —dice ella.

—Quizá lo sea.

Infelices para siempre

De repente, la boda de su hermana se le antoja muy apetecible. Tiene ganas de arreglarse y dejar a Finn con la boca abierta, de verle vestido de traje de nuevo y, sobre todo, de alardear de él delante de todos. Ella, que siempre estuvo a la sombra de su hermana, que ha sido la oveja negra de la familia, la que, según ellos, nunca ha tenido suerte con los empleos ni con los novios, aparecerá radiante y feliz acompañada de un hombre increíble.

Se vuelve a mirar en el espejo del recibidor, un último vistazo antes de bajar a la calle, donde Finn ya la espera en el taxi. Se toca los pendientes de perlas negras, a juego con el collar, que le regalaron sus padres en su treinta cumpleaños y que le consta que les costó una fortuna. Su color gris oscuro hace juego con su vestido de tubo con escote plisado que deja al descubierto uno de sus hombros. En cuanto lo vio en la tienda, se enamoró de él.

Cuando llega a la acera, descubre a Finn apoyado en el taxi, con los brazos y las piernas cruzados, mirando hacia arriba, hacia su edificio. Cuando oye la puerta cerrarse, baja la cabeza y sonríe al verla. Camina hacia ella, tendiéndole una mano.

—Estás… preciosa —le susurra al oído, justo antes de darle un beso en la mejilla.

—Tú tampoco estás mal —dice ella, apoyando una mano en su pecho y mirándole de arriba abajo.

—Empiezo a tener práctica alquilando esmóquines. —La conduce hasta el taxi y abre la puerta como un caballero—. Señorita…

En cuanto él se mete dentro y Emma le da la dirección al taxista, ella se recuesta en el asiento y resopla, nerviosa.

—No te preocupes. Todo irá bien.

—No. Algo pasará, seguro. Estoy encantada de que me acompañes, y tengo muchas ganas de que… todos te vean, pero tengo una extraña corazonada, como un pálpito.

—De acuerdo… Espera, espera, espera, no vayas tan rápido. Camina más despacio. Pero sonríe. ¿Nos están mirando? ¿Alguien nos mira?

Caminan por el enorme jardín del club de golf donde se va a llevar a cabo el enlace y el posterior convite, donde se han dispuesto cientos de sillas blancas dejando un pasillo en medio. Al final de este, hay una marquesina adornada con telas de gasa blanca y rosas de pitiminí.

—Em, tranquila… Respira hondo.

—No puedo. ¿Dónde están? No los veo… Ah, sí. Ahí. ¿Ves a esa señora que lleva el pelo a lo Farrah Fawcett?

—No tengo ni la más remota idea del peinado que luce esa mujer…

—Lucía. Está muerta. Da igual. Es mi madre. Y el que está al lado, el que se parece al capitán de *Vacaciones en el mar*, charlando con esos tipos que tienen pinta de banqueros corruptos, es mi padre. Mi futuro cuñado, Richard, es ese tipo con orejas de soplillo. El tamaño de sus orejas es inversamente proporcional a su simpatía. Me mira siempre como si me estuviera perdonando la vida. Es insoportable. Y por allí veo a mi abuela Doris y a mi abuelo Monty. Me extraña que les hayan sacado de la residencia y les hayan dejado venir, porque ambos tienen demencia senil y pueden liarla en cualquier momento. Por eso son geniales. —Finn asiente mientras escucha todas las explicaciones. No parece estar asustado, aunque, según Emma, debería. Al contrario, sonríe relajado, incluso divertido—. Ahí están mis tías, May y Ginger. Un par de solteronas al acecho. Si notas que alguien te pellizca el culo, no lo dudes, ha sido alguna de ellas. O las dos.

—También me gustaría que fueras tú —se atreve a decir Finn.

—No estoy para bromas. Necesito que interpretes tu papel a la perfección.

—Es que no entiendo que tenga que interpretar ningún papel. Ni simular ser alguien que no soy.

—Pero necesito que te acepten.

Finn la mira torciendo el gesto.

—No sé si me molesta más que pienses que no me van a aceptar siendo yo mismo o que te importe realmente lo que ellos piensen de mí.

Emma no hace caso de su comentario, y está más preocupada en asegurarse de que nadie los vea discutir. Y entonces le ve, acercándose a ella, sonriente y muy seguro de sí mismo.

—¿Alan? —balbucea—. ¿Qué hace él...?

—¿Quién es Alan? —le pregunta Finn.

Emma le mira, y luego vuelve a mirar a Alan, que está ya a solo un par de pasos de distancia, abriendo los brazos con intención de abrazarla. Cuando lo hace, poco parece importarle que Finn le esté fulminando con la mirada.

—Estás preciosa —le dice Alan cuando, sin soltarla de los hombros, la separa unos centímetros de su cuerpo—. O sea... ¡Guau!

Vuelve a apretarla contra su pecho, estrujando la cara de Emma contra él. Finn se da cuenta de que las manos de él empiezan a descender peligrosamente hasta donde la espalda pierde su nombre, y carraspea para intentar romper el momento.

Por suerte para él, parece surtir efecto.

Alan y Finn intercambian miradas. Parecen estar librando una batalla, así que Emma se ve obligada a interrumpirla.

—Él es Alan, mi… —Carraspea y traga saliva, justo antes de girarse hacia el otro—. Él es Finn, mi…

Se mantienen la miradas unos segundos más, hasta que Alan dibuja una enorme sonrisa en la que muestra todas y cada una de sus perfectas y blancas piezas dentales y se gira hacia Emma, a la que agarra por la cintura y obliga a girarse, dando la espalda a Finn.

—Me alegro muchísimo de verte, ¿sabes? En realidad, hace tiempo que quería llamarte —empieza a decir—. ¿Qué es de tu vida? Yo trabajo en mi propia clínica de cirugía estética y, no es por presumir, pero las cosas me van muy bien. El Tesla X 2020 aparcado fuera da fe de ello… Aunque no lo compré porque fuera ostentoso, sino porque me preocupo por el medio ambiente.

—En ese caso, lo mejor es que vendas ese coche y viajes en transporte público —le corta Finn, helando la sonrisa de Alan y mirando a Emma, de la que espera una reacción.

Pero ella es incapaz de articular palabra o de moverse. Se limita a mirar a uno y a otro, ante la sorpresa y decepción de Finn.

—¡Querida! Veo que ya os habéis encontrado. ¿Cuánto hacía que no os veíais? —dice su madre al aproximarse hasta ellos con los brazos abiertos.

«Desde que me enteré de que había dejado embarazada a su asistenta estando prometido conmigo», piensa Emma.

Acerca sus labios a las mejillas de su hija, dándole un par de besos al aire. Muy típico de ella, simular dar muestras de cariño sin darlas realmente. Entonces se fija en Finn. Parpadea un par de veces, mira a su hija pidiendo explicaciones y, al no recibirlas, dibuja una sonrisa forzada y se dirige a él:

—¿Y tú eres…?

—Finn Wilkins, señora —contesta.

—Ajá… —Se crea un silencio tenso. Ella intenta recordar si aparecía en la lista de invitados. Él no parece estar por la labor de aclarárselo—. ¿Y con quién…?

—Conmigo —aclara por fin Emma.

—¿Contigo?

—Os lo dije, mamá —continúa hablando, aunque con algo de temor en la voz, demostrando mucha inseguridad, justo lo contrario a lo que ella pretendía al entrar—. Os comenté que traería acompañante.

—Ah, pero pensábamos que se trataba del resultado de una rabieta de las tuyas —dice su madre—. No te tomamos en serio. Por eso tu padre invitó a Alan.

Finn mira a Emma, incapaz de creer que se deje humillar de esa manera por su madre. La está tratando como a una niña pequeña y mimada, no como a la adulta responsable que es, capaz de tomar sus propias decisiones.

—A ver cómo arreglamos esto ahora… —vuelve a hablar, mirando alrededor, buscando a Stacey, la organizadora de bodas—. A ver dónde podemos meterte en la ceremonia y dónde sentarte en el banquete.

Finn gira la cabeza de golpe hacia Emma, esperando que abra la boca de una vez para imponer su opinión. En vez de eso, ella se muerde los labios con nerviosismo, agachando la vista.

—¡Ah, ahí está! ¡Stacey! Stacey, ¿puedes venir un momento? Verás, tenemos un problema…

Caroline les da la espalda, agarrando a Stacey por los hombros. Hablan entre susurros, y de vez en cuando miran de reojo a sus espaldas, donde Finn sigue perplejo por la situación.

Emma se atreve a mirarle de nuevo, y entonces él frunce el ceño y abre las manos, pidiéndole explicaciones en silencio.

—Mamá… Escucha, mamá… Yo… —Carraspea un par de veces hasta que consigue que la escuche—. Creía que me sentaría con Finn…

—¡Ni hablar! Alan se sentará a tu lado. Así está escrito en el croquis que hicimos, en el plafón de la entrada del restaurante y en la tarjeta de las mesas. —Stacey le habla casi al oído, mostrándole algo en la carpeta que lleva consigo—. Eso es. Perfecto. Gracias, querida. ¡Solucionado! Ahora, en la ceremonia, hay algunos sitios libres en las dos últimas filas. En el banquete, le sentaremos en la mesa de los becarios del bufete de tu padre. Es por aquí… —Le indica con una mano mientras agarra a su hija y a Alan y les arrastra hasta las primeras filas, ya que la ceremonia está a punto de empezar.

Cuando la ceremonia acaba, Emma logra escaquearse hasta Finn, que está de pie, solo, al final de las filas interminables de sillas, mirando alrededor, horrorizado.

—Te lo dije —susurra Emma cuando llega a su lado—. Que daban todos un poco de miedo.

—Estoy algo fuera de lugar, sí… No sé si voy a saber llevar una conversación acerca de las técnicas para mejorar mi *backswing* o si es interesante mantener un gran activo circulante en mi empresa. —Emma sonríe y Finn la observa detenidamente—. Escucha, es mejor que me vaya.

—¡No! —Cuando se da cuenta de que quizá ha levantado demasiado la voz, hunde la cabeza entre los hombros y repite, esa vez casi susurrando—: No, por favor… No me dejes aquí sola…

—No estás sola. Estás con Alan, el activista contra el cambio climático.

—No tenía ni idea de que iba a estar aquí —se intenta excusar Emma.

—Qué casualidad, tus padres tampoco tenían ni idea de mi presencia.

—Se lo dije. Tienes que creerme.

—Me parece que de lo que te tienes que preocupar no es de que yo te crea o no. Emma, te quejas de que tus padres han intentado manipularte siempre, pero me da la impresión de que tú se lo has permitido. De que nunca has intentado alzar la voz y dar tu opinión. Y lamento decirte que me temo que eso nunca va a cambiar, a menos que tú pongas remedio.

Emma resopla, agachando la cabeza. Entonces se agarra de las solapas de la americana de Finn y acerca su frente hasta apoyarla en su pecho.

—Por favor… No me dejes…

Finn agacha la cabeza hasta que sus labios rozan el pelo de ella. Cierra los ojos e inhala con fuerza para aspirar su olor. Totalmente invadido por ella, compadeciéndose de la fragilidad que muestra, resopla y chasca la lengua.

—De acuerdo —claudica al final.

—El mes que viene voy a asistir a un juicio, ¿sabes?

—Ajá… ¿No habías estado en ninguno?

—No. Aún no.

—¿Y cuánto hace que te sacaste la carrera?

—Cuatro años.

—¿Y en ese tiempo no…? —El tipo niega con la cabeza, aunque con una sonrisa repleta de felicidad que confunde a Finn—. Pero ¿qué haces entonces?

—Transcribo a limpio documentos. Es una gran responsabilidad, si lo piensas. —Finn tiene que hacer verdaderos esfuerzos para parecer comprensivo, reteniendo incluso algún bostezo al imaginarse cuatro años de su vida desperdiciados en un despacho, copiando documentos—. Es una gran oportunidad que me da el señor Campbell.

—Por supuesto…

Finn pierde la vista a su derecha, hacia la mesa donde está sentada Emma, la cual parece estar más relajada que antes, escuchando con atención a su ex. Contrariado y muy molesto, vuelve a centrar su atención en el plato por hacer algo, aunque no está demasiado seguro de lo que está comiendo. Coge una de las hojas con el menú repartidas por la mesa.

—«Colita de cuadril al horno mechada con reducción de oporto» —lee.

—Está exquisito, ¿no crees? —comenta el pobre desgraciado conformista.

Finn, entretenido en masticar el trozo de carne, asiente, no demasiado convencido. Ha comido cosas más exquisitas, y sobre todo muchísimo más baratas, en puestos callejeros de todo el mundo.

¿Qué tal el bodorrio?, le pregunta entonces Stu con un mensaje al móvil. Finn se abalanza sobre el teléfono, aliviado por tener una distracción y poder mantener una conversación con alguien normal.

Una puta pesadilla. Por lo visto, no estaba en la lista de invitados y me han sentado en la mesa de los tontos.

Pero… ¿Emma no les dijo que ibas? No entiendo…

Se ve que no la creyeron… y decidieron que estaría mejor acompañada por un tal Alan.

¿Su ex? ¿El que dejó embarazada a la asistenta de sus padres cuando estaban prometidos?

Finn levanta la cabeza y mira hacia la mesa de Emma. Su madre está ahora charlando con ellos, con las manos apoyadas en sus hombros, en una pose muy familiar.

Emma lleva un rato haciendo verdaderos esfuerzos para evitar bostezar mientras Alan le relata, con pelos y señales, las características técnicas de los trece coches que tiene aparcados en el parking del edificio donde tiene su ático de mil trescientos cuarenta y siete metros cuadrados situado en Tribeca, cuando llega su madre a la mesa. Sí, mil trescientos cuarenta y siete.

—En realidad, es un dúplex que ocupa las dos últimas plantas del edificio. Lo escogí por la comodidad y la privacidad. Quizá tiene más baños de los que necesito, porque algunos de los nueve no los he usado nunca, pero soy un asiduo del gimnasio del edificio, y también de la piscina olímpica y la sauna.

—¿Qué tal, queridos? —les saluda muy jovial, apoyando las manos en los hombros de los dos. Es raro verla así de simpática, así que puede que haya bebido un poco de más—. Está todo delicioso, ¿a que sí? El menú es muy caro y exclusivo, creado especialmente para esta ocasión —dice, dirigiéndose directamente a Alan—. ¿Ya le has contado que te has mudado? Oh, querida, tendrías que verlo. Es maravilloso. ¿Y le has contado que te has convertido en el socio mayoritario de la clínica? Podríais quedar para veros más a menudo, ahora que los dos estáis solteros...

Emma frunce el ceño, contrariada, y entonces se da cuenta de que Alan la mira sonriendo de oreja a oreja, asintiendo a la vez con la cabeza.

—¿Verdad? —insiste su madre.

Emma vuelve a mirar hacia la mesa de Finn y entonces sus ojos se encuentran. Hay cierto dolor y decepción en su mirada, e incluso una pizca de resentimiento. Y es comprensible. Él está aquí por ella. No encaja en este lugar, no está a gusto, ha sido ninguneado tanto por Alan como por su familia... Y, a pesar de todo, sigue ahí sentado, aguantando...

—Emma.

—¿Eh?

—Que podríamos vernos alguna noche de la semana que viene. Ven a mi ático y cenamos.

—Es que... la semana que viene me viene fatal.

—Pues la siguiente.

—También me viene mal.

—Tienes una agenda muy apretada, ¿no?

—¿Ella? —interviene entonces su madre, chascando la lengua y poniendo los ojos en blanco.

Y esa es la puntilla que Emma necesita para ponerse en pie de golpe, llegando a tirar la silla al suelo. De repente, toda la sala se sume en un silencio casi sepulcral. Algunos incluso contienen el aliento. Emma mira alrededor, muerta de vergüenza. Aunque su madre parece estar pasándolo peor, con el rostro pálido.

—Emma, te lo pido. No montes una escena de las tuyas... —susurra entre dientes, aunque intentado fingir una sonrisa, tan forzada, que salen a relucir las arrugas que tanto se esmera en disimular.

Su hermana parece implorarle con la mirada que se vuelva a sentar. Pero entonces se da cuenta de que hacerlo sería lo que su madre querría. Sometiéndose, como siempre, a sus deseos.

—¡¿Sabes qué, Alan?! —grita, dejando que su corazón tome el control de la situación—. ¡Que no me da la gana ir a tu mierda de ático! ¡Que te lo puedes meter por el culo! ¡Que paso de ti y de tu vida vacía de pijo asqueroso! ¡Que no volveré a cometer el error de acercarme a ti para volverte a encontrar con la cara entre las piernas de tus asistentas, o tus enfermeras, o a quien narices te estés tirando ahora!

Se oyen muchos murmullos, e incluso algún grito ahogado. A pesar de todo, nadie hace el ademán de pararle los pies, expectantes por lo que vendrá. Así que Emma se lía la manta a la cabeza y se lanza en picado.

—¡Lyn, enhorabuena por tu boda! —Envalentonada, coge su copa de vino y la alza en el aire, como si estuviera haciendo un brindis dedicado a los novios. Da un largo trago, hasta vaciarla, antes de continuar—: ¡En realidad, Richard, mi consejo es que huyas lo antes posible, porque bajo el yugo de mis padres, vais a ser infelices para siempre!

Lyn empieza a sollozar y, aunque a Richard le lleva un rato reaccionar, la rodea con sus brazos, tendiéndole una servilleta.

—¡Y tú, mamá! —Cuando se gira hacia ella, parece una figura del museo de cera, haciendo mucho esfuerzo para mantener la verticalidad y no desmayarse—. ¡Sí, tengo una vida! ¡Sí, tengo un trabajo que, además, me encanta! ¡Y sí, Finn es mi acompañante! ¡De hecho, es mi novio, aunque aún no hayamos hablado de ello en serio! ¡Pero… estoy loca e irremediablemente enamorada de él!

Emma señala hacia la mesa de Finn mientras habla. Los invitados siguen la dirección de su dedo. Alan y su madre también. Cuando lo hace ella, muerta de la vergüenza al ser consciente de su confesión, descubre que Finn no está. Su silla está vacía, así que todas las miradas recaen en el pobre becario de su padre, que estaba sentado a su lado. El chico mira a un lado y a otro, levantando las palmas de las manos para intentar demostrar su inocencia.

—¿Adónde ha ido? —pregunta Emma, mirando alrededor como una loca, dando vueltas en círculo—. ¡Finn! ¡Finn, ¿dónde estás?!

Los murmullos de la gente empiezan a subir de volumen. Ya no se molestan en disimular mientras cuchichean unos con otros.

—¿A quién señalaba? ¿A la silla vacía?

—El tipo ha huido por patas, asustado.

—Pobrecita…

—No parece estar demasiado cuerda, ¿no?

—Siempre ha estado algo perdida en la vida, ¿no os parece?

Cansada de oír todo eso, y también muerta de vergüenza, Emma corre hacia la salida del club de campo con los ojos llenos de lágrimas y una sensación creciente en el pecho de que puede haber acabado con todo de un plumazo.

Emma corre descalza, con los zapatos de tacón en una mano, agarrándose el vestido con la otra para no tropezar. Está a punto de hacerlo varias veces, y los pies empiezan a dolerle bastante, así que, cuando ve el color amarillo inconfundible de un taxi, se pone a gritar como una loca.

—¡Taxi! ¡Taxi! ¡Pare! ¡Espere!

Al final consigue su cometido y el taxi frena unos metros más allá. Cuando logra llegar y se mete dentro, apoya la espalda en el asiento y alza la cabeza. Respira de forma precipitada, intentando recobrar el aliento a marchas forzadas. Busca el número de Finn en la agenda y le llama. Suena varias veces, hasta que salta el buzón de voz. Valora qué decirle durante un buen rato, hasta que al final acaba dándose por vencida, y cuelga.

—¿Adónde la llevo, señorita? —Emma mira al taxista fijamente durante largo rato. La realidad cae como una losa sobre ella al darse cuenta de que, en el fondo, no sabe exactamente adónde ir—. ¿Se encuentra bien?

—Creo que no… —balbucea con las lágrimas cayendo en cascada de sus ojos.

—¿Sabe qué vamos a hacer? Tenga este paquete de pañuelos. Yo empiezo a conducir y, mientras, usted tómese su tiempo. A veces, solo necesitamos darnos un respiro.

Emma asiente, secándose las lágrimas con un pañuelo de la caja que le ha tendido.

—Es usted muy amable —balbucea.

—No se preocupe. Tengo cuatro hijas y me gustaría que alguien hiciera lo mismo por ellas si se encontrasen en su situación.

Emma mira a través de la ventanilla, intentando distraerse y aclarar sus ideas. Podría ir a casa, meterse en la cama y quedarse allí, pero no cree que así consiga sentirse mejor. Entonces se acuerda de la única persona que puede animarla en estos momentos, y la llama.

—¡Eh! ¿Cómo va el bodorrio? ¿Tan aburrida estás, que me llamas? —la saluda.

—La he cagado, Kat —dice Emma entre sollozos—. ¡La he cagado a base de bien!

Los sollozos se convierten en un llanto histérico, incontenible. Empieza a hablar, pero a Kat se le hace muy difícil entenderla.

—Vale. Respira hondo —consigue calmarla después de varios intentos—. ¿Mejor?

—Un poco —contesta Emma, hipando.

—De acuerdo. Ahora, cuéntamelo.

—Pues… básicamente… mis padres no creyeron que fuera a llevar acompañante, y me buscaron a uno: Alan. Así que relegaron a Finn a las últimas filas en la ceremonia y le sentaron en la mesa de los becarios de mi padre. Evidentemente, la silla que estaba a mi lado la ocupó Alan, que se ha pasado todo el rato alardeando de sus innumerables posesiones y de lo abultada que es su billetera. Y, para variar, mi madre ha intentado menospreciarme, como si no valiera para nada…

—De verdad, que tu madre a veces, en vez de pintalabios, tendría que ponerse pegamento. Pero sabes que no tienes que hacerle caso. Tú vales mucho, nena. Y, si crees que Finn es el elegido, haz oídos sordos y vive tu vida con él.

—Eso será otro problema, porque se ha largado de la boda en mitad de la comida.

—¡¿Qué dices?! Aunque, en el fondo, mucho ha aguantado, por lo que cuentas…

—Y lo peor es que no me ha escuchado mandar a la mierda a Alan, plantarle cara a mi madre y declararle mi amor a él.

—Espera, espera, espera… ¡¿qué?!

—Que no me ha escuchado mandar…

—Bien por ti, pero esa no es la parte que me interesa. ¡¿Me estás diciendo que te has declarado delante de trescientas personas y él no estaba ahí?!

—No… Se fue poco antes, pero me di cuenta tarde. Soy penosa, ¿verdad? Tengo algo chungo, ¿no? Repelo las cosas buenas de la vida.

—No nos pongamos catastrofistas, que me tienes a mí como amiga y confidente, y eso es la hostia de buena suerte. Veamos… Intentemos ponerle remedio. Llámale.

—Menuda iluminada estás hecha… ¿Te crees que no lo he intentado? No me lo coge.

—Mira, bonita, menos sarcasmo o te cuelgo. —Emma resopla arrepentida, así que Kat acepta la muda disculpa y continúa pensando—. Podrías ir en su busca. ¿Sabes dónde vive?

—Cuando está en la ciudad, en casa de su abuelo.

—¿Que está en…?

—Ni idea.

—Mal vamos. ¿Y sabes de algún sitio que suela frecuentar?

—No… —contesta, realmente derrotada—. Esto es una locura.

—No te rindas —le pide Kat cuando oye que Emma empieza a llorar de nuevo.

—Es que… no puede salir bien. Lo nuestro está condenado al fracaso. No sé dónde vive, no sé qué lugares frecuenta, no recuerdo siquiera cómo se llama su hermano…

—Emma, yo me tiré a un tío tres noches seguidas y le estuve llamando Carl todo el rato.

—¿Y eso qué tiene que ver conmigo?

—Se llamaba Alex. Así que es más habitual de lo que puedas imaginar. —Emma se queda callada, sin entender del todo el símil—. Hasta que des con la manera de hablar con Finn, ¿sabes qué tienes que hacer? Algo que te relaje. Vete a un spa, o de compras, o mejor, ¡vámonos de fiesta!

Ninguna de las opciones de Kat convence a Emma. En realidad, ella optaría por encerrarse en casa a llorar desconsoladamente. Pero entonces comprueba la hora y se da cuenta de que está a punto de ponerse el sol.

—Gracias, Kat. Te llamaré, ¿vale?

—Entonces, ¿hemos quedado?

—Puede que otro día. Pero, gracias, me has ayudado mucho. —Cuelga y entonces se dirige al conductor—. Ya sé adónde voy. ¿Me puede llevar al Main Street Park, en Brooklyn?

—Por supuesto, señorita.

En Nueva York existen muchos lugares en los que poder admirar una puesta de sol propia de una postal, pero pocos como ver la silueta de los rascacielos de Manhattan cambiando de color mientras el sol se esconde tras ellos. Y todo, a orillas del East River. Recuerda haber paseado por allí varias veces, aunque nunca se planteó sentarse a disfrutar de las vistas. Hasta ahora. Finn le ha enseñado a valorar estos pequeños momentos en la vida y a disfrutar de ellos.

El taxista la ha dejado a escasos metros del parque. Mientras camina por el sendero de cemento, se abraza el cuerpo con ambos brazos. Se nota que está anocheciendo, y la temperatura está bajando.

Cerca, oye los gritos de varios niños jugando en el parque infantil cercano. Un grupo de ellos pasa cerca, corriendo, y una de las niñas se detiene a su lado con la boca abierta.

—¡Oooooh! ¿Eres una princesa?

—¿Qué?

Solo entonces Emma repara en cómo va vestida.

—Porque lo pareces.

—Pues no, no lo soy.

—Pues entonces, ¿te has escapado de un manicomio?

Quizá no sea muy habitual ver a alguien pasear de esta guisa, piensa, pero tampoco hay que abusar… Los niños pueden resultar muy crueles cuando quieren. Entonces llega a su altura la que parece ser su madre, ya que la agarra de la mano y, mirando a Emma de arriba abajo con recelo, empieza a alejarse.

—No molestes a la señora —dice como para disimular.

Emma se aleja algo dolida, por qué no admitirlo, hasta que llega a la orilla del río, lleno de piedras, donde la gente suele sentarse para perder la vista en el infinito. Hay varios grupos de personas esparcidos aquí y allá, aunque reina una paz increíble. El volumen de las conversaciones permite seguir escuchando el murmullo del agua rozando la orilla empedrada.

Se quita los zapatos de tacón y, con sumo cuidado, empieza a caminar por las piedras hasta encontrar una en la que sentarse. Y entonces ve una figura solitaria que le resulta muy familiar.

—¿Finn? —le pregunta cuando se acerca un poco más.

Él levanta la cabeza y la mira de arriba abajo, sorprendido. Se ha quitado la americana, que reposa en sus piernas, se ha aflojado la corbata y remangado la camisa.

—¿Qué…? ¿Cómo me has…? ¿Cómo sabías que estaba aquí?

—No lo sabía.

—Entonces, ¿sueles venir por aquí?

—Prácticamente nunca.

—¿Y cómo…?

—Necesitaba pensar y buscar un sitio en el que sentirme

bien. Y me acordé de que, últimamente, soy bastante adicta a los amaneceres y atardeceres.

—Pues has elegido el mejor sitio para disfrutar de él.

—Lo imaginaba —dice, sentándose a su lado.

Ambos se quedan callados mirando al infinito. Un pequeño barco navega por el río, subiendo dirección a Williamsburg. Se levanta algo de brisa, y Emma se sacude cuando la recorre un escalofrío. Finn se apresura a ponerle su americana por encima de los hombros.

—Te he llamado —dice ella, aún con la vista fija frente a ella.

—Lo sé. No te lo tomes a mal, pero no me apetecía hablar contigo —contesta él, sin mirarla tampoco.

—Lo sé. ¿Ahora te apetece?

Finn se encoge de hombros y mira alrededor.

—No puedo prohibirte estar aquí.

—Perfecto, porque necesito que me escuches. Necesito que me perdones. Yo no imaginé nada de lo que ha pasado hoy. No sabía que no habían contado contigo, ni que Alan iba a estar allí...

—Pero no hiciste nada para remediarlo.

—¡Lo hice! —Finn levanta las cejas, incrédulo—. Cuando ya te habías ido. Aunque yo no sabía que lo habías hecho...

Emma parece desinflarse al ver que él sigue sin creerla. Agarrando las solapas de la americana, se tapa para protegerse de la brisa, y entonces su olor la impregna.

—He estado pensando mucho hoy —empieza a decir Finn—. No me suelo rendir nunca, pero... yo no encajo en tu vida, y tampoco quiero obligarte a amoldarte a la mía.

A Emma se le forma un nudo enorme en la garganta que le impide respirar con normalidad. Es exactamente lo que lleva tiempo pensando, aunque una parte de ella se negaba a admitirlo en voz alta. Ahora que lo oye en boca de Finn, la cruda realidad parece aplastarla como una losa.

—Y sé que tú también lo ves —prosigue Finn. Emma quiere gritarle que lo deje, que se calle, pero, en el fondo, sabe que tiene razón—. Te he visto hablando con ese tipo, y seguro que puede darte muchas más cosas de las que yo podré darte jamás.

Entonces un pensamiento cruza la mente de Emma. Es cierto que Alan puede darle un ático de más de mil metros cuadrados, un coche que prácticamente se conduzca solo, joyas de valor incalculable, sesiones de spa, viajes a los Hamptons... pero nunca podrá darle un atardecer como este. Alan nunca podrá hacer realidad sus sueños porque nunca se molestó en conocerlos.

—Creí ver una parte de ti que escondes a los demás. Pero me he dado cuenta de que realmente no quieres mostrarla. Quieres seguir viviendo bajo el ala protectora de tus padres y seguir sus directrices, a pesar de que sé que sabes que no podrás ser del todo feliz. Pero no te juzgo. Has elegido eso, y yo lo respeto, aunque me duela enormemente perderte.

El teléfono de Emma vibra dentro de su bolso. Al principio no le hace caso, pero lo hace de forma insistente, así que se decide a sacarlo y ver quién es. Tiene varias llamadas de su madre, que por supuesto no piensa molestarse en devolver, así como varios mensajes de su hermana, seguro que agradeciendo que haya arruinado su boda. Pero uno de los mensajes llama especialmente su atención. Es del abuelo Monty, que a duras penas recuerda su nombre a veces, y a quien no imagina con un teléfono en las manos.

Hola, cariño. Tu abuela y yo hemos grabado tu discurso, que nos ha parecido precioso. Una lástima que ese chico se lo haya perdido. A lo mejor se lo puedes enseñar ahora.

Cuando Emma abre el archivo adjunto, se da cuenta de que realmente se trata de ella haciendo el más absoluto de los ridículos.

—«... mi consejo es que huyas lo antes posible, porque

bajo el yugo de mis padres, vais a ser infelices para siempre…».

No se puede creer que sean capaces de hacer funcionar el móvil con tanta soltura, a pesar de que el pulso del abuelo hace que el vídeo sea algo inestable.

—¿Qué es eso? —le pregunta Finn.

—Yo, mostrando esa parte de mí que solo tú has podido ver hasta ahora.

—«¡Y tú, mamá! ¡Sí, tengo una vida! ¡Sí, tengo un trabajo que, además, me encanta! ¡Y sí, Finn es mi acompañante! ¡De hecho, es mi novio, aunque aún no hayamos hablado de ello en serio! ¡Pero… estoy loca e irremediablemente enamorada de él!».

En ese momento, el vídeo se vuelve negro, aunque parece que olvidaron detenerlo y siguen escuchándose algunas voces.

—¿A quién señalaba? —Se escucha preguntar al abuelo Monty.

—Al chico con el que vino —responde la abuela Doris.

—¿Vino con un acompañante? No me he fijado…

—Sí. Con un chico de ojos azules, alto y muy guapo. Y se ha pasado todo el rato mirándola como si solo existiera ella en el mundo. No es justo que se haya perdido esto.

—Lo he grabado.

—¿Sabes cómo funciona eso?

—Estuve atento en las clases que nos dieron en la residencia.

—¿Te he dicho alguna vez que te quiero?

—Seguro que todos los días. Pero a veces lo olvido.

Emma no puede reprimir la sonrisa, con el corazón lleno de cariño hacia ellos, y con una pizca de envidia sana al comprobar el amor que se tienen a pesar de los años y las circunstancias.

—¿Estás enamorada de mí?

—Creía que era evidente.

—¿Y lo has gritado de esa manera delante de tanta gente?

—Ya ves. A lo grande —responde ella, asintiendo con la cabeza, algo avergonzada.

—¿Y ahora qué?

—Pues no sé… En mis sueños, ahora olvidarías todo lo que has dicho, dejarías a un lado tus reticencias, no harías caso de los diferentes mundos de los que venimos y me besarías hasta fundir todos mis órganos.

—¿Y perdernos el atardecer?

—No me importa, porque tenemos muchos más para disfrutar juntos.

Epílogos

Viajando's

—Puede que queden pocos sitios por descubrir en el planeta, pero esta vez me he propuesto traeros a uno de los lugares más solitarios de la Tierra.

—Y más fríos también —añade Emma, entrando en el plano con un gorro de lana orejero y la nariz roja por culpa del frío.

—Existe una isla en la Laponia noruega llamada Senja, un lugar con paisajes mágicos y el famoso Faro de las Auroras Boreales. Ver una aurora boreal es una experiencia única, pero verla además reflejada en el mar desde un faro, mientras se iluminan las montañas nevadas, es indescriptible. Además de auroras y paisajes, en lo más crudo del invierno las ballenas persiguen a las colonias de arenques hasta la costa de Senja.

—Para los que teméis convertiros en arenques congelados, todos los hoteles tienen calefacción, mantas, chocolate caliente y lo que se os ocurra para combatir este frío.

—Por todo ello, esta isla se convierte además en un lugar fabuloso para hacer safaris de ballenas. —Emma niega con la cabeza al tiempo que pone los ojos en blanco—. Si lo piensas, es como mágico. Durante uno de nuestros primeros viajes juntos hicimos un safari por Tanzania, y ahora, casi dos años y quince países después, aquí estamos de nuevo, embarcándonos en otra aventura con un safari de por medio.

Emma le mira durante unos segundos, torciendo el gesto, de brazos cruzados. Al rato, Finn sonríe y a ella, como es habitual, se le funde el corazón.

O puede que el estómago. No lo sabe bien. Lo que sí sabe es que, si no encuentra rápidamente un lavabo, va a protagonizar una escena algo *gore* frente a la cámara.

—Finn… —murmulla entre dientes, intentando disimular—. Voy a vomitar.

—¿Tan mal lo he hecho?

—No estoy para bromitas. Necesito…

Emma se ve obligada a cerrar la boca, ayudándose de la mano. Empieza a dar vueltas sobre sí misma, aunque está tan apurada que, en realidad, no sería capaz de distinguir la puerta de los lavabos del aeropuerto.

Finn actúa más rápido y enseguida encuentra una papelera metálica que le tiende a Emma. Ella al principio le fulmina con la mirada, hasta que una arcada le sobreviene y se ve obligada a meter la cabeza dentro y vomitar. Finn le acaricia la espalda, aunque ella enseguida le grita:

—¡Aparta!

Su voz asusta a Finn, que mira a cámara con una sonrisa forzada, haciéndole señas con las manos a Stu para que corte la grabación. Cuando baja la cámara, encoge los hombros y señala a Emma. Finn le contesta encogiéndose de hombros.

—Esto… ¿mejor? —le pregunta Finn cuando Emma saca la cara de la papelera, con el pelo revuelto, la tez pálida y la expresión desencajada.

—Divinamente. ¿Por…? ¡Pues no! ¡No estoy bien! ¡¿Qué te hace pensar que lo estoy?!

—Era solo una… formalidad… —se atreve a decir, aunque enseguida cierra la boca—. ¿Has comido esta mañana en el aeropuerto?

—Nada. Porque no vi nada que me apeteciera. Así que no, no me ha sentado nada mal. Aunque, en realidad, esto sí puede tener una explicación. —Emma mira a Finn a los ojos. Este le devuelve la mirada, aunque empieza a agobiarse cuando se da cuenta de que ella pretende que lo adivine, y él bajo presión no actúa bien, menos cuando se trata de Emma. Al final, desesperada, cruza los brazos sobre el pecho, y suelta—: Vamos a buscar una farmacia.

—Hemos pasado la noche en Tromsø. La capital del norte de Noruega ocupa un emplazamiento espléndido, junto al mar y rodeada de montañas nevadas. A pesar de estar a más de trescientos kilómetros por encima del Círculo Polar Ártico, Tromsø tiene un clima solo moderadamente frío gracias a la corriente del Golfo. Aprovecharemos el día para hacer turismo, aunque esta tarde partimos en ferry hacia nuestro destino, Hamn, en la isla de Senja.

Finn, equipado ya para soportar temperaturas gélidas, explica a cámara sus planes, mientras Emma está encerrada en el baño. Anoche fueron incapaces de encontrar una farmacia abierta, así que hoy han hecho una excursión matutina en su busca.

—¿Estará bien? —le pregunta Finn a Stu.

—Pregúntaselo a ella.

—Es que no me atrevo.

—¡Os escucho susurrar y no ayuda! —grita Emma desde el interior del baño de la habitación del hotel—. ¡Y este frío tampoco ayuda! ¡Se me corta hasta el pis!

—Pero aquí dentro hace hasta calor, mujer. Que el termostato marca veintidós grados —se atreve a decir Stu.

—No ayudas... —susurra Finn.

—¡Cállate, Stu!

—¿Lo ves?

Stu resopla y vuelve a colocarse la cámara al hombro, haciéndole una señal a Finn para que siga hablando. Este abre un mapa de la ciudad y muestra varios sitios con un dedo.

—En la ciudad hay varios atractivos, como Polaria, un museo y acuario dedicado a la vida en el Ártico, o el *Polstejerna*, un barco caza-focas histórico. También hay dos museos muy interesantes, el de la universidad, para conocer más sobre la cultura sami, y el Museo Polar, de visita obligada, sobre la conquista del Polo Norte por parte de Nansen y Amundsen. —Mientras habla, Finn está pendiente en todo momento de la puerta del baño.

Desde que Emma le comentó la posibilidad de que estuviera embarazada, está exultante de felicidad. Llevan unos meses intentándolo, así que esto no les coge por sorpresa. Se puede decir que entraba dentro de lo razonable, a pesar de que ya llevan varias desilusiones. La ginecóloga de Emma les comentó que el ajetreo de viajes podía ser una causa de que les costara algo más de tiempo conseguirlo. Por eso Emma no quiere hacerse ilusiones, aunque esta vez los síntomas sean prácticamente inequívocos. Tampoco Finn quiere demostrar su estado de nervios, por si el resultado fuera negativo y tuviera que hacerse el fuerte por los dos.

—Otro consejo es aprovechar cuando haya luz para subir en teleférico a la cima de Fjellheisen y disfrutar de vistas espectaculares desde más de cuatrocientos metros. Además de los museos y la arquitectura, una visita casi obligada es la Mack Brewery, la fábrica de cerveza situada más al norte del mundo.

—Me parece que se acabó la cerveza para mí —dice Emma nada más abrir la puerta del baño, con la prueba de embarazo en una mano, las mejillas mojadas por culpa de las lágrimas y una enorme sonrisa dibujada en los labios.

Finn es incapaz de contener sus emociones por más tiempo y las deja ir todas de golpe. Las ha retenido durante demasiados meses, escondiendo su pena y desilusión cuando a Emma le venía el periodo, sonriendo y quitándole hierro al asunto para animarla. En el fondo, sobre todo desde que la ginecóloga comentó que su ritmo de vida podría influir en ello, se sentía algo culpable porque, de algún modo, él la había arrastrado a ello. Por eso ahora también se siente sumamente aliviado. Así que, desinflado después de haber soltado todas las emociones, a Finn le fallan las rodillas y se deja caer. Abraza la cintura de Emma con ambos brazos, apoyando la frente en su vientre.

—Eh... ¿Estás bien...? —le pregunta ella.

Finn asiente con la cabeza, así que Emma se queda algo más tranquila y le acaricia el pelo con cariño.

—Enhorabuena... —susurra Stu pasado un buen rato—. Me siento como un intruso, ahora mismo...

—Hostias, gracias. No pasa nada. Nos olvidamos a menudo de que estás aquí.

—En mi profesión, me lo tomo como un halago. Así que no os preocupéis.

Los tres se funden en un sentido abrazo, olvidándose de que la cámara sigue grabando.

—Existe un dicho que dice que los noruegos nacen con el cielo a sus pies, y lo cierto es que la mayoría aman la práctica de actividades en el exterior durante el invierno. El sonido de los gránulos de nieve bajo tus pies, la sensación de unos esquís de travesía que se deslizan a lo largo de un camino perfectamente cuidado, o la excitación de niños y adultos tirándose por un tobogán colina abajo son tres buenas razones para amar el invierno noruego. Pero nosotros venimos a contemplar las auroras boreales, y hemos elegido un lugar mágico: el Faro de las Auroras Boreales, en Hamn.

En ese momento, Stu se gira para poder enfocar el cielo

oscuro pintado con trazos de un color verde espectacular que se reflejan también en el mar que rodea el faro.

—En el faro hay calefacción y bebidas calientes, además de estas mantas de renos tan bonitas para cubrirse si sales a contemplar las auroras. Os recomiendo que lo hagáis, ya que es algo inolvidable.

—¿Estás bien? —le pregunta Finn, acercándose a ella y rodeando sus hombros con un brazo. Ella asiente con la cabeza y Finn le acaricia con ternura la nariz, roja por el frío—. Ve dentro, que ahora voy yo.

—Ni hablar. No me pierdo esto por nada en el mundo.

—Pero deberías…

—¡No! —Emma le planta la mano en la boca, haciéndole callar de golpe—. Vamos a aclararlo desde ya mismo. No soy una inválida, solo estoy embarazada.

—¿Solo? ¿Te parece poco?

—Ya me entiendes. Bastante cargo de conciencia tengo ya de que te vayas a perder tu tan ansiado safari de ballenas por mí. Que sigo diciendo que podríais iros los dos y dejarme aquí tranquila, porque si ya eché todas las comidas del último mes en el ferry de setenta y cinco minutos hasta aquí, no me quiero imaginar qué pasará si me meto en un barco durante horas.

—Pero no quiero que corras riesgos…

—No te preocupes, el *puenting* no era una de mis aficiones antes, y no lo va a ser a partir de ahora. No sé qué tiene de peligroso estar aquí fuera.

—Puedes coger frío y resfriarte, y sabes que no te podrías tomar nada.

—Lo que Finn quiere decir es que, resfriada y sin drogas, puedes volverte insoportable, así que haznos un favor y no tientes a la suerte —interviene Stu, que se lleva una mirada de odio por parte de Emma y una de socorro por parte de Finn—. Esto… ¿y cuáles son los planes para mañana?

Finn agradece el cambio de tema, y se apresura en decir:

—¡Pues vamos a ir en trineo tirado por perros! Era una de esas cosas que tenía apuntadas en mi lista de cosas por hacer antes de morir, así que mañana por fin podré tacharla. En la excursión también podremos ir un rato a pie, con raquetas en los pies, aunque...

—¡Ni lo sueñes! ¡Pienso calzarme las raquetas también!

—Vale. De acuerdo. Lo de las raquetas tampoco ha salido muy bien. Hay cerca de un metro de nieve en algunos puntos, y el guía me ha recomendado que me quede en esta cabaña. Los tres han salido un rato, y yo me he quedado con la mejor compañía posible.

Emma gira la pequeña cámara GoPro que Finn usaba cuando viajaba solo para su programa y enfoca a su alrededor. La cabaña es grande pero está abarrotada de perros, en concreto, de los veinte que han tirado de los dos trineos que los han llevado hasta allí, mientras que ella está sentada en una butaca al lado del fuego.

—Así que he pensado que voy a aportar mi particular granito de arena al viaje, contándoos una pocas curiosidades del país. Por ejemplo... atentos: los noruegos leen más que cualquier otra población en el mundo. Un estudio dice que gastan una media de cincuenta euros al año en libros. Además, cada año se publican más de dos mil libros nuevos en el país. ¿Y sabéis por qué? Porque el gobierno noruego compra mil copias de cada nuevo libro y los distribuye a las bibliotecas para fomentar su lectura. ¿Qué os parece? Alucinante, ¿no creéis? Otra curiosidad: el famoso árbol de Navidad de Trafalgar Square, en Londres, es un regalo que la gente de Oslo hace a los londinenses cada año. De esta forma, los noruegos agradecen a los londinenses su ayuda durante la Segunda Guerra Mundial. Encima, agradecidos. Me caen bien estos noruegos.

Emma hojea el libro que tiene entre las manos, buscando más datos curiosos que aportar.

—Esta es buena… Existe un pueblo en el que morirse es ilegal. —Suelta una larga risotada, justo antes de continuar—: Mucha gente piensa que con el avance de la ciencia se conseguirá revivir un cuerpo congelado. Por eso, muchos noruegos empezaron a instalarse en las islas Svalbard para ser enterrados allí. Pero pronto, el cementerio de Longyearbyen, no sé si lo he dicho bien, ya no pudo aceptar más cuerpos tras descubrir que los cadáveres siguen en perfecto estado de conservación por la enorme capa de hielo que cubre y rodea los ataúdes. Así que si alguien muere en las islas Svalbard, envían su cadáver a casa en avión.

En ese momento, la puerta de la cabaña se abre y el guía aparece con cara de susto. Al ver a todos los perros dentro, frunce el ceño y mira a Emma.

—Es que me daba apuro dejarles fuera mientras yo estaba aquí dentro, calentita… —se disculpa al ver que casi le provoca un ataque cardiaco.

—Bueno… ellos están acostumbrados al frío —le dice este mientras Stu y Finn entran y observan la escena con las cejas levantadas y los ojos muy abiertos.

—Tampoco los he visto quejarse demasiado por estar aquí dentro.

Finn se aproxima a ella y se arrodilla a su lado.

—¿Cómo estás?

—Bien.

—¿Me has echado de menos?

—La verdad… no. —Finn deja caer la cabeza y apoya la frente en el reposabrazos de la butaca. Emma le revuelve el pelo de forma cariñosa—. De acuerdo. Quizá un poco.

—Eso está mejor. ¿Lista para volver a casa? ¿Has hablado con tus padres?

—Sí y no.

—¿Por qué?

—Porque hace prácticamente dos años que no hablo con ellos y no veo por qué tendría que hacerlo ahora. No se han preocupado por arreglar las cosas. Yo les he enviado varios mensajes, incluso les informé cuando nos fuimos a vivir juntos a mi piso... y nunca recibí respuesta por su parte. Ni de ellos ni de mi hermana.

—Pero ahora es distinto, llevas a su nieto en tu interior.

Emma mira las manos de los dos, que reposan en su barriga, como si intentaran proteger a su bebé.

—Les enviaré un mensaje para informarles, sin más. —Finn se acerca y le da un beso tierno en los labios—. ¿Y tú? ¿Has hablado con tu hermano?

—Ajá. Hemos quedado para comer en casa de mi abuelo.

—No puedo esperar a ver su cara cuando se lo digamos —comenta Emma, muy ilusionada, con la misma expresión que Finn luce en su cara.

—Ahí se te debe de congelar el ciruelo. ¿Estás segura de que le sigue funcionando? Mira que aún estás a tiempo de dejarle... No te culparía por ello... —dice el abuelo, desatando la carcajada de Mitch.

Están sentados alrededor de la mesa de la cocina, charlando de forma animada mientras dan cuenta de un costillar que Mitch ha preparado en el horno a pesar de las constantes órdenes de su abuelo, el cual sigue molesto porque no se fiaran de él para prepararlo. Y es que en estos dos años, sus capacidades han ido mermando de forma considerable, justo al contrario que su testarudez, que ha aumentado hasta límites insospechados.

—No te preocupes. Me funciona y lo ejercito todo lo que vosotros dos no hacéis —contesta Finn.

—Y hablando de eso… —interviene entonces Emma, agarrando la mano de Finn y mirándole con cariño.

—¿Ahora? ¿No te parece una introducción algo extraña del tema para dar la noticia?

—¿Qué noticia? —pregunta Mitch, mientras que el abuelo los mira frunciendo el ceño.

Finn y Emma se vuelven a mirar, asintiendo a la vez con la cabeza, y entonces ella les da la noticia.

—Estoy embarazada.

—¡¿En serio?! ¡¿Un bebé?! —Mitch se pone en pie, tirando la silla incluso, acercándose a los dos para abrazarles, a su hermano con más ímpetu y menos cuidado—. ¡Es fantástico!

—¡Sí! ¡Gracias! —contestan ambos, antes de fijarse en el abuelo y quedarse de piedra.

Él, que nunca ha demostrado mucho sus sentimientos, que siempre ha intentado mantenerse alejado de cualquier muestra de cariño y contacto con el resto de la humanidad, llora de forma desconsolada. Al principio los tres se preocupan, pero entonces le ven sonreír mirando el vientre de Emma, así que deciden darle un tiempo para poder gestionar todo lo que siente.

—¿Estás bien, abuelo? —le pregunta Finn al rato, posando una mano en su hombro.

—¿David…? —balbucea Emma, emocionada al ver su reacción.

Este saca un pañuelo de tela del bolsillo y se enjuga las lágrimas con manos temblorosas.

—Estoy bien. Es solo que… —Sorbe por la nariz y se toma unos segundos más para recomponerse del todo—. Me acabo de dar realmente cuenta de lo viejo que soy.

Los tres estallan en carcajadas mientras se les escapan algunas lágrimas. Emma se apoya en Finn, que la rodea con su brazo al tiempo que le besa la frente.

—¿Lo suficientemente viejo como para usar el andador? —le pregunta Mitch.

—Jamás —contesta guiñándoles un ojo—. ¿Y bien? ¿Ya sabéis si es niño o niña? ¿O hay uno de cada?

—Solo es uno. O una. Aún no sabemos el sexo.

—¿Y habéis pensado nombres?

—Lo hemos estado pensando, sí. Tenemos claro que, sea niño o niña, tendrá un nombre nórdico. Por eso de que supimos que venía en camino en Noruega —les explica Finn.

—Al principio barajamos un nombre camboyano, ya que allí fue cuando empezamos a…

—Enamorarnos.

—Eso tú. Yo tardé un poco más, que al principio me sacabas algo de quicio —le corta ella, antes de seguir hablando—: Luego pensamos en Brooklyn. A los dos nos gusta mucho, y nos serviría para chico y para chica, pero luego pensamos que, si algún día tenemos más, nos gustaría hacer una especie de homenaje a nuestros viajes, y buscar un nombre originario de allí donde me haga la prueba de embarazo. ¿Qué os parece?

—Original. Me gusta —responde Mitch.

El abuelo tarda algo más en dar su opinión.

—¿Qué ha sido de los nombres de toda la vida? ¿Qué tienen de malo John, o Jack, o Michael…? O David. Os lo paso, pero os advierto desde ya mismo que, si uno de los nombres de vuestros hijos no me gusta, le llamaré como a mí me venga en gana.

—No tenemos la menor duda de ello.

Hasta el último día

—¿Estás bien? —le pregunta Emma a Finn después de darle un beso casto en la mejilla, acurrucándose contra su costado.

—No lo sé. Debería estarlo. Debería estar preparado, desde hace tiempo, además. Pero, aun así, me cuesta.

—Nunca se está preparado para ello, en realidad.

Finn mira a Emma, sonriendo sin despegar los labios, locamente enamorado de ella y sin ninguna intención de esconderlo. Después de casi doce años de relación, tres hijos en común y miles de kilómetros recorridos juntos, siguen disfrutando de los amaneceres juntos, e intentan no perderse ningún atardecer.

Darel, de ocho meses, da palmas en el regazo de Emma, totalmente ajeno a lo que ocurre a su alrededor. Ivar y London están sentados entre Finn y su tío Mitch. Ivar, haciendo gala de sus recién estrenados diez años, se cree demasiado mayor como para demostrar su pena y se mantiene erguido en el asiento, muy serio. London, por su parte, no puede parar de sollozar. Quería muchísimo a su bisabuelo, con el que mantenía largas conversaciones por Skype.

Aparte de ellos y de Susan, la novia de Mitch, con quien este parece haber encontrado la estabilidad, no hay nadie más en la sala. David no era sociable, nunca permitió que alguien se acercara a él demasiado. Pero Mitch y Finn tuvieron la enorme suerte de crecer a su lado, algo que forjó sus caracteres y sus vidas.

—Papá.

—Dime.

—¿Qué rito mortuorio ha elegido el bisabuelo? —le pregunta Ivar.

Finn le mira enarcando una ceja, valorando cómo responder para no herir la sensibilidad de London, que sigue acurrucada al abrigo de su hermano mayor. Tanto Finn como Emma han optado siempre por contarles siempre la verdad a sus hijos, sin edulcorarla demasiado, así que, después de valorarlo durante un tiempo, contesta:

—Pues ha elegido la incineración.

—Buena elección… Antes de que se te coman los gusanos… —contesta Ivar—. ¿Y cómo lo harán? ¿Habrá una pira…?

—No, cariño —responde Emma rápidamente, consciente de que puede que no sea demasiado habitual que un niño de diez años conozca esas cosas. Tanto Finn como ella son plenamente conscientes de las ventajas de llevar la vida que han elegido, un tanto nómada, pasando largas temporadas lejos de Nueva York, recorriendo el mundo con sus tres hijos, aunque también saben que hay ciertas desventajas—. Será más… íntimo. Nadie lo verá. Los de la funeraria se lo llevan y en unos días nos entregarán las cenizas.

—¿Y cómo sabremos entonces que nos entregan las cenizas de él y no las de cualquier otro?

—Porque lo saben.

—¿Cómo?

—Con… etiquetas.

—¿Etiquetan a los muertos? —pregunta a su vez London.

—Sí. Y ya está bien de hablar de este tema.

—Pues me parece algo muy feo —insiste ella—. Con lo

bonitos que son los entierros en Japón... o en la India. ¿Te acuerdas de aquel cuerpo que adornaron con flores e hicieron flotar en el Ganges, Ivar?

—London, cariño. Ya está.

—Sí, y...

—Ivar. Ya.

—Pero vosotros siempre...

—Ivar —interviene entonces su padre—. A veces, hay ciertos temas de los que es incómodo hablar. Y este es uno de ellos.

Y así se acaba la conversación. Ivar, no demasiado convencido, frunciendo el ceño, mira de nuevo al frente, clavando la vista en el ataúd.

A Mitch se le escapa la risa, aunque intenta contenerla cuando ve la mirada reprobatoria de Susan y Emma.

Emma resopla de agotamiento, mientras que a Finn se le escapa una sonrisa. Sus hijos son muy curiosos, a veces demasiado, llegándoles a poner en situaciones incómodas. Preguntan mucho y todo les llama la atención. Será por culpa de esa curiosidad que saben muchas más cosas de las que suelen saber los niños y niñas de su edad. Y eso, en ocasiones, puede resultar extraño a ojos de los demás.

Reunidos alrededor de la mesa de la cocina, Ivar y London están embobados viendo la televisión, algo que no hacen demasiado a menudo, y Darel duerme en brazos de Finn, los cuatro observan el sobre cerrado que reposa delante de ellos. Su abuelo era un tipo peculiar, siendo generosos, así que esperan cualquier cosa de sus últimas voluntades.

—¿Y bien? ¿Lo abrimos? —pregunta Mitch.

Finn asiente con la cabeza mientras Emma le aprieta la mano de forma cariñosa. Mitch coge el sobre y lo rasga, resoplando derrotado. Susan acerca su silla a la de él para darle un beso cariñoso en la mejilla. Mitch carraspea para aclararse la voz, antes de empezar a leer. Y nada más empezar, se le escapa una sonrisa y entonces se da cuenta de la grandeza de su abuelo.

—«Si leéis esto, es que estoy muerto. Lo siento, siempre quise decirlo. Qué pena no poder ver vuestras caras ahora mismo…

En mi vida he pensado mucho en la muerte, primero cuando estuve en el frente, con el Ejército, luego cuando murieron vuestros padres… Creía entenderla y haberme reconciliado con ella, pero, ahora que me toca a mí, no sé realmente qué esperar. En fin… así es la vida. O la muerte, según se mire.

Mi abogado me ha recomendado que os escriba esta carta junto a mi testamento oficial (no os frotéis las manos, que no tengo demasiado que daros, aunque supongo que os podéis dar con un canto en los dientes porque tampoco os dejo deudas). No me enrollo más, que me queda poco tiempo, no vaya a palmarla ahora y dejaros con la intriga.

Antes de nada, permitidme un par de líneas para deciros que disteis un nuevo sentido a mi vida y que estoy muy orgulloso de vosotros. Fin. Espero no haberos dado tiempo para sacar los pañuelos.

Y ahora, a lo que vamos.

Mitch… Creciste demasiado rápido, de la noche a la mañana. Maduraste a marchas forzadas desde esa fatídica noche y me da la impresión de que yo tampoco te puse las cosas muy fáciles. Por ello, tengo la necesidad de compensarte con algo que sé que te hará mucha ilusión: mi andador. Está nuevo, sin ningún uso, y puede considerarse algo retro ya. Es todo tuyo. De nada. ¡Ah! También he cambiado el nombre de mi cuenta bancaria. Hay algunos ahorrillos. Son tuyos. Haz lo que buenamente quieras con ellos, aunque yo de ti me casaría con Susan antes de que se canse de esperarte.

Finn… El alma libre… Siempre tuviste algo especial en la mirada. Te recuerdo sentado en el suelo del salón, viendo la televisión con los ojos abiertos como platos, u ojeando las fotografías de los libros cuando aún no sabías leer. Tenías tantas ganas de conocer el mundo que te rodeaba desde tan pequeño, que siempre temí llegar a cortar tus alas. Espero no haber sido un impedimento para que lo lograras. Mira alrededor. Eso es lo que te he dejado. Espero que estéis en la cocina de casa llorando mi muerte y no en un pub celebrándolo. Si es el caso, olvidadlo todo, porque no os dejo una mierda. Lo dicho, que espero que al levantar la cabeza hayas visto los muebles algo amarillentos de la cocina, el horno con la puerta desencajada y escuchado el ruido incesante del viejo motor de la nevera, porque ahora es todo tuyo. Sé que Emma y tú habéis elegido una vida distinta, pero me gustaría que tuvierais un sitio al que volver cuando os canséis de dar vueltas. O puede que un día decidáis descubrirles a Jack, Mary y Paul nuestra ciudad. La suya, en realidad.

Para acabar, Emma, me gustaría darte un pequeño consejo: arregla las cosas, o puede que un día sea demasiado tarde. Nunca me perdonaré haber sido tan egocéntrico como para haberme centrado solo en mí y mis problemas. Eso me llevó a perder a mi mujer y a mi hijo. Y entonces un día fue muy tarde. No cometas el mismo error que yo.

Y ahora sí, ya podéis ir al pub a celebrarlo.

David Wilkins»

Todos se quedan callados, con la vista perdida en un punto cualquiera de la estancia, pensando en las palabras de David. Hasta el final, parece que se las ha apañado para darles un baño de realidad a todos, consiguiendo hacerles sentir tristes y alegres a la vez. Hacerles llorar sin poder dejar de sonreír. Así era David.

—¿Quiénes son Jack, Mary y Paul? —pregunta entonces London, a la que descubren en el quicio de la puerta de la cocina, junto a su hermano.

—Vosotros tres —contesta Finn con una enorme sonrisa en los labios, recordando aquella vez que les advirtió que llamaría a sus nietos como a él le diera la gana si los nombres que elegían no le gustaban.

—Aún recuerdo cuando le dijimos que se iba a llamar Darel —interviene Emma, señalando a su hijo más pequeño, todavía en brazos de Finn.

—«¿Un nombre aborigen australiano? ¿Pero qué cojones os habéis fumado?» —recita Finn, recordando sus palabras exactas.

—¿Vamos a vivir aquí? —pregunta entonces Ivar.

Finn y Emma se miran unos segundos.

—¿Qué me dices? Sé que al lado de un ático de mil metros queda algo ridículo, pero…

—Es perfecto —contesta, justo antes de sacar el teléfono del bolsillo y, mordiéndose el labio inferior, busca el número de su madre en la agenda, dispuesta a hacer caso al consejo de David.

—¿Estás bien? —le pregunta Finn a Emma, plantados frente a la puerta de la casa de los padres de ella, esperando a que les abra la sirvienta de turno.

—No lo sé. Estoy… contenta, expectante, ilusionada y cagada de miedo —dice, peinando algunos mechones rebeldes del pelo de sus hijos mayores, cuyas cabelleras rubias no ven una tijeras desde hace más de un año.

Entonces, la puerta se abre de golpe y Emma se sorprende al ver a su madre tras ella. Cree que es la primera vez que ella misma abre la puerta. Parece contenta, expectante, ilusionada... y seguro que cagada de miedo, piensa Emma, igual que ella. Así que hace lo que ella necesita, porque está segura de que es lo que su madre necesita también. Camina los dos pasos que las separan y rodea a su madre con ambos brazos, soltando todas esas emociones, que se convierten en lágrimas incontroladas.

Los demás se miran sonrientes durante lo que parecen siglos, hasta que el padre de Emma, apostado detrás de su mujer desde el principio, levanta la palma de la mano para saludar a Finn. Este le devuelve el gesto, sonriente, justo antes de acercarse un poco y alzar la mano entre ambos para estrechársela con firmeza y decisión.

—Finnick —le saluda él con un tono de voz sobrio, justo antes de parecer deshacerse al posar los ojos en Darel, el cual le sonríe mostrándole los cuatro dientes que le han salido hasta ahora.

Darel no sabe lo que es un extraño. Se ha criado rodeado de gente que siempre cambia a su alrededor. Se deja coger por todo el mundo y rara vez llora. Y esta vez no es diferente ya que, de buenas a primeras, le tiende los brazos a su abuelo George.

—Oh... Vaya... ¿Puedo? —pregunta este, algo descolocado. Finn asiente sonriente mientras le pasa a su hijo—. Eh, hola... ¿Cómo estás? ¿Sabes quién soy? El abu George, ¿y tú eres...?

Emma, incapaz de creer que la persona frente a ella que hace carantoñas a su hijo sea el mismo hombre severo que la crio, le observa con el ceño fruncido, incapaz de responder. Su madre, por su parte, parece haber caído también en las redes de los encantos de Darel.

—Darel —contesta finalmente Finn—. Es... un nombre aborigen australiano. Supimos que Emma estaba embarazada de él durante nuestro viaje por Oceanía, así que... —Carraspea para aclararse la voz, antes de continuar—. Los tres llevan nombres originarios o en homenaje a la ciudad o país donde supimos de su… existencia.

—¿Y vosotros sois…? —pregunta la madre de Emma al rato, agachándose un poco frente a los otros dos niños.

—Yo soy Ivar y tengo diez años. Ella es London y tiene seis.

—¡Ivar! ¡Vaya! ¡Como el vikingo ese de la televisión! ¡Me encanta! —dice ella—. Y tú, London… Eres preciosa, mi vida —añade, acariciando las mejillas de la niña—. ¿Os gustan las galletas?

Y entonces se marchan los cinco hacia el interior, dejando a Emma y Finn plantados en la puerta, con los ojos muy abiertos y realmente descolocados.

—¿El abu George? ¿En serio? —dice finalmente Finn.

Emma ríe y, tirando de la manga de él, cierra la puerta y le conduce hacia la cocina.

—¡Oh! *Kumusta* —escuchan saludar a Ivar, que se acerca a la señora del servicio que les sonríe desde un lateral de la cocina, dejando a sus abuelos con la boca abierta—. *Pangalan ko* Ivar.

—¿Qué…? —balbucea George, atónito.

—Es filipina, ¿verdad? —les pregunta Emma a sus padres, que asienten con la cabeza, incapaces aún de reaccionar—. Pues le está hablando en tagalo.

—¿Sabe hablar en…?

—Algunas frases y palabras. Intentamos que aprendan algo del idioma autóctono del país que visitamos —les contesta Emma, sin darle demasiada importancia, mientras que sus padres parecen realmente maravillados.

—Ivar, ¿cuántos idiomas hablas? —le pregunta George.

—Bueno… creo que cuatro. No. Tres. Porque el italiano no lo hablo bien del todo y si hablan muy rápido, no los entiendo. Así que tres: inglés, español y francés. London también, aunque el español le cuesta un poco.

—Un *poquinino* —interviene ella, intentando hablar en español.

—Se dice poquito —la corrige Ivar.

—Es… increíble… —susurra Caroline, mirando entonces a su hija. Emma sonríe con timidez. Por primera vez en la vida, es consciente de que la mira con estima, y está henchida de orgullo, aunque también algo abrumada—. Finn, querido… Creo que nunca nos hemos presentado como es debido…

Caroline se acerca a él y le agarra de ambas manos. Con los ojos llorosos por la emoción, se humedece los labios varias veces justo antes de empezar a hablar de nuevo. Emma no puede evitar contener el aliento.

—Gracias. Gracias por llevártela a descubrir el mundo y también por devolvérnosla ahora. Creo que, en el fondo, tienes parte de culpa en ello.

George asiente con la cabeza, apoyando todas y cada una de las palabras de su esposa, aunque sin soltar a Darel.

—La hemos echado de menos y… sentimos mucho…

A su padre parece trabársele la voz, así que Emma se apresura a echarle un cable.

—No pasa nada. De verdad. Creíais estar haciendo lo correcto por mí.

—Pues ahora ya no la echaréis de menos más, porque nos quedamos en Nueva York —interviene entonces London.

—¿En serio? —pregunta Caroline, incapaz de disimular su alegría.

—Bueno… durante un tiempo, sí.

—¿Y tenéis apartamento? ¿Aún conservas tu pequeño estudio alquilado?

—No. En realidad, tenemos un apartamento que era del abuelo de Finn, en Brooklyn Heights.

—No es muy grande… —empieza a justificarse Finn, hasta que Emma le corta, demostrándole que no es la misma persona insegura que necesitaba agradar a sus padres.

—Pero es perfecto para nosotros.

—Estamos seguros de ello —responde entonces su madre—. Así que, por lo que parece, vais a usar a menudo las habitaciones que vuestro abu y yo hemos montado para vosotros...

—¡¿Habitaciones?! ¡¿Para nosotros?! —gritan Ivar y London a la vez.

—¡Sí! ¡Están arriba! ¿Las queréis ver?

Antes de responder, salen corriendo despavoridos, montando un jaleo que esa casa no ha vivido nunca, aunque a ninguno de sus padres parece importarles.

—¿Habitaciones? —pregunta Emma incrédula a su padre.

—Cosas de tu madre. Estaba tan emocionada con tu llamada, que no pude evitar que dos horas más tarde tuviera aquí a los montadores de muebles.

—Qué rapidez... —susurra Finn.

—No quieras saber lo que me ha costado esa urgencia —dice, aunque enseguida se vuelve a centrar en Darel.

—Todo sea por tus nietos, ¿no, abu? —se mofa Finn, convirtiendo la sonrisa de George en una expresión severa, más propia del George que Finn conoció en la boda de Lyn.

—No te pases un pelo, guapito. Así solo me pueden llamar mis nietos.

—Sí, señor —contesta Finn, con la sonrisa congelada.

Solo cuando se pierde escaleras arriba con Darel en brazos, Finn se permite volver a respirar con normalidad.

—Te has hecho caquita encima...

—Un poco, la verdad. Pero creo que empiezo a caerle bien. ¿No te parece?

—Por supuesto que sí. Y cuanto más te conozcan, más te querrán.

—Como te pasó a ti.

—Más o menos...

—No te hagas la dura, que me lo confesaste aquella noche

que estabas algo pedo. Dicen que los niños y los borrachos siempre dicen la verdad.

—Eso no fue del todo así.

—¿El qué? ¿Que ibas borracha o que ya me querías?

—Las dos cosas. Ni iba tan borracha ni te quería tanto —dice ella, aunque con la boca pequeña y agachando la cabeza, consciente de que Finn la conoce tan bien que sabe que está mintiendo.

De todos modos, él no quiere discutir y la agarra por la cintura, hundiendo la cara en su cuello y recorriéndolo con un reguero de besos que hace estremecer a Emma. Ella se retuerce y ríe, aunque no opone resistencia.

—Que corra el aire, guapito —les reprende de nuevo George, bajando la escalera con un juego de mesa bajo el brazo y London colgada de su otra mano.

Mientras pasa por su lado, le mira de reojo muy serio, al tiempo que susurra un «Te tengo controlado» que le pone la piel de gallina. Emma, en cambio, parece estar pasándolo en grande.

—¿Y cómo dices que se dice? —Escuchan entonces a Caroline, que baja las escaleras junto a Ivar.

—*Kumusta.*

—*Kumusta.*

—Eso es.

—Genial. ¿Me enseñarás más? Porque, entre tú y yo, creo que a veces finge que no me entiende cuando le pido que haga según qué tarea…

—Vale, pues apunta esta palabra: *pakiusap.*

—*Pakiusap* —repite—. ¿Qué significa?

—«Por favor». Esas palabras suelen funcionar siempre. En cualquier idioma.

Emma y Finn contienen la respiración. Nunca nadie le había dado a Caroline una lección tan sutil a la cara. A ella, que está acostumbrada a que todos hagan lo que dice y bailen al son que toca. Pero entonces, Caroline sonríe e incluso se sonroja.

—¿Sabes qué? Me caes bien, muchacho.

—Y tú a mí, abuela. Por cierto, mamá, papá. Nos quedamos a dormir. Los abuelos nos han invitado. Y a Darel también. Está arriba, durmiendo en la cuna de su habitación.

—Pero ¿seguro que…? —empieza a balbucear Emma.

—Seguro —contesta su madre.

—Pero Darel necesita…

—Tenemos la despensa llena de leche, papillas y potitos —interviene su padre—. Así como de todo tipo de galletas, patatas fritas y chucherías. En el congelador hay helado de todos los sabores imaginables y en la nevera refrescos para que no duerman en un mes. Así que sí, creo que estamos preparados.

—Perfecto —dice Finn, sonriendo de oreja a oreja y agarrando a Emma de la mano. Acerca la boca a su oreja—. Huyamos mientras podamos.

Finn tira de ella a través del pasillo, mientras Emma, aún reticente, echa la vista atrás.

—¡Hasta mañana! —grita London.

—¡O pasado! —contesta Finn.

—¡Guapito! ¡No tientes a la suerte! —interviene George en el momento en el que Finn cierra la puerta.

Llegan a la acera a la carrera, riendo a carcajadas, felices porque, a pesar de la pérdida de David, se les abren nuevos e interesantes caminos.

—¿Y bien? ¿Adónde te apetece ir? —le pregunta Finn a Emma, agarrándola de la cintura y atrayéndola hacia él.

—A Brooklyn, a ver atardecer.

Un par de colgados

—¿Estarás bien?

Stu asiente con la cabeza, forzando una sonrisa para disimular y hacerse el duro.

—¿Cuándo volverás? —consigue preguntar, a pesar del nudo en la garganta que le impide hablar con normalidad.

—Con la beca, me han incluido tres viajes…

—Pero eso es muy poco —dice él, ya con los ojos llorosos e hipando.

—Tengo pensado trabajar para sacarme algún dinero. Dicen que en el bar del campus siempre buscan gente.

—Ni hablar. No quiero que te conviertas en la protagonista de *El bar Coyote*. ¡Yo te pagaré el billete cuando lo necesiteeees!

Y rompe a llorar como una auténtica llorona, de forma escandalosa, propia de una telenovela.

—¡Papá…! —Ríe Jodie, negando con la cabeza, consciente de que ha aguantado más de lo que ella pensaba. Su padre es como un enorme oso de peluche, grande e incluso corpulento, pero relleno de amor. Cien por cien achuchable. Rodea su enorme cuerpo, o al menos lo intenta, mientras él llora desconsoladamente—. Vamos… Si nos veremos casi con la misma frecuencia que ahora…

—¡Lo sé! ¡Pero ahora sé que estás aquí, con tu madre! ¡Y

no en un campus, rodeada de tíos salidos, drogas y… bares que necesitan camareras! —grita, desconsolado.

—Joder, papá. Que es una universidad, no el festival de Glastonbury. Desde que no viajas tanto, estás como… blando. Te pagarán más siendo cámara de las noticias del Canal 6 que recorriendo el mundo, pero…

—Pagan más, ya no soy un sujetavelas al lado de Finn y Emma y, además, estoy más cerca de ti. ¡O lo estabaaaaaa!

—Vale, vale, vale. Cálmate. ¿Sabes qué tienes que hacer? Buscarte una afición para llenar tus ratos libres. Podría ser divertido.

—El punto de cruz no se me da bien. Ni pintar. Ni la cerámica. En realidad, ninguna manualidad. Ni el deporte, en general…

—Vale. Descartamos todo eso —se apresura a decir Jodie, pensando en alternativas—. Me dijiste que Finn y Emma se mudan a Nueva York por una temporada, ¿no? Puedes llamarles para quedar.

—Sí. Eso sí… —contesta Stu, algo más animado.

—O… podrías buscarte una novia.

—¿Una novia? Naaaa… No estoy ya para esas cosas.

—¿Cuántos años tienes? ¿Setenta? Por favor, papá.

—No, pero… estoy desentrenado.

—No vas a correr una maratón. No hace falta práctica para hablar con mujeres. ¿No hay nadie en el trabajo que te llame la atención? ¿Alguna amiga? ¿La dependienta de alguna tienda?

—Jodie, aunque no lo creas, me resulta un poco embarazoso hablar contigo de esto.

—Sal a una disco, entonces —sigue ella, ignorando el comentario de su padre—. Y no me digas que no se te da bien bailar, porque practicaste mucho conmigo jugando a la consola.

—¿Discoteca? ¿La media de edad de los usuarios de esos sitios no es de dieciséis?

—Las hay para todos los gustos y edades. Busca en Google. Discotecas para octogenarios. ¡Verás cuántos resultados!

Stu abraza a su hija mientras ambos ríen. Entonces, ella levanta la cabeza hacia el enorme reloj y se da cuenta de que debería ir pasando el arco de seguridad, porque su vuelo sale en menos de una hora.

—Debería irme...

—De acuerdo.

—¿Me harás caso? —Stu asiente, cuando su labio inferior empieza a temblar de nuevo—. ¡Oh, por favor, papá! ¡Reserva esa emoción para las mujeres! ¡Nos encantan los tipos sensibles!

Ella le guiña un ojo mientras empieza a caminar de espaldas, alejándose de él, que se queda allí plantado durante un buen rato.

«Quizá debería empezar a admitir que estoy algo solo...».

Antes, cuando viajaba con Finn y Emma, se sentía rodeado siempre de mucha gente, aunque en realidad solo estuvieran los tres. Pero desde que aceptó la oferta del Canal 6 y se mudó definitivamente a Nueva York, se mundo se fue empequeñeciendo.

Y ahora, Jodie se marchaba...

Así que puede que vaya siendo hora de abrirse de nuevo.

La noche había empezado mal cuando, plantado frente a su armario, valoraba qué ropa ponerse. La mayor parte de su vestuario se compone de vaqueros gastados, camisetas lisas, camisas de cuadros y deportivas raídas. Ha tenido que rebuscar mucho para encontrar un jersey fino que debe de tener como veinte años y que seguramente, en su momento, le venía algo más holgado.

Aún inseguro acerca de la elección de su vestuario, se

encontró haciendo cola en el exterior del garito, uno que buscó en Google y que eligió porque la media de edad de las opiniones de la gente parecía ser aceptable. Allí comprobó que, efectivamente, todos parecían tener edad suficiente como para haber visto el estreno en cines de *La Guerra de las galaxias*. Pero también comprobó que nadie hacía la cola en solitario. Excepto él.

«Parezco un rarito… Un acosador de esos que sostienen la bebida con ambas manos y sorben de la cañita mientras otean el horizonte en busca de su presa…».

Una vez dentro, primero optó por levantar la cabeza y hacer ver que buscaba a alguien. Luego, cuando se le cansó el cuello, intentó seguir el ritmo de la música y sonreír a todo aquel con el que cruzaba la mirada. Al final, decidió acercarse a una de las barras y pedir una cerveza. Nada de cañitas. Llegar le costó unos cinco minutos. Conseguir que el camarero le hiciera caso, casi veinte.

«Bueno, entre una cosa y otra, ya llevo aquí cerca de una hora. Ya falta menos para que pueda largarme con la conciencia tranquila por haberlo intentado. Qué patético soy…».

La música retumba en sus oídos y las luces ciegan sus ojos. Tiene que hacer verdaderos esfuerzos para esquivar a la gente, unos bailando, otros charlando animadamente. En realidad, todos parecen tener algo que hacer. Menos él.

Entonces, más por hacer algo que por estar realmente sediento, se bebe la cerveza de un trago.

«Si mi plan va a consistir en beber para disimular, puedo acabar emulando al cowboy de Times Square».

Chasca la lengua, girando sobre sí mismo, mirando alrededor. Entonces, a punto de tirar la toalla, alguien choca con su espalda. Él se da la vuelta rápidamente para disculparse.

—¡Perdona! ¿Estás bien?

La chica levanta la cabeza y entonces sus ojos se iluminan.

—¿Stu?

Él entorna los ojos, haciendo funcionar la cabeza para intentar acordarse de su cara y averiguar de qué le conoce.

«Se habrá confundido. Aunque Stu no es un nombre tan habitual...».

—Soy Kat. La amiga de Emma —le aclara ella entonces, quizá algo decepcionada.

—¡Ah, hola! —En realidad, no se acuerda de ella, pero va a hacer todo lo posible para que ella no se dé cuenta.

—No te acuerdas de mí —asegura Kat.

«Parece que tampoco se me da bien la interpretación».

—No me lo tengas en cuenta. Seguramente, te cruzaste en mi vida y, simplemente, decidí olvidarte porque nunca imaginé que tú te fueras a acordar de mí.

Ella le mira con la boca y los ojos muy abiertos, aturdida por esa especie de piropo camuflado en un exceso de sinceridad. Le mira de arriba abajo, alucinada porque el Stu que tiene delante se parezca tanto al que ella recordaba. Bueno, quizá algo mejor vestido.

—Ese jersey no te pega nada —le dice, recordando con añoranza su camiseta raída de *El Imperio contraataca*.

Stu ríe con sinceridad por primera vez en toda la noche.

—¿Estás... sola? —Se atreve a preguntarle.

—No. He venido con unas amigas.

—Ah.

Él parece decepcionado, así que Kat se apresura a hacerle cambiar de estado de ánimo.

—Pero, en realidad, me apetece perderlas de vista un rato.

¡Ah! Bueno. Vale. Oye, ¿quieres... tomar algo? —le pregunta titubeante, señalando hacia la barra, pero entonces se da cuenta de que ella lleva una copa en la mano.

Ella ve que la mira, pero, antes de que se arrepienta, se bebe lo que quedaba de su *gin-tonic* de un trago, preguntándose cuántas señales tendrá que lanzarle para que se dé cuenta de que le apetece pasar un rato con él.

—Vale. Pues… te invito a otra copa —dice finalmente—. Si es que me hacen caso. He tardado como media hora en conseguir que me atendieran.

Entonces, Kat se hace un hueco entre el gentío y levanta una mano. El camarero, el mismo de antes, aparece frente a ella de inmediato y menos de un minuto después, vuelve a tener una copa en la mano y él su cerveza.

—El secreto es tener tetas y saber aprovecharse de ellas —le dice sin tapujos, guiñándole un ojo.

«Dios mío, me he enamorado…».

Sin darle tiempo a plantearse nada más, Kat tira de su brazo, arrastrándole. Stu no opone resistencia. En realidad, ahora mismo, la seguiría hasta el fin del mundo. Pero no tiene que caminar tanto. De repente se encuentra en un reservado lleno de sillones, una zona bastante poco concurrida para lo cómodos que parecen a simple vista. De todos modos, intenta no parecer demasiado aliviado por poder sentarse y dejar de simular que sabe bailar lo que está sonando por los altavoces a un volumen que raya lo contraproducente para la salud.

—¿Y bien? ¿Qué es de tu vida? —le pregunta ella.

—Bueno. Bien. Currando.

—Te perdí la pista cuando dejaste de trabajar con Emma y Finn.

—Sí. Bueno. Ya sabes. Ya estaba algo cansado de ser el tercero en discordia. A veces, me sentía como un *voyeur*, así que… Me hicieron una buena propuesta y acepté.

—A mí me pasó más o menos lo mismo. O sea, sigue siendo mi mejor amiga, pero ya no está sola. Ahora, para poder quedar con ella, tienes que cuadrar agenda con demasiada gente —comenta, pensativa—. Y que conste que no estoy dolida, puede que algo celosa. Aunque entiendo que es ley de vida. Al menos, para todo el mundo, menos para mí. A veces me siento algo fuera de juego con respecto al resto del mundo.

«Cásate conmigo…».

Pero entonces, Stu se da cuenta de una de las frases de Kat. Porque lo ha dicho, ¿verdad? No han sido imaginaciones suyas, ¿no?

—¿Te has acordado de repente de que te has dejado el horno encendido? —le pregunta ella al ver su ceño fruncido.

—No… En realidad… —Stu se humedece los labios, indeciso por si atreverse o no a preguntar—. ¿Has dicho que…? ¿Me seguías la pista?

Kat se sonroja, quizá por primera vez en su vida, y se tapa la cara con las manos.

—Madre mía, qué vergüenza… Oye, pues sí. Te seguía la pista, sí —acaba confesando, armándose de valor—. Hubo un tiempo en el que estuve un poco… colgada por ti. Emma pensaba que era mentira y que me estaba mofando, porque ella… te odiaba un poco.

—¿Colgada por mí? Estás de coña. ¿Dónde está la cámara? Estamos en uno de esos programas de bromas televisivas, ¿verdad? —Kat no deja de reír, tomándoselo a broma—. No te rías. No juegues más con mis sentimientos.

—¡Oye! Te estoy abriendo mi corazón, confesándote mis sentimientos, ¿y tú no puedes hacer otra cosa que tomártelo a cachondeo?

—¿Cómo quieres que me lo tome? Mírate y mírame. Es… imposible que alguien como tú se fijase en alguien como yo.

—¡Pues créetelo! —insiste Kat, algo molesta por la incredulidad de él—. ¡Porque…! ¡Porque me parece que…! ¡Creo que…!

Stu la observa con atención, buscando su mirada, esperando paciente y algo confuso a que ella encuentre las palabras adecuadas. Extiende los brazos, demostrando su impaciencia, así que Kat, consciente de que está siendo más complicado de lo que nunca imaginó, le agarra la cara con las manos y le estampa un beso en los labios.

Stu no reacciona y se limita a quedarse inmóvil, congelado, con los ojos abiertos como platos. Kat se separa unos centímetros de él, respirando de forma acelerada. Se miran a los ojos unos segundos, luego él se fija en sus labios, tan rojos, tan irresistibles, tan… apetecibles. Y se lanza sobre ellos con prisa pero con timidez, deseando morderlos y lamerlos a la vez. Durante un buen rato, todo el mundo a su alrededor desaparece para ambos. Solo tienen ojos, manos y boca para ver, acariciar y besar al otro.

Kat ha imaginado esta escena cientos de veces en su cabeza, y está resultando aún mejor. Stu está demostrando ser más diestro en estas artes de lo que aparenta a simple vista. Intenta imaginar qué dirá Emma cuando se lo cuente. Seguro que pensará que está bromeando, y entonces tendrá que confesarle que siempre fue en serio, que, aunque ella no lo creyese, siempre sintió algo por él.

Stu empieza a creer que esto va en serio, que ella sí parece interesada en él. Aunque no estará seguro del todo hasta que mañana abra los ojos y la vea a su lado. Porque eso es en lo único que piensa ahora mismo: salir de aquí, llevarla a su casa y no dejarla salir nunca más. Cuidarla, consentirla, mirarla embelesado durante horas.

—Vámonos de aquí —dice ella.

—¿Lo he dicho en voz alta?

—¿Qué?

—Que me has leído el pensamiento.

Afortunadamente para ambos, tardan poco en encontrar un taxi libre y el tráfico es escaso para lo que es habitual en esta ciudad.

Sentados uno junto a otro en el asiento trasero, con los

hombros rozándose casi con timidez, se dedican miradas de soslayo y sonrisas veladas. Entonces, Kat posa su mano encima de la de Stu, que reposa entre los dos, en el asiento. Él la mira con ilusión, y no duda en entrelazar los dedos con los de ella y apretar su mano con fuerza. Un simple gesto para muchos, una promesa ilusionada para ellos dos.

Agradecimientos

Conforme esta aventura se va extendiendo en el tiempo, cada vez hay más gente a la que tengo que dar las gracias.

Esta vez quiero empezar por toda la familia de Harper-Collins Ibérica por confiar en mí, y en especial por Elisa Mesa, mi editora. Porque ya no concibo mi bandeja de entrada del mail sin ver su nombre en ella. Infinitas gracias a todos por hacerme creer que esto se me da bien y confiar en mí de nuevo.

A mis chicas malotas y a mis chicas del *chill out*, porque, como siempre digo, lo que han unido nuestros hijos, no lo separará nadie. Os adoro.

A Sara, porque da igual si hablamos cada día o una vez al mes. Ella siempre está ahí, dispuesta a ofrecerme su amistad a cambio de nada. No se imagina la suerte que tengo de tenerla.

A Gaby y Ana, por lo de siempre. Porque sus mails alegran mis días.

A Nuri y Laura, porque, aunque no leerán esto, son, sin duda, dos de mis personas favoritas en el mundo.

A Carmen, porque, aunque esta vez no he necesitado de su sabiduría, sé que siempre está ahí, dispuesta a mandarme un audio de los que tanto me gustan.

A mis «zapatillas locas», las irreductibles, las incansables que me apoyan sin descanso y que hacen locuras maravillosas por mí. Os debo mucho, chicas, y nunca podré agradecéroslo suficiente.

A mis dos preadolescentes, fuente de inspiración constante, de abrazos infinitos, de risas y confidencias. Sin duda, sois mi mejor obra y no puedo estar más orgullosa de vosotros.

A ÉL, capaz de hacerme saltar las lágrimas de risa y una carcajada cuando lloro. Porque se encarga de todo cuando me siento frente al ordenador y me espera con una sonrisa cuando me despego de la pantalla. *I love you. You know.*

Y finalmente, pero no menos importante, a ti, por haberme elegido para contarte esta historia. Espero que la hayas disfrutado al menos la mitad de lo que yo lo he hecho escribiéndola.